CHRISTIAN GUDE

Binärcode

MISSION: IMPOSSIBLE Hauptkommissar Karl Rünz gerät auf einer Brachfläche im Norden Darmstadts in einen Hinterhalt. Seine französische Kollegin und ein Unbekannter fallen einem Scharfschützen zum Opfer, und beinahe hätte es auch ihn erwischt. Er wacht erst im Krankenhaus wieder auf, erholt sich von seinen Verletzungen, wird aber vom Arzt mit einer lebensgefährlichen Diagnose konfrontiert. Zur Ablenkung stürzt er sich in die Arbeit.

Kaum aus dem Krankenhaus entlassen, steht Rünz auch gleich vor zwei existenziellen Fragen: ›Werde ich wirklich mit Nordic Walking anfangen?‹ und ›Wer hat diesen dicken Italiener ermordet?‹ Und dann ist da noch dieses rätselhafte verschlüsselte Signal, auf das er sich keinen Reim machen kann.

Christian Gude wurde 1965 in Rheine/Westfalen geboren. Er studierte Geografie in Mainz und lebt heute in Darmstadt. Für ein international operierendes Consulting-Unternehmen arbeitet er als Marketingexperte. Im Frühjahr 2007 startete er mit dem Kriminalroman »Mosquito« seine erfolgreiche »Kommissar Rünz«-Serie.

Bisherige Veröffentlichungen im Gmeiner-Verlag:
Homunculus (2009)
Binärcode (2008)
Mosquito (2007)

CHRISTIAN GUDE

Binärcode

Der zweite Fall für Kommissar Rünz

GMEINER *Original*

Besuchen Sie uns im Internet:
www.gmeiner-verlag.de

Im Ehnried 5, 88605 Meßkirch
Telefon 07575/2095-0
info@gmeiner-verlag.de

3. Auflage 2010

Lektorat: Claudia Senghaas, Kirchardt
Umschlaggestaltung: U.O.R.G. Lutz Eberle, Stuttgart
Titelfoto: ESA (European Space Agency)
Abdruck mit freundlicher Genehmigung des ESOC
(European Space Operations Center), Darmstadt
Druck: Fuldaer Verlagsanstalt, Fulda
Printed in Germany
ISBN 978-3-89977-762-8

Sämtliche Protagonisten dieses Romans und ihre Handlungen sind frei erfunden, Ähnlichkeiten mit lebenden oder verstorbenen Personen zufällig. Nicht erfunden ist eine der faszinierendsten wissenschaftlichen Missionen europäischer Staaten, die den Grundstoff und die Inspiration für diese Geschichte lieferte. Für Hintergrundinformationen über dieses Projekt und die Art und Weise, mit der es in den fiktiven Kontext eines Kriminalromans eingebettet wurde, sei dem interessierten Leser die Lektüre des Nachwortes empfohlen.

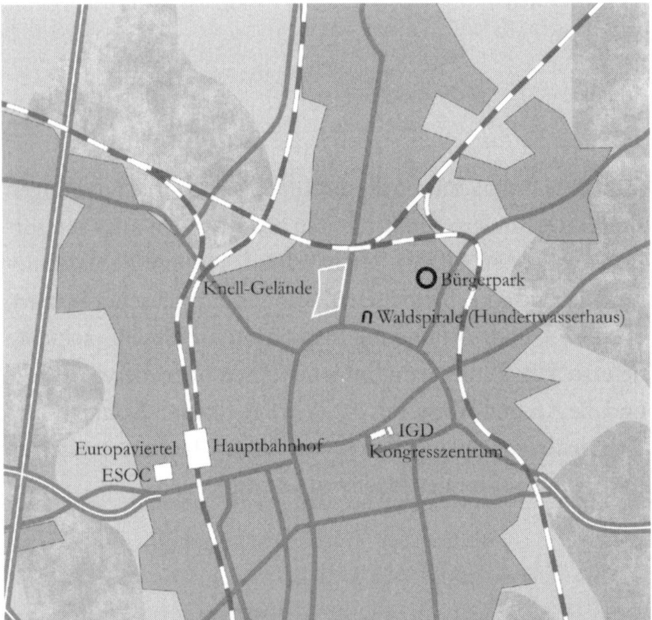
Knell-Gelände
Bürgerpark
Waldspirale (Hundertwasserhaus)
IGD
Kongresszentrum
Europaviertel
Hauptbahnhof
ESOC
Polizeipräsidium Südhessen
Goetheteich
Ludwigshöhe
N
1 km

Prolog

Er hielt die Fernbedienung in der Hand wie der Junkie die Pumpe. Keine Frage, er konnte aufhören, wann immer er wollte. Außerdem war es Freitagabend, am nächsten Morgen würde er ausschlafen, er hatte nichts vor, abgesehen von ein paar Besorgungen im Baumarkt. Nur zehn Minuten, nur mal schnell durchzappen, dann rasch ins Bett, damit er morgens frisch und ausgeschlafen war. Auf den Tasten herumspielend zauderte Rünz ein paar Sekunden, unentschlossen, ob er der Versuchung nachgeben sollte. Dann entschied er, dass Askese letztlich doch die unsympathischste Spielart menschlicher Süchte war. Er schaltete das Gerät ein, ließ sich in den Sessel fallen und klickte durch die Kabelprogramme, aber die Batterien seiner Fernbedienung gaben sich seinem Zapping-Exzess bald geschlagen. Träge und unfähig aufzustehen, war er einer Arte-Dokumentation über den Kriegsfotografen James Nachtwey ausgeliefert. Der Reporter stand mit einem Laboranten in einer Dunkelkammer, beide diskutierten einen noch tropfnassen, großen Schwarz-Weiß-Abzug. Das Foto zeigte einen zehn- oder zwölfjährigen Afrikaner, den Kopf kahl rasiert und übersäht mit den Schrunden und Narben des Überlebenskampfes, im Hintergrund unscharf die vom Bürgerkrieg verwüstete, menschenleere Straße im Außenbezirk irgendeiner afrikanischen Großstadt – Mogadischu, Luanda, Brazzaville oder Abidjan. Aus ästhetischer Perspektive war die Aufnahme überaus raffiniert komponiert, das Gesicht des Jungen am unteren Bildrand angeschnitten, nur Augen und Schädel sichtbar. Er schien wie traumatisiert mit starrem Blick an Kamera und Fotograf vorbeizuschauen, konzentriert darauf, irgendwie die nächsten Stunden zu überstehen. Nachtwey gab dem Laboranten immer wieder Anweisungen für das optimale Abwedeln des Hintergrundes bei der Vergrößerung des Negativs, der Assistent erstellte einen Abzug nach dem anderen, eine schier endlose Prozedur, bis der Fotograf endlich mit dem Ergebnis zufrieden war.

Die nächste Einstellung zeigte die gleiche Aufnahme, gerahmt, an einer weiß gekalkten Wand, auf einer Ausstellung, irgendwo in einem alten, umgewidmeten Lagergebäude der Chelsea Piers auf der Westseite Manhattans. Zwei Besucherinnen diskutierten engagiert die Bildkomposition, beide in präzise kalkuliertem Schmuddel-Look, den sie mit exklusiven Accessoires geschickt kontrapunktierten. Eine der Frauen deckte immer wieder Bereiche des Fotos mit der flachen Hand ab, wie um sich der Wahl des perfekten Ausschnittes zu vergewissern.

Rünz öffnete sich eine Flasche Pfungstädter Schwarzbier, nahm einen großen Schluck und prostete dem Afrikaner zu. Der Junge hatte das Maximum erreicht, was ein Mensch in seiner Situation erreichen konnte – er war zur Bildikone eines saturierten New Yorker Vernissagen-Publikums geworden.

Das Projektil schlug wenige Zentimeter links neben dem Kommissar in flachem Winkel auf und riss eine Wolke schallschneller mikrofeiner Betonpartikel aus dem rissigen, alten Industrieboden, die ihm an Knöcheln, Händen und Gesicht jeden Quadratzentimeter unbedeckter Haut perforierten. Wie ein flacher Stein auf dem Wasser prallte das Geschoss ab, setzte seine durch den Drallverlust instabile Flugbahn laut pfeifend fort, landete irgendwo östlich des Knell-Geländes in der Gewerbezone zwischen Frankfurter Straße und Messplatz. Rünz kicherte trotz seiner misslichen Lage, er stellte sich vor, wie der Staatsanwältin im Schottener Weg das heiße deformierte Metallklümpchen durch das offene Fenster direkt auf den Schreibtisch segelte, bereit zur Asservierung. Kalt war ihm, und er hatte Angst. Er kauerte sich noch enger mit dem Rücken an den schützenden Stapel teergetränkter alter Eisenbahnschwellen und wendete den Kopf nach rechts, um sein Gesicht zu schützen. Als hätte der Sniper Rünz' Bewegung vorausgeahnt, platzierte er den nächsten Treffer auf der anderen Seite der Deckung. Diesmal erwischte der Betonschrot den Kommissar bei geöffneten Augen frontal im Gesicht. Er schrie auf, griff reflexartig mit den Fingern nach seinem Kopf und zog sie sofort wieder zurück, weil ihm jede Berührung der Augen unerträgliche Schmerzen bereitete. Dutzende Splitter hatten sich fest in seine Hornhaut eingebrannt und machten jede mechanische Reibung zur Qual. Aber er konnte den Lidreflex nicht unterdrücken. Jedes Mal, wenn sich die Augen schlossen, fühlte er sich, als bearbeitete jemand mit grobkörnigem Schleifpapier seine Pupillen. Die Hände zum Schutz an die Schläfen gelegt, spähte er durch die Finger nach links zu dem Verwundeten. Der Mann lag einer fetten Made gleich auf dem Bauch und versuchte vergeblich, seinen mächtigen schlaffen Körper mit der Kraft seiner Arme zu Rünz hinter die Deckung zu ziehen. Anfangs war er dem Kommissar nur dick erschienen, aber sein Leib schien unter dem Einfluss innerer Blutungen von Minute zu Minute weiter anzuschwellen. Er hatte die Jeanshose in den Kniekehlen hängen, sein riesiger pickliger Hintern sah in der kalten Winterluft aus wie eine gerupfte Putenbrust.

Rünz zog sein Handy aus der Jackentasche. Die Verletzungen der Hornhaut hatten ihm die scharfe Nahsicht geraubt, weder auf seiner Armbanduhr noch auf den Tasten und dem Display konnte er irgendetwas erkennen, wahrscheinlich war bei seinem Hechtsprung das Gerät ohnehin beschädigt worden. Mehrmals versuchte er blind, eine Verbindung herzustellen – ohne Erfolg. Er tastete den Boden um sich herum ab. Der Ausrichtung und Tiefe der Kerben nach zu urteilen, die die Geschosse im Beton hinterließen, musste der Sniper irgendwo westlich auf erhöhter Position auf der Lauer liegen. Rünz war womöglich dicht an ihm vorbeigelaufen, als er vom Sensfelder Weg das Knell-Gelände betreten hatte. Die alte Brachfläche mit ihren leeren Backsteinhallen, Laderampen und dem dichten Buschwerk war der ideale Ort für einen Hinterhalt. Vielleicht lag er auf dem Dach einer der verfallenen Werkhallen, kaum fünfzig Meter entfernt. Wenn er weiter weg war, schoss er nach Pythagoras von höherer Position aus, dann kam eigentlich nur der alte Hochbunker aus dem Zweiten Weltkrieg infrage, der wie eine gigantische versteinerte Spitzmorchel die Silhouette des Areals dominierte. Seine Präzision auf diese Entfernung war über jeden Zweifel erhaben, sie setzte erstklassiges Material und eine hervorragende Ausbildung voraus. Nur beim ersten Schuss hatte der Jäger gepatzt. Rünz hatte neben dem Verwundeten gekniet, als ihm die Kugel um die Ohren flog, er hatte sich mit einem Satz hinter den Schwellenstapel gerettet. Der Kommissar stellte überschlägige Berechnungen an, kombinierte die Sekundenbruchteile, mit denen der gedämpfte Mündungsknall dem Aufprall der Kugel folgte, mit der Mündungsgeschwindigkeit eines hochwertigen Repetierers und entschied sich für den Hochbunker.

Der Angeschossene lag knapp drei Meter neben ihm im freien Gelände, der Schütze hätte ihm längst den Fangschuss geben können. Offensichtlich brauchte er ihn als lebenden Köder, um Rünz aus der Deckung zu locken. Aber Heldentum war dem Ermittler fremd. Er versuchte, die Zeitspanne abzuschätzen, seit er auf dem Parkplatz des Baumarktes in der Otto-Röhm-Straße mit der Zentrale gefunkt hatte. Das Präsidium hatte ihn über einen Notruf von einem Mobiltelefon unterrichtet, aber der Anrufer war außerstande gewesen, seinen Aufenthaltsort mitzuteilen. Rünz hatte das zersplitterte Handy neben dem Verwundeten gesehen und sich gewundert, dass der Dicke in diesem Zustand mit seinen Wurstfingern überhaupt die drei Zahlen auf der Tastatur getroffen hatte. Die Kollegen konnten die Signalquelle auf das Knell-Gelände eingrenzen. Rünz hatte zugesagt, nach dem Rechten zu schauen, und war um 9.30 Uhr vom Baumarkt losgefahren, im Kofferraum einige Regalböden, mit denen er etwas Ordnung in die explodierende esoterische Privatbibliothek seiner Frau bringen wollte. Er hatte rund zehn Minuten gebraucht, um auf der Suche nach einem Zugang im Schritttempo um das Gelände herumzufahren, hatte schließlich die Zufahrt zum Sensfelder Weg direkt hinter dem Müllheizkraftwerk gefunden und, als er fast schon wieder auf dem Carl-Schenck-Ring stand, das Loch im übermannshohen Bretterzaun entdeckt, der das ganze Areal umgab. Danach vielleicht noch einmal zehn Minuten, bis er die Baracken inspiziert und den Angeschossenen auf der Freifläche entdeckt hatte. Also mochte es jetzt ungefähr 9.50 Uhr sein. Seine Zentrale würde in zehn Minuten vergeblich versuchen, ihn anzufunken, dann würden sie es ohne Erfolg auf seinem Mobiltelefon versuchen. Um spätestens 10.10 Uhr würde sich eine Streife oder ein Kollege aus seinem Team aufmachen, um nach ihm zu suchen. Er hatte also noch gut und gerne zwanzig Minuten Überlebenskampf vor sich, bevor er mit professioneller Unterstützung rechnen konnte.

Der Schlot des Müllheizkraftwerkes südlich der Brachfläche blies stoisch seine Rauchfahne in den Himmel. Rünz spielte verschiedene Szenarien durch. Variante eins war der Heldentod. Er konnte die Deckung verlassen, sich einen Arm des verwundeten Riesen nehmen und versuchen, ihn beiseite zu ziehen. Der Schütze hatte ihn dann wie auf dem Präsentierteller und konnte sich in aller Ruhe überlegen, ob er ihn gleich terminierte oder lieber etwas leiden ließ, indem er ihm zuerst die Kniescheiben zerschoss. Das Ergebnis war ein Begräbnis in allen Ehren, mit Anwesenheit des Polizeipräsidenten, eine Witwe, die bei einem seelenverwandten Veganer aus ihrer Pilatesgruppe Trost suchte, und einige Kollegen, die ein paar Tage ein betretenes Gesicht machten, bevor sie zum Tagesgeschäft übergingen. Ach ja, und natürlich sein Schwager Brecker, der alles daransetzen würde, Rünz' großkalibrige Ruger in seine Waffensammlung aufzunehmen.

Variante zwei führte zum gleichen Resultat, allerdings ohne dass Rünz die Deckung verließ. Der Schütze hatte seit einer halben Minute nicht gefeuert, vielleicht hatte er den Turm längst verlassen und schlich in aller Ruhe wie ein Großwildjäger mit seiner Langwaffe durch das Gestrüpp, um die waidwunde Beute Auge in Auge zu erledigen. Für diesen Fall hatte Rünz allerdings eine kleine Überraschung präsent – er war bewaffnet. Nicht mit seiner Dienstwaffe, die P6 lag im Waffenschrank im Präsidium, das Schulterholster war ihm zu unbequem im Alltagseinsatz. Aber er hatte sich zum bevorstehenden 45. Geburtstag mit einem kompakten 38er LadySmith beschenkt, einer wunderschön brünierten Waffe mit Wurzelholzgriff und zweizölligem Lauf, die er in einem Lederholster am Unterschenkel trug. Eine kleine Schwester für seine großkalibrige Ruger Super Redhawk. Das mit dem Knöchelholster hatte er sich Richard Widmark in ›Nur noch 72 Stunden‹ abgeschaut. Rünz liebte amerikanische Polizeifilme aus den Sechzigern. Alle rauchten ständig, niemand trieb Sport, ohne Unterlass boten sich Menschen gegenseitig hochprozentige Drinks an, Frauen ließen sich von Männern widerstandslos mit ›Kleines‹ anreden und jeder Polizist trug als Zweitwaffe in einem Holster an seinem Unterschenkel einen handlichen Smallframe aus dem Hause Smith & Wesson. Ein Paradies.

Der Dicke hatte aufgehört zu kriechen, den Bewegungen seines Rückens nach zu urteilen wurde sein Atem unregelmäßiger. Rünz hörte von Südosten Sondersignale von Einsatzfahrzeugen, die sich über die Frankfurter Straße näherten. Womöglich hatte er Glück, und einer der Obdachlosen, die sich nachts in die Baracken auf dem Gelände zum Schlafen zurückzogen, hatte die Szene verfolgt und seine Kollegen alarmiert. In einer der Hallen stand die Halfpipe einer Skaterclique, hoffentlich schliefen die Kids samstags um diese Uhrzeit noch in ihren Mittelschicht-Eigenheimen ihren THC-Rausch aus, ein unbedarfter Teenager mit muffigen Dreadlocks war das Letzte, was er hier in der Schusslinie brauchte. Die Sondersignale kamen näher, mindestens drei oder vier Fahrzeuge, Rünz hätte aufstehen müssen, um über das Dickicht nach Osten zu spähen und etwas zu erkennen. Die Signale wurden wieder leiser, die Kolonne war wohl nach Osten Richtung Messplatz abgebogen, zum Hundertwasserhaus oder dem Berufsschulzentrum. Ein paar Minuten lang passierte überhaupt nichts. Der Dicke hatte aufgehört zu atmen. Der Kommissar resignierte. Dann hörte er ihre Stimme.

»ERR RUUUNZ!«

Er zuckte zusammen, drehte sich um und spähte durch einen der Schlitze zwischen den Schwellen. Es gab nur einen Menschen, der seinen Namen so aussprach. Seine französische Kollegin Charlotte de Tailly stand auf halbem Weg zwischen dem Bunker und ihm, auf freiem Feld, die Hände in die Hüften gestemmt. Sie schaute sich um und rief nach ihm, ein offenes Scheunentor hätte kein schwierigeres Ziel abgegeben. Rünz schrie, seine Stimme überschlug sich, statt ›Deckung‹ brachte er nur ein unendlich gedehntes ›DEEE-ECKOOOOO‹ heraus, er schrie, als könne er mit seinen Stimmbändern den Kurs des Projektils beeinflussen, er schrie auch dann noch, als die Französin konsterniert ein rotes Loch in ihrem Brustbein registrierte, aus dem hellrotes, sauerstoffgesättigtes Blut wie aus einem kleinen Geysir spuckte.

Der Kommissar kannte aus zahlreichen Untersuchungen die Auswirkungen überschallschneller Metallgeschosse, die auf menschliche Körper trafen. Selbst der Impuls eines 44er Magnum-Kalibers reichte nicht aus, um einen erwachsenen Menschen allein durch die Wucht des Projektils umzuwerfen, auch wenn Generationen von Hollywoodregisseuren seit Peckinpahs ›Wild Bunch‹ das den Kinozuschauern in unzähligen Slow Motions hatten weismachen wollen. Die heute ungelenk und lächerlich anmutenden Darstellungen der Mimen in den frühen Western aus den 40ern und 50ern kamen der Realität viel näher. Die Französin legte andächtig den Kopf auf die Schulter und presste ihre Hände auf die blutende Wunde. Einige Sekunden stand sie so da, wie eine ins Gebet versunkene Madonna, dann gaben ihre Beine nach, und sie sackte unspektakulär zusammen.

Rünz versagte sich jede weitere Abwägung. Er nahm seinen LadySmith aus dem Holster, entsicherte und stürmte halbblind aus der Deckung geradewegs auf den Hochbunker zu. Zwei oder drei Sekunden war er sicher, der Jäger musste aufstehen, ein rennendes Tier konnte er nur aus kniender oder stehender Position erlegen. Aus vollem Lauf feuerte Rünz, die Schüsse mitzählend, er musste sich eine Kugel aufbewahren für den unwahrscheinlichen Fall, dass er die Stahltür am Fuß des Turmes lebend erreichte. Die Geschosse zerplatzten am meterdicken Beton des Bunkers, ohne nennenswerte Spuren zu hinterlassen – genauso gut hätte er einen afrikanischen Elefantenbullen mit Knallerbsen bewerfen können.

Die Demontagetrupps der Deutschen Bahn hatten schon Jahre zuvor ganze Arbeit geleistet, das Gelände von allen alten Gleisanlagen, Rangier- und Signaleinrichtungen befreit. Sie hatten nur ein einziges Stück vergessen, eine zehn Meter lange rostige und krautüberwucherte Vignolschiene, die quer in Rünz' Laufrichtung lag und nach Jahren nutzlosen Herumlungerns noch einmal eine Aufgabe hatte – einen südhessischen Polizeihauptkommissar an der Ausübung seiner Pflichten zu hindern. Er blieb mit der rechten Fußspitze unter dem Schienenkopf hängen, kippte vornüber und schlug mit der Schläfe auf dem Beton auf. Aber er verlor nicht sofort das Bewusstsein. Seine Muskeln waren gelähmt, er verdrehte wie ein Chamäleon seine schmerzenden Pupillen, um seine Umgebung zu erfassen. Dann sah er sie, in einigen Metern Entfernung, durch die Büsche hindurch. Mit weit aufgerissenen Augen starrte Charli ihn an. Sie lag im Sterben, ihre Lippen formten die immergleichen Silben, als wollte sie Rünz noch etwas mitteilen. Was folgte, war schwarze Leere.

* * *

Krankenhäuser waren eine sinnvolle Einrichtung, mit einem marginalen Nachteil – sie gaben einem nicht die Chance, zu genesen. In Kliniken galten zwei ungeschriebene Gesetze. Das erste verbot den Patienten, aktiv zu werden, das zweite untersagte ihnen, zur Ruhe zu kommen. Versuchte Rünz seinen Aktionsradius mit Ausflügen durch die Klinikflure zu erweitern, blind vortastend, immer mit einer Hand an der Wand entlang, riet ihm das Pflegepersonal, auf der Station zu bleiben, da für irgendwann in den nächsten 48 Stunden eine wichtige Untersuchung angesetzt sei. Wollte er sich dagegen entspannen, betrat eine Reinigungskraft das Zimmer, die Nachtschwester kam mit den kleinen Schlafhelfern, der Chefarzt schaute mit seinem Hofstaat vorbei, fummelte an seinem Körper herum und raunte dem Oberarzt lateinische Fachausdrücke zu, es wurde Frühstück, Mittagessen, Kaffee oder Abendessen gebracht oder wieder abgeholt, eine Schwester nahm die Essenswünsche für die folgende Woche auf, Besuch kam, Blutdruck wurde gemessen oder die Betten gemacht. Betten wurden meist um fünf Uhr morgens gemacht, denn dann war Schichtwechsel. Die nicht bettlägerigen Patienten standen dann einige Minuten schlaftrunken wie Zombies in den Krankenzimmern herum und ließen sich danach wieder ins frische Laken fallen, um bis zum Frühstück noch einmal wegzudösen. So verbrachte Rünz die meiste Zeit im Bett, zur Untätigkeit verdammt, ein deprimierender Dämmerzustand zwischen Schlaf und Wachsein, in dem der Unterschied zwischen Tag und Nacht verschwamm.

Ein vertrauter Duft weckte ihn aus der Trance, eine Melange aus Palmöl, Kokos, Lavendel und Rosenextrakt, die sich langsam, aber nachdrücklich ihren Weg durch die Ausdünstungen der Putz- und Desinfektionsmittel bahnte.

»Dass ich deine Weleda-Ökoseife mal gerne riechen würde – scheint ziemlich schlimm um mich zu stehen.«

»Warst halt lange genug auf Entzug.«

Seine Frau raschelte mit irgendeiner Papierschachtel, er gab sich keine Mühe, unter seinem Augenverband hindurchzulinsen. Dann spürte er ihre Hand über seinem Gesicht und millimetergroße minzige Kügelchen zwischen seinen Lippen.

»Nicht schlucken, langsam im Mund zergehen lassen!«

Er nahm seinen Mut zusammen, öffnete die Lippen und ließ die Bällchen in seine Mundhöhle fallen.

»Keine schlechte Gelegenheit, mich zu vergiften«, nuschelte er.

»Eben. Ein homöopathisches Mittel.«

»Hast du das mit dem Oberarzt besprochen?«

»Natürlich, kann nicht schaden, sagt er.«

»Ist das schon so weit, dass Kassenpatienten nur noch Medikamente bekommen, die nicht schaden können?«

»Hör auf herumzupiensen, das ist Graphites, gut für deine Verletzungen.«

Rünz simulierte Würgereiz und tastete nach seinem Spucknapf.

»Grafit?? Du steckst mir hier eine zerbröselte Bleistiftmine in den Mund?«

»Da mach dir mal keine Sorgen. Das sind Globuli in einer D12-Potenz. Von denen musst du schon ein paar Tausend nehmen, bis man mit dir zeichnen kann.«

»Ach ja, ihr Homöopathie-Schamanen seid ja Meister der Verdünnung. Welche Wirkstoffkonzentration haben wir denn hier?«

»Wichtig ist doch die feinstoffliche Information, die beim Potenzieren vermittelt wird.«

»Sag schon, welche Konzentration?«

»Eins zu eine Billion.«

Die Kügelchen lösten sich auf in seinem Mund und hinterließen einen scharfen Nachgeschmack.

»Eins zu eine Billion – na ja, vielleicht habe ich Glück und erwische ein Molekül. Man soll ja auch nicht überdosieren.«

Seine Frau seufzte. Rünz war beunruhigt, er konnte ihre Befindlichkeit nicht zuverlässig beurteilen, wenn er sie nicht sah. Jetzt, wo er so hilfsbedürftig dalag, empfand er plötzlich wieder große Zuneigung zu ihr, während sie sonst für seinen Gefühlshaushalt so relevant war wie ein funktioneller und unverzichtbarer Einrichtungsgegenstand in ihrem gemeinsamen Haushalt. Auch Liebe schien letztendlich nach durchweg eigennützigen ökonomischen Prinzipien zu funktionieren.

»Hast du sie gut gekannt?«, fragte sie.

Rünz fühlte Panik aufkommen. Sie wollte über Gefühle reden, und er konnte nicht weglaufen.

»Sie gehörte zu meinem Team, war hier für ein Jahr, im Rahmen eines Austauschprogrammes mit unserer französischen Partnerstadt Troyes. Sie wäre in vier Wochen wieder zurückgegangen, zu ihren Kollegen ins Commissariat …«

»Das meinte ich nicht.«

Rünz schluckte. Er verstand, sie wollte wissen, was in ihm vorging, seine Trauer, die Art, wie er den Tod einer Kollegin verarbeitete. Charli fehlte, das war natürlich schade, zumal sie mit ihrem überragenden Einfühlungsvermögen in einigen schwierigen Verhören entscheidende Wendungen herbeigeführt hatte. Aber seine Hauptsorge galt der Unruhe, die die ganze Sache in seinen Arbeitsalltag brachte – die interne Untersuchung, mögliche Umstrukturierungen, Kontakte mit ihren Angehörigen, lästige Journalisten. Aber das musste seine Frau nicht wissen.

»Es ist nicht leicht …«, presste er hervor, als unterdrückte er mühsam eine starke Gefühlswallung.

»Ich weiß, du brauchst jetzt einfach Zeit.«

Sie legte ihm tröstend die Hand auf den Unterarm, er entschied spontan, noch eine Schaufel Sentiment nachzulegen.

»Weißt du, wir haben nicht nur perfekt zusammengearbeitet, wir haben uns auch gut verstanden, auf einer menschlichen Ebene.«

Die Hand verschwand von seinem Unterarm.

»Auf einer menschlich-professionellen Ebene, meine ich.«

»Das freut mich«, sagte sie kühl. »Ich habe dir deine Waffenmagazine mitgebracht, sind heute mit der Post gekommen. Verlange jetzt bitte nicht von mir, dir diesen Rambo-Mist vorzulesen, mein Bruder ist sicher der Richtige für diesen Job.«

Sie legte ihm die Hefte auf die Bettdecke. Rünz strich zärtlich mit den Fingerspitzen über das Titelblatt des Deutschen Waffenjournals, als könnte er die Konturen der abgebildeten Walther SSP an der Oberflächenbeschaffenheit der Druckfarbe ertasten.

»Danke«, hauchte er. »Und – wie geht's dir so?«

»Wie bitte? Du fragst mich, wie es mir geht? Welche Drogen geben die dir hier? Schalt besser einen Gang zurück, ich könnte denken, du magst mich.«

»So war das nicht gemeint. Ich muss einfach wissen, ob du fit genug bist, um mich in den nächsten Jahrzehnten zu versorgen, wenn ich nicht mehr auf die Beine komme.«

»Da mach dir keine Hoffnungen auf Vollpension, wenn die dich hier nicht auf die Beine kriegen, ich schaffe das zu Hause ganz sicher.«

Rünz hörte, wie sie aufstand und sich den Mantel anzog.

»Ich muss los, habe heute meinen Pilatesabend.«

»Ah, die Warmduschergymnastik. Sind meine beiden Freunde auch noch dabei? Warum lädst du sie nicht mal wieder zum Essen ein?«

»Deine Freunde? Nach deinem Auftritt neulich? Gott, ich will nicht wissen, wie du mit deinen Feinden umgehst.«

»So nachtragend? Schade, ich hätte mich an die beiden gewöhnen können.«

»Mach dir nichts draus, du hast ja einen, der auf deiner Wellenlänge sendet. Klaus wird dich heute noch besuchen.«

Rünz döste sofort wieder ein, nachdem seine Frau gegangen war. Als er das nächste Mal aufwachte, war ein instinktiver

Angstreflex die Ursache, die basale Nervenreaktion eines Primaten auf die unmittelbare Nähe eines gefährlichen Räubers. Er hatte das Zeitgefühl verloren; seit dem Besuch seiner Frau konnten Minuten oder Stunden vergangen sein. Durch seine Augenverbände nahm er einen blassen Lichtschein wahr, er drehte mehrmals den Kopf, um herauszufinden, ob Tageslicht oder die Neonröhren an der Zimmerdecke den Raum erhellten.

Sein Schwager Klaus Brecker knarzte mit seinen 110 Kilo Lebendgewicht auf dem Besucherstuhl herum. Rosenduft und Lavendel waren Pitralon Classic Aftershave gewichen.

»Klaus?«

»Jep«, knurrte Brecker und verschränkte die Arme vor der Heldenbrust. Rünz gähnte und versuchte, seine Gedanken zu sortieren.

»Was ist mit den Leuten aus meinem Team, Wedel und Bunter? Keiner lässt sich hier blicken.«

»Danke, freue mich auch, dich zu sehen. Die Ärzte haben dich abgeschottet, Besuch nur von der Familie. Und bevor du jetzt anfängst …«

»Wie stehen die Ermittlungen, wen hat Hoven als Vertreter für mich eingesetzt? Haben sie den Schützen? Ist der Dicke identifiziert? Ihr müsst oben in diesem Hochbunker …«

»Das wäre ja mal ganz was Neues – die Superhirne von der Ermittlungsgruppe Darmstadt City informieren ein Streifenhörnchen vom zweiten Revier über ihre Ermittlungsergebnisse. Du bist wirklich auf den Kopf gefallen. War ganz schön was los im Präsidium. Presse, LKA, BKA, öfter mal Besuch von der französischen Staatspolizei. Aber eigentlich darf ich dir gar nichts erzählen.«

Brecker beugte sich vor zum Krankenbett.

»Sag mal, wie sieht’s denn hier so aus mit dem weiblichen Personal? Hast dir doch sicher schon ausgiebig die Prostata abtasten lassen.«

Er ließ sich wieder in den Stuhl fallen und klatschte seine Pratze auf den Oberschenkel.

»Ach, ich vergaß, die Augenbinde! So ein Jammer. Obwohl – manchmal vielleicht besser so, wenn man gar nicht sieht, wer einen da gerade beglückt! Übrigens – im Präsidium steht so ein Karton auf dem Flur, mit deinen privaten Sachen. Dachte, das würde dich vielleicht interessieren.«

Rünz war nicht in Scherzlaune.

»Hör zu, Klaus. Ich gebe dir den Schlüssel von meinem Waffenschrank mit. Bring mir morgen meine Ruger mit der gesamten Pflegeserie vorbei. Mit meinem Baby kann ich mich auch blind beschäftigen. Ich drehe hier am Rad ohne Ablenkung, mein letzter Zimmernachbar hat acht Stunden täglich ›Neun Live‹ geguckt.«

»Ist doch genau dein Niveau mit dem Hirnschaden. Tu nicht so, als hättest du dir zu Hause immer Themenabende bei Arte und Phönix reingezogen. Soll ich dir noch einen Schalldämpfer besorgen? Du könntest hier unten in der Kühlkammer an den Abgängen etwas trainieren, damit du in Form bleibst. Wann lassen die dich eigentlich hier wieder raus?«

»Die haben alles in mich reingesteckt und mich in alles reingesteckt, was man zu Untersuchungszwecken benutzen kann. Morgen nehmen die mir die verdammte Augenbinde ab, und ich habe einen Termin mit dem Stationsarzt, denke, ich bin dann so weit in Ordnung und kann spätestens übermorgen wieder nach Hause. Wenn nichts dazwischenkommt …«

* * *

»Mit Ihren Verletzungen ist so weit alles in Ordnung.«

Der Arzt mochte vielleicht Mitte 30 sein, er saß auf einem kleinen Drehschemel und wirkte entspannt und ausgeruht.

Vielleicht hatte er seinen Dienst gerade erst angetreten, womöglich wirkte er auch so zufrieden, weil ihn die Reformen und Tarifverhandlungen der letzten Jahre von der Last der Überstunden und Doppelschichten befreit hatten. Er hatte einen deprimierend durchtrainierten Körper, blonde Locken und eine klassisch ebenmäßige Physiognomie, ganz so, als wäre Agasias' Borghesischer Fechter eben mal vom Marmorpodest gestiegen, hätte seinen Degen gegen ein Stethoskop getauscht und mit einem weißen Kittel den Louvre verlassen. Die natürliche Arroganz attraktiver junger Menschen war ihm eigen – wahrscheinlich bewunderte er morgens beim Rasieren seine Schönheit und probte markante Gesichtsausdrücke, vielleicht nahm er einen zweiten Spiegel zur Hilfe, um sein Profil zu begutachten. Und in zehn Jahren würde er in Baden-Baden ein kleines Frischzellensanatorium für solvente Senioren eröffnen. Ganz sicher verursachte er einigen Aufruhr und Zickereien unter dem weiblichen Pflegepersonal im Darmstädter Klinikum.

Der Mediziner hatte die Betonung auf ›Verletzungen‹ gelegt, so klang es wie die Einleitung eines Vortrages, der ein paar unangenehme Überraschungen bereithielt.

»Sie hatten durch ihren Sturz bedingt eine Gehirnprellung, ein Schädel-Hirn-Trauma zweiten Grades. Ihre retrograde Amnesie beschränkt sich auf ein oder zwei Stunden, Sie haben keine neurologischen Ausfälle mehr. Können Sie mir Ihren gestrigen Tagesablauf schildern?«

Rünz beantwortete die Frage routiniert, ohne sich exakt zu erinnern. Der Vortag war sicher nicht anders verlaufen als die restlichen Tage seines Klinikaufenthaltes.

»Ihre Prognose ist gut, Spätfolgen des Traumas sind unwahrscheinlich. Sie sollten sich in den nächsten zwei bis drei Monaten noch Ruhe gönnen, Stress und Lärm vermeiden, möglichst kein Fernsehen, kein Alkohol.«

Rünz runzelte die Stirn. Wenn es irgendein probates Mittel gab, sich Ruhe zu gönnen, dann war es ein Kombinationspräparat aus einem Nachmittag auf dem Schießstand, einer Doppelfolge ›Walker, Texas Ranger‹ und einigen Flaschen Pfungstädter Schwarzbier.

»Was Ihre Hornhautverletzungen angeht, da haben Sie insgesamt ziemliches Glück gehabt. Die meisten der Perforationen sind weniger als einen Millimeter groß, das Gewebe wird an diesen Stellen aufquellen und mit der Zeit von selbst heilen. Die wenigen tieferen Wunden haben wir chirurgisch versorgt. Halten Sie unbedingt die Medikamentierung mit den Antibiotika streng ein, eine Endophthalmitis kann Sie Ihr Augenlicht kosten! Na ja, der Rest sind Prellungen und Schürfwunden, nichts Gravierendes.«

Einige Sekunden herrschte Schweigen zwischen Arzt und Patient.

»Aber?«, fragte Rünz. »Sie sagten am Anfang, dass mit meinen *Verletzungen* so weit alles in Ordnung ist.«

»Richtig. Wir haben in den letzten Tagen ein ziemlich umfassendes Untersuchungsprogramm mit Ihnen gefahren, ist Ihnen wohl nicht entgangen.«

»Jesus, ich dachte, Sie hätten mich nur als Dummy benutzt, um Ihre Geräte zu testen.«

»Wir haben in Ihrem Gehirn eine Anomalie gefunden, im äußeren Bereich Ihres Großhirns. Im Frontallappen, um genau zu sein.«

Der Adonis rotierte auf seinem Hocker, nahm eine Aufnahme aus einer Mappe auf seinem Schreibtisch und wandte sich wieder Rünz zu. Das Bild zeigte den Vertikalschnitt eines menschlichen Kopfes, und unter den gegebenen Umständen musste Rünz davon ausgehen, dass es sein eigener war. Er studierte fasziniert die graue Masse unter der Schädelkalotte – hier lag sie vor ihm, die Hardware seiner Seele, ein paar Milliarden synaptischer Schaltkreise, in denen alles gespeichert und abrufbar war, von seiner Aversion gegen Nordic Walker über seine neurotische Angst vor dem Erbrechen bis zu der tiefen Befriedigung, die er spürte, wenn er sich mit seinen Waffen beschäftigte. Rünz hatte sich in 25 Berufsjahren intensiv mit rechtsmedizinischen Fragestellungen auseinandergesetzt, er konnte die Anomalie, die der Mediziner meinte, sofort identifizieren. Zwischen Stammhirn und vorderer Begrenzung des Stirnbeins leuchtete ein haselnussgroßer heller Fleck, der sich klar von der homogenen grauen Masse seines Großhirns abhob und vom umgebenden Gewebe scharf abgrenzte.

»Sie meinen das Ding hier?«

Rünz legte den Finger auf den Fleck.

»CT, MRT, Angiografie – alles deutet auf ein Astrozytom hin, eine Form von Geschwulst, die aus den Stützzellen des zentralen Nervensystems entsteht. Eine der häufigsten raumgreifenden Gewebeveränderungen des Gehirns – im mittleren Lebensalter.«

Immerhin, er hatte nicht von der zweiten Lebenshälfte gesprochen. Der junge Held schien irgendwie um den Begriff ›Tumor‹ herumzuschiffen. Rünz hatte als Patient jetzt eigentlich die Gretchenfrage nach der Bösartigkeit zu stellen, aber ihn beschäftigte etwas anderes. Er fühlte sich gekränkt. Der Stationsarzt war mindestens zehn Jahre jünger als er. Die Diagnose einer vielleicht letalen Erkrankung hätte er sich lieber von einem erfahrenen Chefarzt mitteilen lassen, mit alters- und standesgemäßem Pathos und Schwere in der Stimme.

»Hatten Sie, von Ihrem Sturz mal abgesehen, in den letzten ein bis zwei Jahren vermehrt Konzentrationsstörungen? Fühlten Sie sich schlapp und antriebsschwach? Leiden Sie unter Krämpfen und epileptischen Anfällen? Beschweren sich Ihre Frau, Freunde oder Kollegen über ihr zunehmend unsoziales Verhalten?«

Rünz verneinte, wider besseres Wissen, was die letzte Frage anging. Wenn solche Vorwürfe seiner Frau ein zuverlässiges Indiz für unheilbare Krankheiten waren, dann stand es schlecht um ihn.

»Sie sind Polizist, entnehme ich Ihren Unterlagen. Waren Sie jemals in Ihrem Leben über einen längeren Zeitraum petrochemischen Substanzen ausgesetzt, Kraftstoffen, Heizölen, Chemikalien, was auch immer?«

»Na ja, Mitte der 80er, da habe ich mal vollgetankt, unten an der ARAL-Tankstelle in der Rheinstraße. Damals war der Sprit noch billig, wissen Sie …«

Rünz konnte es nicht lassen. Wenn es ernst wurde, fing er an, Faxen zu machen, als könnte er die existenzielle Tragweite der Situation ins Lächerliche transformieren. Der Beau ignorierte seine Witze.

»Jetzt sagen Sie schon, wie gefährlich ist das Ding?«

»Das kann ich Ihnen auf Basis der vorliegenden Untersuchungsergebnisse nicht sagen. Jedenfalls handelt es sich hier höchstwahrscheinlich nicht um eine Metastase eines Primärtumors, der irgendwo in Ihrem Körper schlummert, und gestreut hat die Geschwulst auch nicht. Es gibt ein breites Spektrum bei dieser Form der Gliome, niedrig-maligne, selten aber auch solche, die bösartige Neubildungen hervorrufen. Meist werden Gewebeveränderungen wie diese nur durch Zufallsbefunde diagnostiziert, wie in Ihrem Fall. Ohne Ihren Unfall hätte Sie zeitlebens wahrscheinlich kein Arzt mit diesem Befund konfrontieren müssen. Wenn Sie sichergehen wollen, empfehle ich Ihnen eine feingewebliche Untersuchung. Eine Biopsie.«

Der Kommissar zuckte zusammen. Die Vorstellung einer Kanüle, die in seinen Schädel eindringt, verursachte ihm Schweißausbrüche. Der Arzt schien seine Reaktion zu registrieren.

»Das ist weniger brisant, als Sie vielleicht denken. Alles passiert unter Vollnarkose, eine bildgestützte stereotaktische Gewebeentnahme. Die Komplikationsrate liegt bei unter zwei Prozent, und nach drei Tagen haben wir ein belastbares Ergebnis. Lassen Sie uns direkt einen Termin ausmachen.«

Zwei Prozent klangen eigentlich beruhigend, andererseits lief dann bei jedem 50. Patienten etwas schief. Rünz verkniff sich die Frage, wie viele Patienten sie in den letzten Monaten komplikationsfrei biopsiert hatten. Er schaute aus dem Fenster des Untersuchungszimmers auf die Autokolonnen in der Bismarckstraße und beschloss, das zu tun, was er am besten konnte – die ganze Sache erst mal zu ignorieren. Durch Aussitzen hatte er schon viele Probleme gelöst.

»Haben Sie mit meiner Frau über die Diagnose gesprochen?«

»Dafür bestand bislang kein Anlass, Sie sind bei Bewusstsein und voll zurechnungsfähig. Aber wenn Sie möchten …«

»Nein, nein, ich mache das. Und wenn ich diese Biopsie nicht machen lasse? Wie stünden dann meine Chancen?«

»Die Wahrscheinlichkeit für eine maligne Geschwulst liegt bei rund zehn Prozent. In den nächsten Tagen nehmen wir hier unten im Haus einen Computertomografen der neuesten Generation in Betrieb. Wenn Sie die Gewebeentnahme ablehnen, vereinbaren Sie möglichst bald einen Termin für eine CT. Wir machen eine Präzisionsvermessung des Knotens, das Gleiche in drei Monaten noch mal. Mit einem engmaschigen Monitoring können wir das Wachstum kontrollieren.«

Rünz schaute ein paar Sekunden betroffen aus dem Fenster. Der Mediziner machte keine weiteren Versuche, ihn zu einer Gewebeprobe zu überreden. Rünz war fast ein wenig enttäuscht, er vermisste bei dem jungen Schönling den aufopferungsvollen Gestus, mit dem Ärzte in Krankenhaus-Soaps beratungsresistenten Patienten ihre Therapievorschläge andienten.

»Was kann ich sonst noch tun?«, fragte Rünz.

»Für Ihre Gesundheit? Das, was wir alle tun sollten. Ernähren Sie sich gesund, bewegen Sie sich. Ihr Leistungsvermögen könnte etwas besser sein für Ihr Alter, fangen Sie mit

Sport an. Etwas Schonendes für den Anfang – wie wär's mit Nordic Walking?«

Nordic Walking. Warum nicht gleich Pilates? Der Beau wirkte unruhig, als wäre er in Gedanken schon bei seinem nächsten Termin. Sie verließen gemeinsam das Untersuchungszimmer und verabschiedeten sich. Am Ende des Flurs blieb Rünz stehen und drehte sich um, der blonde Engel stand vor dem Stationszimmer und flirtete mit einer Krankenschwester. Zwei junge, vitale, attraktive und gesunde Menschen – Wesen aus einer anderen Welt.

* * *

Eigentlich war es eine glänzende Idee, nach einer längeren Auszeit den Arbeitsplatz an einem Freitag wieder aufzusuchen. Man schaffte sich einen lockeren Übergang und hatte nicht die deprimierende Aussicht auf eine ganze Arbeitswoche.

Vor dem Eingang des Präsidiums stand ein fabrikneuer Citroën C6 mit französischem Kennzeichen und den Endziffern 10 des Départements Aube. Rünz blieb einen Moment stehen und genoss das mutige Stück Industriedesign, eine erstarrte schwarze Ozeanwelle kurz vor der Brandung, die zeitgemäße stilistische Referenz an eine Stilikone der 60er-Jahre, den alten DS. In welchem Département lag eigentlich Troyes? Rünz wurde unruhig, vielleicht hätte er seine vorzeitige Rückkehr zum Dienst doch telefonisch ankündigen sollen.

Der Fahrer kam ihm im Foyer des Präsidiums entgegen, ein wendiger und temperamentvoller kleiner Mittsechziger, der mit finster entschlossenem Gesichtsausdruck dem Ausgang zustrebte. Das dünne, schüttere und schneeweiße Haar stand in allen Richtungen vom Kopf ab, als hätte er sich elektrisch aufgeladen. Rünz hatte ihn nie zuvor gesehen, aber alles kam ihm bekannt vor – der starke Vorbiss, die quirlige Art, wie er sich bewegte. Charlis Vater, er hatte keine Zweifel. Der Alte hatte seiner Tochter einiges an genetischer Ausstattung mit auf den kurzen Lebensweg gegeben. Sollte Rünz sich ihm zu erkennen geben? Er zögerte zu lange, der Franzose war schnell aus dem Gebäude und in seinem Auto. Das hydraktive Fahrwerk lupfte die Karosse an, und er verließ den Parkplatz Richtung Stadtmitte.

Rünz ging weiter zu seinem Büro. Aus dem Besprechungsraum seiner Abteilung hörte er Stimmen, die Tür stand offen, er blieb am Eingang stehen. Bunter und Wedel registrierten ihn nicht, die Rücken ihm zugewandt standen sie am Tisch vor ihren Unterlagen und einigen Folienbeuteln mit Beweismaterial und diskutierten. Er lauschte dem Gespräch einen Moment, ohne auf sich aufmerksam zu machen. Bunter hatte die Rolle des Ermittlungsleiters übernommen, keine Überraschung, der Westfale war schließlich Rünz' offizieller Stellvertreter. Aber die Verve, mit der sich der sonst eher phlegmatische Westfale in die übernommene Aufgabe geworfen hatte, wirkte doch unheimlich. Er trug einen Anzug, gut, nicht gerade ein aktuelles Modell, aber ein Quantensprung im Vergleich zu dem Birkenstock-Look, in dem er jahrelang herumgeschlurft war. Sein Bauch wirkte etwas flacher, und der Vollbart war auf ein durchaus businesskompatibles Maß zurechtgestutzt. Hier nutzte ein Mann seine Chance. Wedel demonstrierte penetrante Jugendlichkeit, er trug Sneakers und eine goldfarbene gesteppte Daunenjacke aus der aktuellen Winterkollektion irgendeiner Jugendmarke, mit der er gegen akute Heizungsausfälle gewappnet war, dazu gegelte Naturlocken. Er hörte Bunter konzentriert zu und nickte ab und an bestätigend mit dem Kopf. Die beiden schienen blendend zusammenzuarbeiten.

Drei Worte nur, ein kurzer Satz, unendlich oft wiederholt, jedes Mal etwas lauter, wie bei einer albernen Ausstellungsperformance, eine akustische Installation, die irgendein Kunststudent mitten in Rünz' krankem Kopf veranstaltete – JEDER IST ERSETZBAR.

Die zwei drehten sich um und starrten ihn an. Er hatte den Satz laut und deutlich ausgesprochen, wie ein Kind, dem noch das Über-Ich als zensierende Instanz fehlte. Keiner sagte ein Wort, eine indifferente Situation. Der alte Wolf war zurückgekehrt – würde er mit seinem Nachfolger um den Rang des Alphatieres rivalisieren?

»Wir haben Sie erst am Montag erwartet. Wie geht es Ihnen?«, fragte Bunter.

»Schon gut, bin heute nur Gasthörer«, klärte Rünz die Lage. »Ab nächste Woche wieder offiziell im Dienst. Da unten am Eingang – Charlis Vater, richtig? Haben Sie mit ihm gesprochen?«

»Hoven hat ihn eingeladen, als Wiedergutmachung sozusagen«, antwortete Bunter. »Er war Dauergast bei uns, es gab einigen Ärger, weil sich die Überführung von Charlis Leiche verzögerte. Die Staatsanwältin hat natürlich eine Obduktion angeordnet. Bartmann hatte in Frankfurt seine Kühlfächer voll und musste erst mal andere Fälle abarbeiten, bevor er sich um Charli kümmern konnte. Ihr Vater ist hier im Dreieck gesprungen, er musste über zwei Wochen warten, bis er seine Tochter rückführen und beerdigen konnte.«

»Die Beisetzung – war von euch jemand dabei?«

Bunter nestelte nervös am Revers seines C&A-Sakkos.

»Ich bin mit Hoven rübergefahren. War keine angenehme Sache, sie hatte eine große Familie, viele kleine Nichten und Neffen, die mit den Nerven völlig fertig waren.«

Bunter war mit Hoven rübergefahren. Ein trauriger Anlass, aber eine gute Gelegenheit, mit Hoven ins Gespräch zu kommen. Rünz trat ein paar Schritte vor und überblickte die Fotos, Skizzen und Notizen, die auf dem Tisch ausgebreitet lagen.

»Wo ist Meyer?«

»Feiert Resturlaub ab«, sagte Bunter. »Hat sich im Urlaub krankgemeldet, Knöchel verstaucht oder so.«

»Hat der sich schon mal in einem Urlaub nicht krankgemeldet?«

Rünz musste sich zusammenreißen. In Gegenwart von Untergebenen über Mitarbeiter herzuziehen, zeugte nicht von Führungsqualität. Er wechselte das Thema.

»Warum hält mich keiner auf dem Laufenden? Und an meiner Aussage hatte wohl auch keiner Interesse. Seit drei Wochen studiere ich das deutsche Gesundheitssystem von innen, ich könnte bei Maischberger als Experte anheuern.«

»Wir haben versucht, mit Ihnen zu sprechen, aber Ihre Ärzte …«

»Ja, ja, die Schutzhaft, schon gut. Wo ist die ganze Entourage – BKA, LKA, Interpol –, eine Kollegin ist ermordet worden.«

Bunter zog ratlos die Schultern hoch.

»Wir können uns das auch nicht erklären. In den ersten 14 Tagen nach den Morden hatten wir hier einen richtigen Hofstaat, die Leute haben sich gegenseitig Hühneraugen getreten. Wir hatten hier eigens für den Fall eine Einsatzzentrale improvisiert mit den besten Leuten, Rheinland-Pfalz und Bayern haben mit Spezialisten Amtshilfe geleistet, Geld schien keine Rolle zu spielen. Tagelang stand uns ein Expertenteam aus Nanterre auf den Füßen, SCTIP der Police Nationale, der Dienst für internationale technische Zusammenarbeit. Die wollten sich hier voll einbringen bei den Ermittlungen. Und dann, nach zwei Wochen, kommen wir Montagmorgen hierher – und alle sind weg. Die Staatsanwältin druckste herum, und Hoven sagte, das ginge schon in Ordnung, wir hätten bundesweit akute Terrorwarnungen, die Leute müssten sich erst mal darum kümmern. Seitdem köcheln wir hier wieder allein.«

»Wir hatten hier einen richtig schönen internationalen Presseauflauf in den ersten Tagen«, sagte Wedel. »Eine französische Polizistin, die in Deutschland ermordet wird – hat ganz schön Staub aufgewirbelt bei unseren Nachbarn. ›Le Monde‹ hatte uns mit einem Einspalter auf der Titelseite, der ›Figaro‹ auf Seite zwei, von der deutschen Presse mal ganz abgesehen.«

Er stand breitbeinig da in seiner Goldjacke und den Schlabberjeans und gestikulierte beim Reden im Stil afroamerikanischer Rapper. Erwachsen zu werden war keine leichte Aufgabe.

»Sie können sich vorstellen, was hier los war. Hat einiges an Energie gekostet, uns die Medienmeute vom Hals zu halten, aber Hoven hat sich da voll eingebracht.«

Bunter grinste schelmisch, und Rünz konnte sich lebhaft vorstellen, mit welcher Begeisterung sich sein Vorgesetzter vor die Objektive gestürzt hatte.

»Wie weit seid ihr?«, fragte Rünz.

»Woran können Sie sich noch erinnern?«, fragte Bunter.

»Mir fehlen die letzten zwei oder drei Stunden vor dem Sturz.«

»Gut. Wir hatten um 9.25 Uhr einen Anruf per Handy in der Notrufzentrale. Klang ziemlich undeutlich, wie ein Besoffener, die Stimme kaum verständlich, danach ein paar Worte mit russischem Akzent, dann war die Verbindung weg. Das Ganze klang nicht dramatisch, keine Anzeichen unmittelbarer Gefahr, eher so, als hätte jemand versehentlich den Notruf seines Handys aktiviert. Wir haben die Signalquelle mit dem IMSI-Catcher auf dem Knell-Gelände geortet. Die Stadt war ziemlich dicht, ein Schwertransport mit einem Stahlteil für das neue Kongresszentrum hatte sich in der Pallaswiesenstraße verkeilt. Wir oder die Kollegen vom ersten Revier unten im Schloss hätten ziemlich lange gebraucht, deswegen haben wir erst mal gecheckt, ob zufällig jemand in der Nähe ist. Um 9.30 Uhr haben wir Ihr Auto in der Otto-Röhm-Straße lokalisiert und Sie angefunkt, Sie haben zugesagt, mal nachzusehen. Wir haben eine Baumarktquittung und ein paar Regalbretter in Ihrem Dienstwagen am Sensfelder Weg gefunden. Vermute, Sie waren beim Männershopping im Baumarkt.«

Rünz überlegte krampfhaft, ob er irgendwelche kompromittierenden Privatsachen in seinem Wagen hatte liegen lassen, aber Bunter machte keine Anspielungen in dieser Richtung.

»Bis zehn Uhr haben wir auf eine Reaktion von Ihnen gewartet, dann hat sich Charli mit zwei Kollegen vom zweiten Revier auf den Weg gemacht. Die haben fast 20 Minuten durch die Stadt gebraucht, und just als sie den Rhönring überqueren, kommt ein Notruf rein – Wohnungsbrand im Hundertwasserhaus. Die drei disponieren um, Charli steigt am Knell-Gelände aus, die zwei von der Bereitschaft fahren weiter zum Brandort. Dort war ja schließlich unmittelbare Gefahr im Verzug, keiner wusste, ob der Block nicht evakuiert werden musste. Na ja, als wir dann um elf Uhr auf der Knell waren, um nach Ihnen und Charli zu suchen, fanden wir Sie bewusstlos mit einem ziemlich blutigen Kopf, Charli und den Dicken tot.«

»Hat er einen Namen, der Dicke?«

Wedel schob ihm einen Stapel mit Aufnahmen von Kleidungsstücken hin.

»Keine Papiere, Geld oder Dokumente. Melderegister, INPOL, SIS, AZR – alles negativ. In den drei Wochen seit den Morden sind bundesweit 18 Personen als vermisst gemeldet worden, kein Treffer. Familie, Nachbarn, Freundeskreis, Arbeitgeber – keiner meldet sich. Scheint nicht viele Kontakte gehabt zu haben.«

»Mediterraner Typ, 1,79 Meter groß, schwarze Haare, braune Augen, starkes Übergewicht«, sagte Bunter. »Sonst keine relevanten besonderen Kennzeichen, keine Tätowierungen, Piercings, Brandings, OP-Narben. Raucher, aber keine Anzeichen von Alkohol- oder Drogensucht, keine Medikamentenrückstände nachweisbar. Sein Gebiss war eine ziemlich stümperhafte Baustelle, sagt Bartmann, wahrscheinlich hat er sich in Ost- oder Südeuropa bei einem Discounter behandeln lassen.«

Rünz betrachtete die Aufnahmen der Kleidungsstücke des Toten. Unterwäsche, nach dem Exitus eingenässt, ein Sweatshirt mit dem Aufdruck B 612, wahrscheinlich irgendein Kürzel einer amerikanischen Basketballmannschaft, eine gesteppte Jacke, Nike-Turnschuhe und Tennissocken, die nicht nach frischer Waldluft aussahen. Die Jeans hatten fünf Einschusslöcher am rechten Bein, braun umrandet von geronnenem Blut.

»Die Levis und die Nikes sind Fakes«, sagte Wedel, und er musste es wissen. »Qualitativ hochwertige Produktpiraterie, die irgendwo in Südostasien hergestellt wird. Können Sie sich übers Internet auf der ganzen Welt kaufen. Sweatshirt und Jacke stammen aus Kollektionen, die H&M Ende der 90er in Frankreich, Australien und Deutschland verkauft hat. Den Aufdruck auf dem Sweatshirt hat allerdings irgendwer nachträglich draufgebügelt.«

»Wo sind die Einschusslöcher im Pulli, er ist doch nicht an den Beinschüssen gestorben?«

Bunter übernahm wieder.

»So wie wir das sehen, hat der – oder haben die – Täter ihn ins Bein geschossen, um ihn zu quälen, vielleicht ein Sadist, vielleicht wollten er oder sie Informationen aus dem Dicken herauskitzeln.«

Bunter startete Laptop und Beamer und zeigte einige Aufnahmen, die der Rechtsmediziner von der Leiche gemacht hatte. Ein gequollenes, dickes weißes Bein, feist wie eine Presswurst, auf der Rückseite des rechten Oberschenkels fünf große, radiär eingerissene Einschussplatzwunden, umgeben von Brandhöfen und großflächigen Schmauchablagerungen.

»Also, was war die Todesursache? Ist er an den Beinwunden hier verblutet?«

»Thrombenembolie. Wahrscheinlich waren die Schussverletzungen nur der Auslöser, nicht die Ursache. Ziemlich unglückliche Rahmenbedingungen – Adipositas, Bewegungsmangel, außerdem hatte er Typ-II-Diabetes, wahrscheinlich noch symptomfrei und zu Lebzeiten nicht diagnostiziert.«

Rünz schnappte nach Luft bei der Vorstellung, der Täter hätte ihm nach seinem Sturz die gleiche Behandlung zukommen lassen. Er war nicht mehr sicher, ob er sich wirklich wieder an alles erinnern wollte, was er auf dem Knell-Gelände erlebt hatte.

Wedel stellte sich mit einem Edding an das Flipchart, skizzierte den Umriss des Geländes, die Stelle am Sensfelder Weg, an der Rünz geparkt hatte, den runden Hochbunker, den Stapel alter Eisenbahnschwellen, hinter dem die Spurensicherung einige Blutstropfen mit Rünz' DNA gefunden hatte, die Orte, an denen Charli und der Dicke gefunden worden waren, den Punkt, an dem er bewusstlos gelegen hatte. Bunter führte ihm mit dem Beamer synchron Fotos des Tatortes vor. Beide schauten ihn erwartungsvoll an, sie schienen zu hoffen, seinem Gedächtnis mit ihren Informationen auf die Sprünge helfen zu können. Aber Rünz erschien das Szenario völlig fremd, es hätte auf einem anderen Stern spielen können.

»Sie haben mit Ihrer Smith & Wesson vier Schüsse abgegeben, drei der Projektile haben wir am Sockel des Hochbunkers gefunden. Charli hat es von hinten erwischt, aus Richtung des Bunkers, sie hat keinen einzigen Schuss abgegeben. Wir haben weitere Projektile aus der Tatwaffe in den Eisenbahnschwellen gefunden, außerdem Einschlagspuren rechts und links davon. Sieht so aus, als hätten Sie dort Deckung gesucht.«

Rünz trat zum Flipchart, nahm Wedel den Edding aus der

Hand und zog eine Linie vom Hochbunker bis zum Schwellenstapel. Charli lag exakt auf der Mitte der Geraden, er selbst auf halbem Wege zwischen ihr und seiner Deckung. Er atmete erleichtert auf, Bunter schien seine Gedanken zu ahnen.

»Ihrer Lage auf dem Boden nach zu urteilen sind Sie auf Charli zugerannt und dabei über eine alte Eisenbahnschiene gestolpert«, sagte er. »Sieht so aus, als wollten Sie ihr helfen. Sie müssen den Täter bei seiner Beschäftigung mit dem Dicken gestört haben, er hat sich wohl erst seitwärts in die Büsche geschlagen, als er Sie kommen sah, ist dann zurück Richtung Ausgang und in den Hochbunker. Wahrscheinlich haben Sie ihn nicht verfolgt, sondern sich erst mal um den Dicken gekümmert. Vom Bunker aus konnte er Sie dann bequem in der Deckung festnageln – bis Charli kam.«

»Hmm, aufgesetzte Schüsse. Und riesige Stanzmarken«, murmelte Rünz, über die Aufnahmen des Frankfurter Rechtsmediziners gebeugt.

»Ein Schalldämpfer. Oder haben Sie eine bessere Idee, Chef?«

Wedel schien langsam wieder zur gewohnten hierarchischen Ordnung zurückzukehren.

»Die fünf Beinwunden sind Durchschüsse«, sagte er. »Wir konnten die Projektile im Erdreich sicherstellen. Im freien Gelände hat er seine ausgeworfenen Patronenhülsen eingesammelt. Oben im Hochbunker hat er das wohl auch versucht, Pech für ihn, dass da oben durch die kleinen Sehschlitze kaum Licht reinfällt. Wir konnten zusätzlich zwei Hülsen sicherstellen.«

Er reichte seinem Vorgesetzten ein Tütchen mit den Munitionsüberresten. Rünz ging zum Fenster und begutachtete die Beweisstücke im Licht der Wintersonne.

»Da haben wir ja einen richtigen Klassiker, 7,62 x 54 Millimeter rimmed!«

»Das Kaliber gehört immer noch zur Standardausrüstung

der Armeen in Russland und Osteuropa«, sagte Wedel. »Die Experten vom KTI faxen uns noch eine Liste der Waffen, die mit dieser Munition …«

»Darauf braucht ihr nicht zu warten«, unterbrach Rünz. »Die russische Mosin-Nagant, Standardwaffe der sowjetischen Infanterie bis in die 50er-Jahre. Außerdem die MG Degtjarow DA, ein Maschinengewehr, hat die Luftwaffe in ihren Tupolewbombern eingesetzt. Dann hätten wir noch die Tokarew SVT-40, die Scharfschützenwaffe der Rotarmisten im Zweiten Weltkrieg.«

Rünz erlebte einen der raren Glücksmomente, wenn Hobby und Beruf zu einer Passion verschmolzen.

»Aber mit keiner dieser alten Gurken hätte der Schütze eine solche Präzision erreicht. Er hat mit der Dragunov geschossen, einer Weiterentwicklung des AK 47. Wahrscheinlicher noch mit dem Nachfolgemodell, der SVD.«

Rünz nahm das Messingröhrchen aus der Tüte und versuchte, die Prägung auf dem Hülsenboden zu entziffern. Seit den Verletzungen an seiner Hornhaut funktionierte die Akkommodation seiner Augenlinsen nicht mehr richtig, er musste die Munition wie ein Weitsichtiger am ausgestreckten Arm auf Entfernung halten.

»Sellier & Bellot, tschechischer Hersteller. Da ist keine Chargennummer drauf, erinnert die Jungs vom KTI dran nachzuforschen, an wen die Tschechen Munition ohne Seriennummer verkaufen. Ist Charli mit der gleichen Waffe erschossen worden?«

Beide nickten.

»Da ist noch was«, sagte Wedel. »Wir haben das Handy gefunden, mit dem der Dicke den Notruf abgesetzt hat. Ziemlich ramponiert, sieht aus, als hätte jemand drauf rumgetreten.«

»Hmm, der Täter nimmt ihm alles weg, Geld, Papiere, Brieftasche, und lässt das Handy liegen«, murmelte Rünz.

»Oder der Tote hatte nichts mitgenommen außer seinem Handy«, sagte Bunter.

»Was ist mit der Seriennummer und der SIM-Karte? Wisst ihr, wo das Gerät gekauft wurde? Habt ihr gespeicherte Telefonnummern, SMS, Verbindungsdaten, Gesprächsaufzeichnungen des Netzbetreibers?«

»Das ist kein marktübliches Gerät«, antwortete Bunter. »Der Dicke muss ein ziemlicher Geheimniskrämer gewesen sein. Ein Kryptohandy von Pfeiffer & Weiss auf der Basis eines alten Siemens S35i. Das Ding nutzt den transparenten GSM-Kanal zur Verschlüsselung, Gesprächsaufzeichnungen sind da nicht zu erwarten. Pfeiffer & Weiss haben das Ding 2001 an einen italienischen Geschäftsmann verkauft, der in Noordwijk in den Niederlanden lebt. Unsere holländischen Kollegen haben sich mit dem Mann unterhalten. Er hat glaubhaft beteuert, das Handy vor drei Jahren gegen Bargeld an einen ihm unbekannten Landsmann verkauft zu haben, ein schnelles Straßengeschäft.«

»Hat der Mann ein Foto vom Toten gesehen?«

»Ja. Er sagt, von der Figur her könnte das passen, aber er könnte sich nicht mehr genau erinnern, hat sich ja nur ein oder zwei Minuten mit ihm unterhalten. Prozessor und Speicher der SIM-Karte sind völlig zerstört, wir konnten keine Daten mehr auslesen. Die Techniker haben erst gestern den Identifikator wieder lesbar machen können. Ist eine Prepaidkarte.«

»Wo ist das Problem, beim Kauf dieser Dinger werden doch die Personalien registriert?«

»Ist auch so. Diese hier hat eine MobiConnect-Filiale in Schwabing an einen Münchner Studenten verkauft, der hat das erste Guthaben halb abtelefoniert und die Karte dann über eBay versteigert. Ist nichts Besonderes, die werden zu Tausenden im Web angeboten. Der ideale Weg, um anonym zu telefonieren, wenn man eine ersteigert und immer wieder auflädt. Der Studi kann sich natürlich nicht mehr dran erinnern, an welchen Bieter er sie geschickt hat, aber wir haben bei eBay eine Anfrage laufen, der Käufer muss da mit Adresse registriert sein. MobiConnect wird uns morgen die Verbindungsdaten der Prepaidkarte schicken.«

Rünz torkelte vom Fenster ein paar Meter durch den Raum auf den Tisch zu, Wedel drehte einen Stuhl um und bot ihm wie einem Invaliden einen Platz an. Die Liegezeit im Krankenhaus hatte seiner ohnehin unterdurchschnittlichen Konstitution einen nachhaltigen Schlag versetzt. Wenn er sich nicht bald erholte, würde er in nicht allzu ferner Zukunft dem Rat des Arztes folgen und Sport treiben müssen – eine entwürdigende Perspektive. Er versuchte, von seinem kleinen Schwächeanfall abzulenken.

»Wie ist der Dicke auf die Knell gekommen? Auto, zu Fuß, mit dem Fahrrad oder öffentlichen Verkehrsmitteln?«

»Wir sind alle Varianten durchgegangen«, sagte Wedel. »Seiner Statur nach zu urteilen hat der sich nicht einen Meter freiwillig bewegt, wenn es nicht unbedingt notwendig war. Welche Möglichkeiten hatte er? Variante A – er wohnte in der Nähe. Wir haben ein Mailing an alle Haushalte in einem halben Kilometer Umkreis geschickt, mit Foto und Personenbeschreibung. Außerdem Aushänge in den Treppenhäusern. Morgen erscheint eine Meldung in der ›Allgemeinen‹. Variante B – er ist selbst mit einem Fahrzeug gekommen, Fahrrad, Auto, Roller, was auch immer. Wie haben die Halter aller gemeldeten Fahrzeuge gecheckt, die seit den Morden rund um die Knell stehen und nicht bewegt wurden – negativ. Acht Fahrzeuge standen zum Tatzeitpunkt in Halteverbotszonen an der Frankfurter und der Kasinostraße und wurden am gleichen Tag oder in den Tagen danach abgeschleppt – negativ. Drei fahruntüchtige, alte Fahrräder lagen auf der Knell herum, das ist die ganze Ausbeute.«

»Vielleicht ist er zusammen mit dem Täter gefahren«, sagte Rünz.

»Richtig«, sagte Bunter, »das ist Variante C. Und der Täter ist möglicherweise mit dem Fahrzeug des Toten geflohen. Oder, Variante D, öffentliche Verkehrsmittel.«

Wedel rollte einen Netzplan der Darmstädter Verkehrsbetriebe auf dem Tisch aus und beschwerte die Ecken mit Kaffeetassen. Die beiden spielten sich gegenseitig die Bälle zu und boten eine perfekte Vorstellung.

»Die Straßenbahnlinien 4, 5, 6, 7 und 8 fahren über die Frankfurter nach Norden Richtung Arheilgen, direkt an der Knell vorbei. 4 und 5 biegen auf Höhe des Messplatzes nach Osten Richtung Kranichstein ab. Dann sind da noch der R-Bus, der im Osten und Norden um die Knell herumfährt, und zwei Buslinien der regionalen DADINA. Wir haben mit allen Fahrerinnen und Fahrern gesprochen, die diese Linien in den letzten zwei Monaten gefahren sind. Außerdem haben wir Aushänge in den Fahrzeugen gemacht. Die freien Taxifahrer und Taxiunternehmen sind informiert. Ergebnis – null.«

Rünz hatte einen Erinnerungsblitz, ein Bild kurz vor der Schwelle zum Bewusstsein, quälend wie ein Traum, an den man sich direkt nach dem Aufwachen vergeblich zu erinnern versuchte. Seine Gedanken drohten abzuschweifen, er versuchte sich auf das Arbeitsgespräch zu konzentrieren.

»Und Charli?«

»Aortenbogen durchschossen«, sagte Wedel. »Sie hatte nicht den Hauch einer Chance.«

»Warum hat er mich nach meinem Sturz nicht auch erschossen, ich lag doch wie Wildbret auf dem Tablett.«

»Vielleicht war er in diesem Moment schon auf der Flucht, die Wendeltreppe im Bunker runter und raus durch den Bretterzaun.«

»Augenzeugen?«

Wedel stellte sich breitbeinig auf und fuhr sich mit der Hand durch die glänzende Tolle.

»Das ganze Areal wird derzeit nur von ein paar Pennern als Nachtlager und von zwei Dutzend kiffenden Skatern in Schlabberhosen genutzt, die sich in den alten Hallen ein paar Halfpipes zusammengeschraubt haben. Wir haben die ganze Bande befragt, sind nicht gerade die idealen Kooperationspartner, was polizeiliche Ermittlungen angeht, die gehen sofort in Fundamentalopposition. Und wenn diese Typen zu irgendeinem Zeitpunkt gar nichts mitbekommen, dann ist das ein Samstagvormittag.«

Rünz verspürte zum ersten Mal seit seinem Dienstantritt im Präsidium Südhessen vor über 20 Jahren Appetit auf das Kantinenessen, er versuchte aufzustehen. Wedel sprang ihm behände zur Seite und zog den Stuhl etwas zurück, wie ein zuvorkommender Zivi im Altersheim. So weit war es gekommen.

Auch Bunter schien die Situation unangenehm, er kramte in den Unterlagen wie auf einem Wühltisch herum und zog ein kleines Tütchen hervor.

»Ach ja, den hier haben wir noch vergessen: einen kleinen Doppelbartschlüssel, haben wir in der Coin pocket seiner Jeans gefunden. Schätze, der Mörder hatte keine Zeit, ihn richtig sorgfältig zu durchsuchen. Herstellercode und Kennnummer sind abgeschliffen, keine besonderen Sicherheitsfeatures. Die Dinger werden für leichte Tresore benutzt, Wertsachenfächer in Schwimmbädern und Hotels. Wir haben ein Foto an alle Hersteller gemailt, die infrage kommen.«

* * *

Zum ersten Mal seit Charlis Tod saß er wieder in der Kantine des Präsidiums. Einige Kolleginnen und Kollegen kamen an seinen Tisch, begrüßten ihn, erkundigten sich nach seinem Befinden. Er gab sich kurz angebunden mit knappen Antworten, schließlich ließen sie ihn in Ruhe. An der Wand hing ein großes Porträtfoto von Charli, darunter lehnten ein paar Kränze und verwelkende Blumen. Laut Wedel war die gesamte Belegschaft zehn Tage mit schwarzen Armbinden herumgelaufen, jetzt schien keiner mehr von der kleinen Gedenkstelle Notiz zu nehmen. In ein oder zwei Wochen würde der Hausmeister das Foto abnehmen und im Archiv einlagern, die Blumen in der Biotonne entsorgen. Charli war dann Geschichte. Er schaute ihr Foto an und spürte, wie auf dem riesigen Berg aus Schuldgefühlen, den er sein Leben lang mit sich herumtrug, ein neues Gipfelkreuz errichtet wurde. Leider war von seinem Schwager Brecker weit und breit keine Spur zu sehen, eine seiner hirnverbrannten Geschäftsideen war jetzt genau das Richtige, um Rünz auf andere Gedanken zu bringen.

Er hatte sich Kartoffelsalat und Frikadellen mit Mayonnaise auf sein Tablett geladen – Speisen, denen er sich vor seinem Krankenhausaufenthalt aus hygienischen Gründen nicht einmal genähert hätte. Vielleicht war sein Hirntumor just an der Stelle lokalisiert, die auch für seine Emetophobie verantwortlich war? Allein am Tisch sitzend kicherte er wie ein einsamer, kleiner Idiot. Die Aussicht, durch eine todbringende Erkrankung von einer Angstneurose geheilt zu werden, hatte etwas Tragikomisches. Erst als er die tadelnden Blicke von den Nebentischen bemerkte, hörte er auf zu lachen. Er erfüllte nicht die sozialen Erwartungen der Kollegen, er schämte sich nicht für das, was geschehen war, und sie schienen ihn dafür zu verachten. Jeder wusste inzwischen, wie die Sache auf dem Knell-Gelände gelaufen war, dass er vorschriftsmäßig vorgegangen war und Charli unmöglich hatte retten können, ohne sich selbst in Lebensgefahr zu bringen. Aber die Vorschriften waren nur die eine Seite der Medaille. Er hatte die eherne, ungeschriebene Regel gebrochen, er war ein Mann und hatte eine Frau im Stich gelassen. Mehr als das – er war ein Polizist. Polizisten hatten Frauen und Kinder unter Einsatz ihres Lebens zu beschützen. Wenn jemand sterben musste, dann er und nicht die Unschuldigen. Das war die einzige Vorschrift, die wirklich zählte.

Aber wie immer in solchen Situationen tröstete ihn die

Vorstellung, alles sei eine Illusion, Ergebnis seiner Projektionen, sie dachten wahrscheinlich an gar nichts anderes als an die zähen Schnitzel auf ihren Tellern, mokierten sich über die Qualität des Kantinenessens und schmiedeten Pläne für die Gestaltung ihrer Schrebergärten im nächsten Frühjahr.

Er tunkte ein Stück Frikadelle in die Mayonnaise, ließ die Gabel wieder auf den Teller sinken, bevor er den ersten Bissen im Mund hatte. Die chronische Angst vor Übelkeit und Erbrechen schien sich an seinem Astrozytom vorbei wieder ins Bewusstsein zu mogeln. Er empfand die aufkommende Panik fast als beruhigend – selbst von einer Phobie konnte eine tröstende Wirkung ausgehen, wenn sie eine Konstante in unruhigen Zeiten bildete. Er schaute auf die Uhr. Sein Vorgesetzter Hoven hatte zu einer seiner Investigation Conferences geladen, und Rünz hielt es für opportun, sich wieder ins Spiel zu bringen. Er stand auf und brachte sein Tablett zum Förderband.

»… was ich damit sagen will, wir bewegen uns mit unserem Security Portfolio in einem hochperformanten Marktumfeld. Emerging Markets erfordern eine proaktive und hochdynamische Fokussierung der Assets auf die Nachfragesituation.«

Hoven war in Topform. Rünz' Vorgesetzter lud zu seinen Conferences inzwischen im vierteljährlichen Turnus ein, nach dem Vorbild der Quartalsberichte großer Aktiengesellschaften. Er hatte sich offensichtlich mit Aufzeichnungen alter Regierungserklärungen von Gerhard Schröder für seine keynote Speech gebrieft – mit einer Hand in der Hosentasche lehnte er überaus entspannt am Rednerpult, die Hüfte lässig abgewinkelt, als sei er nur zufällig für einen kurzen Plausch über den Gartenzaun vorbeigekommen, das rechte Bein über das linke geschlagen und mit der Fußspitze auf den Boden gestellt. Den Oberkörper hatte er mit einem Ellenbogen auf die Holzplatte gestützt, mit Daumen, Zeige- und Mittelfinger der erhobenen

Hand einen imaginären Diamanten im Licht drehend, der die Brillanz und Präzision seiner Analysen unterstrich.

»Damit wir uns richtig verstehen – wir stehen im Wettbewerb! Und dieser Wettbewerb fordert von uns einen Paradigmenwechsel.«

Gelassen ließ er die Provokation im größtenteils verbeamteten Auditorium nachwirken.

»Unsere Competitors sind gut aufgestellte Security & Safety Agencies, die aggressiv Marktnischen besetzen. Wir werden unsere Synergiepotenziale voll ausschöpfen müssen, und dazu werden wir hochintegrierte Module implementieren, die ein effizientes Knowledge Management gewährleisten!«

Hoven drehte den Luftdiamanten und ließ den Ärmel seines Jacketts wie unbeabsichtigt ein paar Zentimeter hochrutschen. Rünz entdeckte einen neuen Zeitgeber am Handgelenk seines Vorgesetzten. Die extravagante Luminor Sealand von Panerai war einer klassischen Vacheron Constantin gewichen, soweit das aus einigen Metern Entfernung zu erkennen war. Jeder hergelaufene Parvenü hätte sich für eine seriösere Ausstrahlung mit einer Patek Philippe zufriedengegeben, aber Hoven brauchte es grundsätzlich etwas exklusiver. Es machte alles in allem den Eindruck, als arbeitete er an einem Relaunch seines persönlichen Corporate Designs, weg von einer enervierend spätjuvenilen Westerwelligkeit, hin zum reiferen und arrivierteren Auftritt des Elder Statesman. Für Rünz war und blieb er ein Blender oder, um in Hovens Idiom zu bleiben, ein ›pain in the ass‹.

Bunter und Wedel saßen in der Reihe vor Rünz und machten sich permanent Notizen. Die beiden vertrieben sich die Zeit bei Hovens Vorträgen mit einer weiterentwickelten Version des alten Bullshit-Bingo. Auf Vordrucken hatten sie Dutzende von Hovens Lieblingstermini und -anglizismen aufgelistet und hakten sie ab, sobald er einen benutzte. Am Ende wurde ausgezählt – wer die meisten mitbekommen hatte, strich den Geldeinsatz ein. Das Ganze basierte natürlich auf Vertrauen und führte regelmäßig zu Reibereien. Natürlich konnte auch vorher auf die Verwendung bestimmter Begriffe gewettet werden. Sie spielten oft mit horrenden Einsätzen, und wenn Rünz ab und an mitmachte und erfolgreich auf einen elaborierten Exoten wie ›ressourcen-leverage‹ 50 Euro setzte, konnte er schon mal mit dem vierfachen Einsatz nach Hause gehen.

»… und den Workflow kompromisslos auf ein professionelles Customer Relationship Management hin ausrichten. Wenn wir uns auf dieser Bottom Line committen, dann sind wir einen entscheidenden Step ahead.«

Zieleinlauf. Das Publikum applaudierte reserviert und ehrfürchtig. Hoven hatte im Präsidium das ideale Auditorium für sein Metagelaber aus dem Begriffs- und Anglizismenbaukasten von PR-Strategen, Coaches, Corporate Communication Managers, Pressesprechern und Consultants – die Belegschaft hatte wenig Affinität zur Businesswelt, niemand verstand, was er sagte – und vor allem bemerkte keiner, dass er eigentlich überhaupt nichts sagte.

»Bingo«, rief Wedel etwas zu laut, Hoven blickte verstört herüber.

»Lass mal sehen«, sagte Bunter und zog Wedel die Liste aus der Hand.

»›Supply Chain‹, ›Human Resources‹, ›Total Quality Management‹ – willst du mich verarschen? Hoven hat nichts davon verwendet.«

»Du musst mal richtig zuhören, altes Nordlicht. Dir geht ja die Hälfte durch die Lappen.«

Wedel hatte recht, Bunter war ein schlechter Verlierer, aber Rünz beschloss, sich nicht einzumischen. Er stand auf, den Rest seines letzten Krankentages wollte er eigentlich zu Hause verbringen. Hoven bemerkte ihn, als er vom Rednerpult herabstieg, und gab ihm per Handzeichen zu verstehen, dass er ihn in seinem Büro erwartete.

* * *

Cheftermine hatten für Rünz immer etwas Beunruhigendes. Er war ein Meister der Verdrängung. Stets schob er einen ganzen Güterzug unerledigter Sonderaufgaben, ungeklärter Konflikte und nicht abgeschlossener Berichte, Protokolle und Abrechnungen vor sich her und wunderte sich jedes Mal, wenn Hoven ihn bei einer Besprechung deswegen nicht in den Senkel stellte. Aber dieser Narziss war einfach zu sehr mit sich selbst beschäftigt. Jeder Businesscoach hätte Rünz dringend empfohlen, diese Altlasten abzuarbeiten, seinen Tisch aufzuräumen, um neue Kreativität und Energien freizusetzen. Er aber hatte mit solchen Strategien nur schlechte Erfahrungen gemacht. Einige Jahre zuvor hatte er sich einmal überwunden und die Halde auf seinem Schreibtisch abgetragen – prompt hatte er seinem natürlichen Angstpotenzial die gewohnte Nahrung entzogen und eine paranoide Furcht vor Katastrophen entwickelt. Klimaerwärmung, Überalterung, Asteroiden, Vogelgrippe, Globalisierung, China, die Magmablase unter dem Yellowstonepark – nie zuvor waren ihm Bedrohungen aus der unbekannten Zone jenseits der Stadtgrenzen Darmstadts so unheimlich vorgekommen. Sofort fiel er zurück in seinen alten Arbeitsmodus und hatte innerhalb weniger Wochen wieder einen kleinen Stapel unerledigter und unangenehmer kleiner Aufgaben auf dem Tisch, die er jeden Tag verdrängen musste. Letztlich schützten die kleinen Alltagsprobleme zuverlässig vor den globalen Gefahren, gegen die man ohnehin nichts ausrichten konnte.

»Einen Moment noch bitte, ich bin gleich für Sie da, Herr Rünz.«

Hoven tippte auf der Tastatur seines MacBooks herum, wahrscheinlich ein paar sinnlose Zeichen, nur um geschäftig zu wirken und seinen Befehlsempfänger einige Minuten warten zu lassen. So konnte er die Rangfolge im Rudel noch einmal klarmachen. Rünz schaute sich im Zimmer um. Hoven hatte eine neue Strategie, was die Auswahl der Kunstreproduktionen an den Wänden seines Büros anging. Dem fachlichen Urteil seiner angeheirateten Baronesse schien er nicht mehr zu trauen, er hielt sich jetzt einfach an die Gewinner des britischen Turner Prize, damit konnte man nicht viel falsch machen. In dieser Saison hingen Werke von Tomma Abts, abstrakte Vektorgrafiken in Öl auf Leinwand, die Rünz an Designentwürfe des VEB Innendekor Chemnitz aus den 70er-Jahren erinnerten.

Auf der cremeweißen Arbeitsplatte lag eine angebrochene Tafel Edelschokolade, Hoven lutschte auf einem Stück herum wie auf einem Bonbon.

»Möchten Sie ein Stück? Eine Criollo, über 80 Stunden conchiert. Hören Sie mal, das Bruchgeräusch …«

Er knickte einen Riegel ab und zeigte Rünz die Bruchflächen.

»Ein sauberer, kurzer Knacks, glatte Kanten, keine Krümel. Wichtiges Qualitätskriterium.«

»Wirklich beeindruckend«, gestand Rünz.

Es gab wahrscheinlich keinen Upperclass-Trend, für den sich Hoven zu schade war. Rünz hatte im Rollcontainer unter seinem Schreibtisch noch irgendwo ein ranziges altes Snickers herumliegen, er beschloss, den Schokoriegel bei der nächsten Besprechung mitzubringen.

»Wie fanden Sie meinen Vortrag?«

»Nun, ich finde Sie bringen richtig neuen Wind in den Laden.«

Rünz dachte dabei an die Brise, die zuweilen von den Jauchegruben Odenwälder Schweinemastbetriebe herüberwehte. Er sorgte sich einen Moment, ob er vielleicht zu dick aufgetragen hatte mit seiner Schleimerei, aber Hovens Empfänglichkeit für Bewunderung schien belastbar.

»Schön. Freut mich aufrichtig, dass es Ihnen wieder besser geht. Bunter hat Sie würdig vertreten, so weit mein Eindruck. Diese Geschichte hat im Präsidium ziemlichen Wirbel verursacht. Wie dem auch sei, ich bin der festen Überzeugung, Sie haben völlig richtig gehandelt, draußen auf dem Knell-Gelände, meine ich.«

Wer Sätze mit ›Freut mich aufrichtig‹ begann, der fühlte alles außer aufrichtiger Freude, und ›feste Überzeugungen‹ hatten meist die Konsistenz von hessischem Kochkäse. Rünz versuchte zu übersetzen: ›Ihre Genesung ist mir scheißegal, Bunter macht Ihren Job sowieso besser als Sie, die tote Kollegin passt mir jetzt überhaupt nicht in meine Karriereplanung, wenn Sie nur einen Hauch von Arsch in der Hose hätten, dann wäre das nicht passiert.‹

»Finde ich auch!«, konterte Rünz, nahm sich eine Ecke von der Criollo und begann, lautstark zu lutschen.

»Schmeckt fantastisch, ein bisschen wie die schwarze Herrenschokolade vom Kaufhof, finden Sie nicht? Gibt's nächste Woche im Angebot, 1,59 Euro für drei Tafeln, plus Payback-Punkte!«

Hoven schaute drein wie ein Yale-Absolvent, dem man einen Job bei McDonald's angeboten hatte.

»Fühlen Sie sich wirklich fit genug, Ihren Job zu machen? Ich hätte kein Problem damit, wenn Sie erst mal ein paar Wochen in Kur gehen.«

»Topfit«, schmatzte Rünz und grinste ihn an.

Hoven legte nach.

»Ist vielleicht sowieso der richtige Moment für Sie, mal über eine ausgewogene Work-Life-Balance nachzudenken.«

Rünz schaute sich nach Fluchtwegen um. Einen Sprung

aus dem zweiten Stock konnte er vielleicht mit einigen Prellungen überstehen.

»So einen Break, wie Sie ihn erlebt haben, sollte man als Turning Point benutzen, um endlich mal etwas downzushiften.«

»Ich könnte zum Wiedereinstieg unten den Parkplatz sauber halten und die Wagen waschen«, sagte Rünz.

Hoven war ein neoliberaler Effizienz-, Dienstleistungs- und Marktideologe, und wie allen Ideologen fehlte ihm jeglicher Sinn für Ironie.

»Sie wissen, dass ich Ihnen den Fall eigentlich nicht übertragen darf. Sie sind befangen.«

»Bedeutet ›eigentlich‹, dass ich mich an die Arbeit machen kann?«

»Sobald mir ein Whistle-Blower steckt, dass Sie vom Pfad der Tugend abfallen, ziehe ich Sie von der Sache ab.«

Hoven streckte sich, legte die Unterarme auf die cremeweiße Arbeitsplatte, und wie zufällig tauchte seine Vacheron unter dem Ärmel auf. Rünz betrachtete das kleine Meisterwerk aus der Nähe, eine Patrimony Contemporaine in Gelbgold, mit guillochierter Lünette, arabischen Ziffern und Dauphinzeigern. Hoven registrierte mit Genugtuung das Interesse seines Untergebenen. Er fing an zu berichten über die unglaublich wichtigen Gespräche, die er während Rünz' Krankenhausaufenthalt mit zahlreichen unglaublich wichtigen Menschen in ganz Europa geführt hatte. Wie in Gedanken nahm er dabei seine Uhr ab, legte sie mit der Rückseite nach oben auf den Tisch und rieb sich das Handgelenk, als bereitete ihm das Lederarmband Juckreiz. Rünz hatte durch den Saphirglasboden freien Blick auf das faszinierende Räderwerk eines frisch konstruierten und von Hand montierten Kaliber 2450 vom Genfer See – eine perlierte Platine, die Kanten der Brücken gebrochen und hochglanzpoliert, ausgekehlte Räder, ein rotgoldener Automatikrotor.

Rünz ließ seinen Vorgesetzten ausreden, dann war er an der

Reihe. Er hatte sich von Breckers letzter Bildungsreise nach Bangkok eine Rolexkopie mitbringen lassen, aber keine der professionellen Fälschungen, die man nur aus der Nähe als solche erkannte. Brecker hatte ihm für ein paar Hundert Baht eine haarsträubend dilettantisch zusammengeklebte GMT-Master präsentiert, bei der sich schon bei der ersten Anprobe der Minutenzeiger aus der Verankerung löste und unter dem zerkratzten Plastikdeckel herumkullerte. Rünz schlug ein Bein über das andere und verschränkte die Finger vor dem Knie. Hoven starrte auf die Karikatur einer Luxusuhr wie auf Hundedreck an seinen Edelschuhen.

»Wissen Sie, Herr Hoven, eins ist mir während der Zeit im Krankenhaus klar geworden. Ich sollte bei allem, was ich tue, mehr Wert auf Stil legen. Was meinen Sie?«

Hoven konnte seinen Blick nicht von dem goldlackierten Plastik abwenden, als betrachtete er ein eitriges Furunkel, das jeden Moment aufplatzen konnte.

»Nun ja, ich denke – einen Anfang haben Sie gemacht.«

* * *

Montagmorgen. Seine Frau löffelte grob geschroteten, in Wasser gequollenen Leinsamen aus einer Tonschüssel. Sie beobachtete, wie er minutenlang konzentriert die Margarine auf seiner Brotschnitte verteilte, bis er auf der gesamten Fläche eine konstante Schichtdicke von einem halben Millimeter hatte.

»Wann musst du zur Nachuntersuchung?«

Frauen hatten ein perfektes Timing, wenn es darum ging, einen Mann an Dinge zu erinnern, an die er nicht erinnert werden wollte.

»Keine Ahnung, irgendwann nächste Woche, hab's mir im Kalender notiert.«

Rünz versuchte, das Thema zu wechseln. Er würde seiner Frau von der Diagnose erzählen müssen. Er wusste, was ihn dann erwartete. Sie würde ihre gesamte homöopathische Artillerie in Stellung bringen und ihre Breitseite mit psychologischer Kriegsführung flankieren, ihm erklären, die Entstehung von Tumoren sei auch Ausdruck unbewältigter seelischer Konflikte – der ganze lächerliche neuzeitliche Schamanismus, mit dem sich Gesunde zuweilen vor der Gefahr unheilbarer Krankheiten zu wappnen versuchten. Heute wollte er sich das nicht zumuten. Vielleicht morgen. Oder übermorgen.

»Was hat der Arzt sonst noch gesagt? Die haben dich doch sicher gründlich durchgecheckt. Ist alles in Ordnung?«

Geschroteter Leinsamen schien telepathische Fähigkeiten zu verleihen – er beschloss, morgens zwei Teelöffel zu essen, damit er beruflich vorankam. Jetzt reichte es nicht mehr aus, etwas zu verschweigen, jetzt musste er lügen, wenn ihm nicht irgendein Zufall zu Hilfe kam. Ein Anruf von Wedel zum Beispiel.

Sein Handy summte. Er zog es aus der Tasche seines Bademantels, nahm das Gespräch an, und sein Assistent sagte am anderen Ende fünf Worte, die einen sofortigen Abbruch des unbequemen Frühstücksplausches rechtfertigten.

»Der Dicke, wir haben ihn.«

Rünz leerte die Kaffeetasse in einem Zug.

»Sorry, ich muss los.«

»Wir müssen heute Abend noch ein paar Sachen einkaufen!«

»Kannst du das nicht allein machen?«

»Damit du mir nachher die Hölle heißmachst, weil ich nicht ausschließlich Sonderangebote gekauft, die Pfandflaschen nicht abgegeben, die ganzen Gutscheine und Rabattmarken nicht eingelöst und die Pay-back-Punkte nicht habe gutschreiben lassen?«

»Ist ja schon gut, wir gehen gemeinsam.«

* * *

Bunter dampfte vor Begeisterung und nahm keine Notiz von den beiden Hemdknöpfen, die ihm auf Bauchnabelhöhe offen standen.

»Zwei Bewohner eines Mietshauses in der Ludwigshöhstraße in Bessungen haben sich auf den Artikel in der ›Allgemeinen‹ hin gemeldet. Sie sagen, der Dicke hätte zwei Jahre in ihrem Haus gewohnt, von 2004 bis 2006. Das passt zu der Aussage eines Straßenbahnfahrers, der 2005 die Linie 3 gefahren hat und sich dran erinnern kann, den Typ fast täglich zum Hauptbahnhof gefahren zu haben. Außerdem hatten wir einen Anruf vom European Space Operations Center – aber alles der Reihe nach.«

Rünz massierte sich die Schläfen. Der Heilungsprozess seiner Hornhaut verursachte ihm unerträglichen Juckreiz, es kostete ihn viel Überwindung, nicht permanent die Augen zu reiben. Bunter knallte einen Stapel Faxe und Ausdrucke auf den Tisch, dann zog er ein paar unscharfe Kopien aus dem Stapel.

»Sein Mietvertrag, mit Kopie seines Ausweises. Tommaso Rossi, Italiener, 1960 in Catanzaro, Kalabrien, geboren. Die italienischen und französischen Kollegen waren sehr kooperativ, wir haben eine detaillierte Biografie. Eltern Teresa und Giuliano Rossi. Scuola Materna, Elementare und Media Unica in Catanzaro, 1978 Abschluss an der Liceo Scientifico Statale in seiner Geburtsstadt, Zweitbester seines Jahrgangs. Gleich nach seinem Schulabschluss immatrikulierte er sich an der Politecnico di Milano, Fachrichtung Luft- und Raumfahrttechnik. Er wird '84 noch vor seinem Diplom von der Alenia Spazio abgeworben, einem italienischen Luft- und Raumfahrtunternehmen. Seit 2006 heißen die TAS, Thales Alenia Space, ein Joint Venture zwischen der Thales Group und dem italienischen Finmeccanica Konzern, beide Global Player in den Bereichen Rüstung, Elektronik, Luftfahrt und Informationstechnologie. Die TAS hat ihr Hauptquartier in Cannes und insgesamt dreizehn Standorte in Italien, Spanien, Frankreich, Belgien und den USA. Rossi hat bis Anfang 2000 im Werk Turin gearbeitet, die bauen dort wissenschaftliche Satelliten zusammen für die European Space Agency, außerdem das ganze Drumherum, technische Ausrüstungen für Bodenstationen, Sende- und Empfangsanlagen. Mitte 2000 beginnt seine Europatournee, er wechselt zur ESA, European Space Agency, mal verbringt er ein paar Wochen im Hauptquartier in Paris, dann einen Monat bei der ESA-Bodenstation in Villafranca del Castillo bei Madrid, zwischendurch arbeitete er immer wieder Monate beim Space Research & Technology Center in den Niederlanden. Im April 2004 hat er hier in Darmstadt angefangen, beim ESOC, dem European Space Operations Center, drüben im Europaviertel hinterm Bahnhof, bis Mai 2006 war er dort beschäftigt. Er hatte in der Ludwigshöhstraße ein möbliertes Apartment. Die Eigentümerin vermietet die Wohnung fast ausschließlich befristet an ESOC-Mitarbeiter. Sie hat ihn eindeutig identifiziert, sagt, er wäre Ende Juni 2006 ausgezogen. Er hat ihr erzählt, er würde nach Italien zurückgehen. Das stimmt mit dem Melderegister überein, er hat am 3. Juli im Stadthaus ausgecheckt. Zehn Tage später hatte er seinen offiziellen Wohnsitz wieder in Italien, aber nicht mehr in Turin, sondern in seinem Geburtsort Catanzaro, aber er ist dort weder einer sozialversicherungspflichtigen Arbeit nachgegangen noch war er arbeitslos gemeldet.«

»Was ist mit seiner Familie?«, fragte Rünz.

»Seine Mutter lebt in Lamezia Terme in einem Pflegeheim,

sie leidet an Demenz. Die italienischen Kollegen haben heute Morgen versucht, mit ihr zu sprechen.«

»Warum dieser Einbruch nach so einem Karrierestart? Und warum ist er nach Darmstadt zurückgekommen? Nur um auf dem Knell-Gelände jemanden zu treffen, der ihn dann erschießt?«, fragte Rünz.

»Vielleicht hat er die Stadt nie verlassen.«

»Hatte er hier irgendein Fahrzeug angemeldet? Was ist mit seinen finanziellen Verhältnissen, haben wir Bankdaten?«

Bunter kam nicht zu einer Antwort. Auf dem Flur rumorte es, Wedel verließ das Zimmer, um nachzuschauen. Er schien mit einer aufgeregten Frau zu diskutieren. Dann ging die Tür auf, er betrat den Raum wieder, Rünz sah auf dem Flur eine völlig zerzauste und verheulte Frau von etwa Mitte 20.

»Chef, die Dame hier ist die Mieterin der Wohnung im Hundertwasserhaus.«

Rünz grübelte konzentriert, ob ihm das irgendetwas sagen musste.

»Sie wissen schon, der Wohnungsbrand am Mordtag. Sie sagt, sie ist gerade erst aus dem Urlaub zurückgekommen und hat ihre Wohnung versiegelt vorgefunden.«

»Ja und? Ist das unsere Baustelle? Soll sich an ihre Hausverwaltung und ihre Versicherung wenden, wir machen hier nur Mord und Totschlag.«

Wedel rollte mit den Augen.

»Das ist es doch, Chef«, sagte er leise. »Sie sagt, sie sucht ihren Freund und Mitbewohner. Tommaso. Tommaso Rossi.«

* * *

Rünz hatte seine Kollegen rausgeschickt. Die junge Frau saß ihm jetzt gegenüber und schlürfte zusammengesunken an einem Automatenkaffee. Sie hatte kurze Haare, eine eher stämmige Figur und nicht gerade filigrane Gesichtszüge – die richtige Statur, um Sex mit dem dicken Italiener ohne größere Frakturen zu überstehen. Er stellte ihr einige Fragen zu Rossis Biografie und Physiognomie, bis er keinen Zweifel mehr an der Übereinstimmung hatte. Sie wurde von Frage zu Frage unruhiger.

Menschen benutzten seltsame Eröffnungen, wenn sie anderen die Nachricht vom Tod eines Angehörigen überbringen mussten – ›Ich muss Ihnen leider mitteilen …‹, ›Ich habe leider keine guten Nachrichten für Sie …‹, ›Was ich Ihnen sagen muss, betrifft Ihren Freund/Mann/Sohn …‹, ›Sie müssen jetzt sehr stark sein‹ – Floskeln, die einen gleitenden Übergang zwischen dem dumpfen Alltag und der emotionalen Hölle der Trauer bieten sollten, und wenn er nur eine halbe Sekunde währte. Rünz hielt nichts von solchen Weichspülern, er war ein gebranntes Kind, seit er einmal unnötig lange herumgesülzt hatte, als er einer alten Dame die Todesumstände ihres Jugendfreundes mitteilen musste. Es existierte keine noch so flauschige Verpackung, die solche Nachrichten erträglicher gestaltete. Subjekt – Prädikat – Objekt, einfach, klar und geradeaus.

»Ihr Freund ist tot.«

Sie schaute aus dem Fenster und wirkte, als hätte sie gar nicht zugehört. Er musterte sie wie ein Wissenschaftler, der sein Versuchstier einem Schlüsselreiz ausgesetzt hatte.

»So ein milder Winter«, flüsterte sie. »So ein milder Winter …«

Dann brachen die Dämme. Sie brauchte eine halbe Stunde, bis sie wieder ansprechbar war. Rünz bot ihr an, jemanden anzurufen, Familie, Freunde, oder sie irgendwo hinzubringen, aber sie lehnte ab. Vielleicht half es ihr, wenn er ihr ein paar

Fragen stellte, auf die sie sich konzentrieren musste. Vielleicht half es ihm, wenn er einige Antworten erhielt.

»Wann haben Sie ihn zum letzten Mal gesehen?«

Der Rotz lief ihr aus der Nase, Rünz klaubte ein altes Papiertaschentuch aus seiner Hosentasche und reichte es ihr.

»Vor einem Monat. Ich bin Anfang Januar auf die Kanaren geflogen. Ich versuchte, ihn zu überreden mitzukommen. Zuerst lehnte er ab, wegen Geldmangels. Ich sagte ihm, das wäre kein Problem. Dann hieß es, er müsse hier präsent sein wegen seiner laufenden astronomischen Aufzeichnungen, in Kontakt bleiben mit seinen Geschäftspartnern.«

»Aufzeichnungen? Seinen Geschäftspartnern? Was war das für eine Branche, für die er da nebenher gearbeitet hat?«

»Branche? Eine Luftnummer, wenn Sie mich fragen. Keine Ahnung, er hat da immer ein großes Geheimnis drum gemacht. Immer wieder Andeutungen über Datenaufzeichnungen, für die manche Leute einen Haufen Geld lockermachen würden. Ständig Versprechungen, wir hätten bald ausgesorgt – ich habe ihm nie geglaubt. Er war Raumfahrttechniker, hat in ganz Europa für European Space Agency gearbeitet, zuletzt für das ESOC hier in Darmstadt, bis Mai 2006, hat mir erzählt, sein Zeitvertrag wäre ausgelaufen.«

»Und dann hat er seine Wohnung in der Ludwigshöhstraße geräumt und ist bei Ihnen eingezogen?«

Sie vergaß einen Moment zu schluchzen und starrte Rünz an. Dann druckste sie herum.

»Na ja, eigentlich ist er zurück zu seiner Mutter nach Süditalien, aber er war natürlich öfter …«

Rünz winkte ab.

»Schon gut. Wissen Sie, warum er nicht weiter in seinem Fachgebiet gearbeitet hat? Er hatte doch eine Bilderbuchkarriere hingelegt.«

»Keine Ahnung, ich kenne nur seine Version. Für ihn waren das alles Bremser und Bürokraten dort. Leute, die lieber nach Schema F arbeiteten und den Kopf einzogen, wenn es wirklich mal was zu entdecken gab. Aber seine früheren Arbeitgeber werden Ihnen wahrscheinlich eine ganz andere Geschichte erzählen.«

Eine neue Trauerwelle erfasste sie, sie heulte, versuchte gleichzeitig zu sprechen, Rünz hatte Probleme zu verstehen, was sie sagte.

»Das war bestimmt sein Scheißtechnikzeugs, ein Kurzschluss oder so was. Aber warum ist er nicht einfach rausgerannt? Warum ist er nicht rausgerannt?«

Sie schien anzunehmen, ihr Freund sei bei dem Wohnungsbrand umgekommen – es war an der Zeit, sie über die Todesumstände zu informieren. Er beschrieb ihr die Szene auf dem Knell-Gelände, gab ihr aber eine etwas geschönte Version mit einem schnellen Heldentod ihres Freundes – und ohne seine eigene Beteiligung.

»Was hat er gesucht auf diesem Gelände?«, fragte sie.

»Sieht nach einem Hinterhalt aus, das Ganze. Er wollte sich wahrscheinlich mit jemandem treffen, möglichst ohne Öffentlichkeit. Hatte er Verwandte hier, Freunde, Bekannte, Exkollegen, mit denen er öfter zusammen war? Leute, denen er Geld schuldete?«

»Außer mir? Nein. Er hat meine Wohnung so gut wie nie verlassen. Doch, mit einem hat er sich manchmal getroffen, so ein hagerer Großer mit Koteletten, von irgendeinem Astronomenverein hier in Darmstadt. Sein einziger Kontakt zur Außenwelt, von seinen Telefonaten und Mails abgesehen.«

Sie trocknete sich das Gesicht ab.

»Wann kann ich in meine Wohnung? Ist überhaupt noch etwas Verwertbares übrig geblieben nach dem Feuer?«

»Wir werden jetzt erst noch mal eine richtige Spurensicherung machen müssen, ich gebe Ihnen morgen Bescheid.

Haben Sie jemanden, bei dem Sie vorübergehend wohnen können?«

»Ich habe eine Schwester, in Arheilgen …«

»Gut, mein Assistent wird Sie hinfahren.«

Rünz hätte sie gerne noch weiter befragt, aber sie brauchte jetzt offensichtlich Ruhe. Er übergab sie Wedel, ging in sein Büro und setzte sich ans Telefon. Sybille Habich vom Kriminaltechnischen Institut in Wiesbaden sagte ihm für den nächsten Tag eine Untersuchung der Wohnung im Hundertwasserhaus zu, die er mit der Hausverwaltung des Gebäudes abstimmte. Dann ließ er sich mit dem European Space Operations Center im Europaviertel verbinden. Der Angstschweiß stand ihm auf der Stirn, in solchen Einrichtungen arbeiteten schließlich Menschen, die sich mit exotischen Sprachen wie Englisch oder Französisch verständigten. Ohne solche Feindberührungen schaffte er es, einen Termin für den Nachmittag auszumachen. Dann googelte er im Internet nach Darmstädter Clubs und Vereinen, die sich mit Astronomie beschäftigten. Er stieß auf eine private Arbeitsgemeinschaft in Eberstadt und die ›Volkssternwarte Darmstadt e.V.‹, die das Observatorium auf der Ludwigshöhe betrieben. Die ehrenamtlich aktiven Mitglieder waren erwartungsgemäß tagsüber nicht zu erreichen, er besprach die Anrufbeantworter der Vereinsvorstände mit der Bitte um Rückruf. Dann entschied er, in der Kantine einen keimfreien Imbiss einzunehmen.

* * *

Wenn es einen sicheren Indikator für Normalität gab, eine Art Lackmustest für eine imaginäre Skala, deren Wertebereich von ›komplettes Chaos‹ bis zu ›alles geht seinen gewohnten Gang‹ reichte, dann waren das Breckers Geschäftsideen. Je absurder, umso normaler. Rünz schnitt das Wiener Schnitzel in schmale Streifen und untersuchte die Schnittflächen auf zartrosa Verfärbungen, sichere Belege für zu geringe Bratzeit. Dann begann er zu essen, lange und intensiv kauend, um seinem Magen so viel Arbeit abzunehmen wie irgend möglich. Plötzlich zuckte er zusammen – neben ihm erschien eine mächtige Tatze an einem stark behaarten muskulösen Unterarm und knallte ihm ein kleines Kunststoffkästchen auf das Tablett. Das Ding sah aus wie das Netzteil eines Trockenrasierers aus den 70er-Jahren. Brecker drehte auf der anderen Seite des Tisches einen Stuhl um und setzte sich, die Unterarme auf die Lehne gestützt, triumphierend und geheimniskrämerisch grinsend. Er wirkte, als hätte er auf der Rosenhöhe den Heiligen Gral ausgegraben. Rünz schob sein Tablett zur Seite und betrachtete das Gerät genauer, ein Gehäuse aus billigem Plastik, vorn ein einfacher Stecker und hinten je eine grüne und eine rote LED-Leuchte, die die Betriebszustände ›recharging‹ und ›ready‹ anzeigten. Dann schaute er Brecker gerührt in die Augen.

»Klaus, das ist unheimlich lieb von dir. Offen gesagt, ich hatte geglaubt, du hättest meinen Geburtstag vergessen.«

Brecker rollte mit den Augen.

»Herrgott, jetzt sei kein Pienschen! Das kleine Gerät hier ist ein ganz großes Ding. Und wenn du den Mumm hast mitzumachen, dann wird das für dich ein Geburtstagsgeschenk, wie du noch keins bekommen hast!«

»Ok, was kann ich tun, damit du mir jetzt nichts über diese Box erzählst?«

Brecker ignorierte das Bremsmanöver.

»Hast du dir schon mal überlegt, was elektrischer Strom ist?«

»Na ja, Elektronen, die durch irgendwelche Kupferdrähte schwirren, nehme ich an.«

»Bingo, und was machen diese Elektronen, wo schwirren sie hin?«

»Geh mir nicht auf den Zeiger, Klaus. Die rauschen zu Mixern, Vibratoren, Heizdecken, Fernsehern und Playstations und machen da ihren Job. Worauf willst du hinaus?«

»Eben, und wenn sie ihren Job gemacht haben, sind sie fertig, ausgelaugt. Nicht mehr zu gebrauchen. Jedes Mal, wenn du dir abends eine Chuck-Norris-Folge reinziehst, saugst du dir ein paar Billionen Elektronen aus den Kupferleitungen in deiner Wohnung. Du laugst dir über die Jahre deine gesamte Elektroinstallation aus. Der Widerstand in den Leitungen steigt, und deine Stromrechnung genauso, jedes Jahr um ein paar Euro.«

Heilige Mutter Gottes, Astrologie, Feng Shui, Ayurveda – auf den vorderen Plätzen wurde es eng beim Wettlauf um die idiotischste Theorie des Jahrhunderts.

»Und dieses Gerät hier pumpt ordentlich knackfrische Elektronen in die Kabel, richtig?«

»So ist es.«

Rünz beschloss, die Sache hermeneutisch anzugehen und systemimmanent zu argumentieren.

»Aber irgendwann ist das Ding doch auch leer, oder?«

Er hatte seinen Schwager unterschätzt.

»Gut aufgepasst! Jetzt kommt der Clou an der ganzen Geschichte. Du kannst den Recharger wieder aufladen, online, über das Internet. Du loggst dich mit einem Passwort auf einem ganz bestimmten Server ein, steckst das Gerät in dieselbe Steckdosenleiste, in der auch dein PC eingestöpselt ist, und in einer halben Stunde ist das Ding wieder vollgetankt.«

»Du hast was vergessen.«

Brecker schaute ihn fragend an.

»Deine Kreditkartennummer. Die musst du beim Aufladen doch sicher angeben.«

»Ja klar, da ist dann eine kleine Gebühr fällig. Aber unterm Strich sparst du ordentlich Geld! Hier steht genau drin, wie alles funktioniert!«

Brecker zog eine zerfledderte Betriebsanleitung aus der

Gesäßtasche, Rünz hob sie mit zwei Fingern an einer Ecke hoch und schnupperte dran. Dann faltete er das Blatt auseinander und begann, laut vorzulesen, damit die Kollegen an den Nachbartischen auch etwas davon hatten.

»Na, da wollen wir mal sehen. *Steckerblockbaugruppe in eine Einfasung des Steckers 220V setzte sich, danach nur die Ladevorrichtung zur Steckerblockbaugruppebefestigung. Ähnlich mit Last 12V brachte das Kabel in den Ladevorrichtung Einsatz durcheinander. Pro Kreis 2, die gleiche Zellen verwenden, sehen Sie über in den 2 Kreisen, die die fähigen jedoch unterschiedlichen geladen zu werden sind Zellen. Immer 2 oder 4 Zellen fangen, nachdem sie die Zellen verwendet haben, können vorgewählt werden an, ob geladen zu werden oder gebildet zu werden ist. Wenn geladen zu werden ist, ist, weiter getan zu werden nichts. Ist gebildet zu werden, die Taste für den passenden Kreis müssen an der Frontseite der Ladevorrichtung betätigt werden, die, wenn die LED grünen, um zu glänzen, das Ladenverfahren schließlich, wenn die Entladung Prozessendrunde ist, zum Schnellladung wird geschaltet automatisch ist.* Da bleiben doch keine Fragen mehr offen – genial! Warum ist da nicht schon früher einer drauf gekommen?«

Rünz freute sich wie ein Kind. Brecker schaute sich besorgt in der Kantine um, rückte dann nach vorn, beugte sich über den Tisch und flüsterte.

»Gut, im Detail ist da vielleicht noch Verbesserungspotenzial. Aber denk doch mal nach, der Recharger ist Sprengstoff für die großen Energieversorger. Und die Regierung? Die meisten von denen parken doch in den Aufsichtsräten der Stromkonzerne, wenn sie abgewählt werden. Die stecken doch alle unter einer Decke. So was wie das hier versuchen die da oben mit allen Mitteln zu verhindern. Die Technik hat ein koreanisches Unternehmen entwickelt, ich war da gestern auf einem Informationsabend im Maritimhotel. Die suchen hier in Deutschland noch Vertriebspartner! Da der militärisch-politisch-industrielle Komplex das Ding bei uns vom Markt haben will, kommt nur Direktvertrieb infrage.«

»Eine Superidee, wir machen Recharger-Partys, so werden doch auch Tupperdosen vertickt! Oder meinst du eher so im Avonberater-Stil, mit Hausbesuchen und Typberatung?«

Brecker blieb ernst.

»Die haben ein geniales Vertriebssystem entwickelt. Wenn du dich als Partner vertraglich bindest, zahlst du einen kleinen Betrag an den, der dich angeworben hat. Und jetzt kommt der Knaller: Du kannst selbst neue Partner anwerben, die dir diesen hübschen kleinen Betrag auszahlen – und nach ein paar Monaten bist du finanziell saniert.«

Rünz stocherte eine Weile nachdenklich schweigend in seinem Essen herum, Brecker schaute ihn erwartungsvoll an. Dann legte er los.

»Gut, wo wollen wir anfangen. Da wäre zunächst das Vertriebskonzept – ein klassisches Schneeballsystem, unlauterer Wettbewerb nach § 16 Absatz 2 UWG, dann hätten wir einen Warenbetrug nach § 263 StGB. So, wie das Ding aussieht, fängt es Feuer, sobald es zwei Minuten an einer Steckdose hängt, wir haben also Herbeiführung einer Brandgefahr und fahrlässige Brandstiftung nach § 306 Absätze f und d StGB. Deine Nachbarn sterben an Rauchvergiftung, dazu kommt dann also fahrlässige Körperverletzung mit Todesfolge nach § 227 StGB. Außerdem sondert das Gerät hier wahrscheinlich schon im Standby-Betrieb alle möglichen Sauereien ab, polychlorierte Biphenyle, chlorierte Kohlenwasserstoffe, Asbest – wahrscheinlich ist das Ding sogar aus irgendwelchem radioaktiven Müll gepresst. Es kommen also noch die §§ 324 bis 330 StGB dazu, Gewässer-, Luft- und Bodenverunreinigung, unerlaubter Umgang mit gefährlichen Stoffen und Gütern. Und wenn du mich fragst, werden die Geräte hier von minderjährigen Zwangsarbeiterinnen in nordkoreanischen Arbeitslagern gebaut …«

Weiter kam Rünz nicht. Brecker schnappte sich den Recharger, stand auf und ging. Eine Männerfreundschaft in der Krise.

Wedel übernahm gleich seinen Platz und schaute Brecker nach, der wie ein wütender Stier die Kantine verließ.

»Was hat er denn?«

»Ich glaube, ich habe ihm gerade seine berufliche Zukunft ruiniert.«

»Was gibt's da noch zu ruinieren, er ist Polizist.«

Rünz widmete sich wieder seinen Schnitzelstreifen.

»Gibt's was Neues?«

»Die Verbindungsdaten vom Festnetzanschluss seiner Freundin geben nichts her. Er hat die Leitung nicht ein einziges Mal benutzt, während sie weg war. Auch aus den Monaten vorher existieren nur Gesprächsaufzeichnungen seiner Freundin. Aber wir haben ein sehr interessantes Paket mit Verbindungsdaten von MobiConnect bekommen …«

Rünz schaute auf die Uhr und legte sein Besteck zur Seite.

»Sprechen wir später drüber, habe noch einen Termin. Weltraumbahnhof Cape Datterich.«

* * *

Rünz ging knurrend hinter der Sicherheitsbeamtin her, die großen Satellitenmodelle auf dem Grünstreifen ignorierend, die die Besucher auf eine Besichtigung des Kontrollzentrums einstimmen sollten. Er fühlte sich entmündigt. Sie hatte ihn in einer kleinen Sicherheitsschleuse an der Zufahrt mit einem Metalldetektor abgesucht und fast eine Panikattacke bekommen, als sie seinen kleinen Nothelfer am Unterschenkel entdeckt hatte, den er sich frisch aus der Asservatenkammer zurückgeholt hatte. Rünz konnte sie mit seinem Dienstausweis und seiner Marke beruhigen, kurz bevor sie die Kavallerie um Unterstützung anfunken wollte. Aber sie hatte darauf bestanden, die Pistole sicherzustellen, solange er sich auf dem ESOC-Gelände bewegte. Unbewaffnet fühlte er sich nackt und schutzlos. Jeder hergelaufene Satellitenmechaniker konnte ihm jetzt einen 36er Maulschlüssel über die Stirn ziehen und ihm die fünf Euro für das nächste Kantinenessen abnehmen.

Sie führte ihn in ein Gebäude im westlichen Teil des Komplexes und bat ihn, in einem Raum im Erdgeschoss Platz zu nehmen und zu warten. Er war allein und schaute sich um. Ein kleiner Saal, 30 oder 40 Stühle in Reihen, auf die gegenüberliegende Wand ausgerichtet, die ein blauer Vorhang verdeckte. Sicher ein kleiner Vorführraum, in dem Steuerzahlern kleine PR-Filmchen über die Vorteile sündhaft teurer Weltraummissionen vorgeführt wurden. Aber wieso stand da noch ein großer Plasmabildschirm auf einer Konsole, wenn man an der Wand eine viel größere Projektionsfläche zur Verfügung hatte? Rünz lauschte. Ein konstantes, leises Brummen kam von einem der Nachbarräume, vielleicht ein Transformator oder eine Klimaanlage. Und da war noch etwas anderes, ein rhythmisches Quietschen, wie die alten Stahlfedern eines Bettes, auf dem sich ein Paar vergnügte. Er drehte mehrfach den Kopf, um das Signal zu orten – es kam eindeutig von der Wand gegenüber. Er durchquerte den Raum, näherte sich dem Vorhang, fummelte an den Falten herum, und als er endlich das Ende einer der beiden schweren Stoffbahnen gefunden hatte, nahm er seinen Mut zusammen und riss das Tuch entschlossen zur Seite.

Die Putzfrau auf der anderen Seite der Panzerglasscheibe ließ Glasreiniger und Lappen fallen und wich erschrocken zurück. Rünz hob die Hand zum Gruß, um sie zu beruhigen. Dann zog er den Vorhang weiter auf und betrachtete die

Halle hinter der Panoramascheibe. Vor ihm lag das Herz der europäischen Weltraumfahrt, der Hauptkontrollraum des European Space Operations Centers, Dutzende von Bildschirmarbeitsplätzen an langen Pultreihen mit Headsets und Schaltkonsolen, an den Wänden riesige schwarze Bildschirme, Anzeigenpanels mit den Ortszeiten irgendwelcher Stationen rund um den Globus – und alles war vollkommen leer. Kein Terminal war besetzt, kein Bildschirm flimmerte, niemand rief aufgeregt Kommandos durch den Raum und spannte dramatisch die Kaumuskeln an, keine Männer mit Headsets in durchgeschwitzten weißen Hemden, die unverständliche technische Abkürzungen benutzten und unschuldige, wehrlose Satelliten durch feindliche Asteroidengürtel lotsten. Alles wirkte wie eine eingelagerte alte Kulisse der Paramount Studios, in der irgendwann vor 20 oder 30 Jahren eine Apollo-Mission verfilmt wurde.

Rünz war verblüfft. Er dachte nach. Es gab nur zwei Erklärungen. Entweder, die Ingenieure und Wissenschaftler hatten die Satellitensteuerung so weit perfektioniert und automatisiert, dass eine Putzfrau als Notbesetzung im Kontrollraum völlig ausreichte – oder alles war Betrug. Er war wie elektrisiert. Vielleicht hatte ihn die Sicherheitsbeamtin in den falschen Raum geführt, ihn niemals unbeaufsichtigt in diesen Bereich lassen dürfen? Wahrscheinlich wurden die hektischen Missionsaktivitäten hier für Presse und politische Entscheidungsträger mit versierten Schauspielern nur simuliert, auf den Bildschirmen flimmerten dann die Telefonbucheinträge von Toronto, und dort oben flog nicht ein einziger europäischer Satellit – und all die Milliarden Euro Steuergelder flossen in militärische Geheimprojekte! Watergate, Iran-Contra, Gammelfleisch, die Abwassergebühren in Darmstadt – Rünz hatte den großen Skandalen der Weltgeschichte einen neuen hinzuzufügen, und es musste mit dem Teufel zugehen, wenn ihm der Oberbürgermeister dafür nicht die Silberne

Verdienstplakette der Stadt überreichte. Vielleicht benannten sie sogar eine Grillhütte nach ihm.

»Das haben Sie sich wohl etwas aufregender vorgestellt, Herr Rünz?«

Er fuhr herum. Ihr Alter konnte er kaum abschätzen, zwischen 50 und 60 war alles möglich. Sie war der lebende Beweis für einen beunruhigenden Wandel in der Frauenwelt – während seiner Jugend trugen weibliche Wesen in diesem Alter rosa Pudeldauerwellen und himmelblaue Kittelschürzen über feisten Leibern, man sah sie meist an Küchenherden und beim Wäscheaufhängen. Heute hatten sie auch jenseits der Lebensmitte noch Körper wie 30-Jährige, präsentierten mit aufreizendem Selbstbewusstsein ihre grauen Haare, trugen Pencil-Skirts, elegante Etuikleider, glamouröse, schmal geschnittene Hosenanzüge und steuerten Satelliten durchs All. Sie machte ihm Angst.

»Sigrid Baumann, ich bin Spacecraft Operations Managerin hier beim ESOC.«

Das klang nach einem verdammt wichtigen Job. Wie konnte Rünz gleichziehen? Kundenbetreuer waren ›Account Manager‹, Personalchefs ›Human Resources Manager‹, Buchhalter nannten sich ›Controller‹ – und Kriminalhauptkommissare? Rünz grub in den Ruinen seines Mittelstufenenglisch.

»Guten Tag, Karl Rünz, Primary Investigator im Police Department Südhessen.«

Hoven wäre stolz auf ihn gewesen. Er fühlte sich fantastisch, wie ein frischgebackener Kosmopolit mitten im Auge des Globalisierungssturmes. Sie schien ihm die Aufschneiderei abzukaufen.

»Entschuldigen Sie, dass ich Sie hier empfange, aber unsere Büros werden im Moment umgebaut. Bitte wundern Sie sich nicht über den leeren Kontrollraum, wenn wir Simulationen machen oder Missionen in kritischen Phasen sind, dann ist hier mehr los. Die eigentliche Arbeit wird nebenan in den Dedicated Control Rooms geleistet.«

Sie hatte den seltsam leichten Akzent deutscher Muttersprachler, die sich jahrelang in englischsprachigem Arbeitsumfeld bewegten. Nach einer kurzen Pause drückte sie ihr Bedauern über Rossis Tod aus. Beide setzten sich in eine der Stuhlreihen, und sie fing ungefragt an zu reden.

»Die Nachricht von seinem Tod hat das gesamte Kollegium ziemlich erschüttert. Er war nicht gerade das, was man einen Buddy nennt, aber mit seinen Fähigkeiten und seinem Einsatz hat er sich hier hohes Ansehen erarbeitet.«

»Wann und wie ist er zu Ihnen nach Darmstadt gekommen?«

»Er hatte hervorragende Referenzen. Rossi war in den 90er-Jahren in Turin, Rom und in der Schweiz intensiv an der Entwicklung und am Bau von Komponenten der Rosetta-Raumsonde beteiligt, er hat unter anderem die Projektgruppe geleitet, die die High Gain Antenna und den Transponder entwickelt und gebaut hat, das ganze Technikpaket, mit dem die Funkverbindung zur Erde gewährleistet wird. Die italienische Alenia Spazio gehörte zu den wichtigsten Subunternehmen der EADS Astrium, die im Auftrag der ESA Entwicklung und Bau der Sonde koordiniert hat. Die britische und die französische Astrium hatten die Plattform der Sonde und die Avionik zu entwickeln, Alenia kümmerte sich in Italien um Zusammenbau, Integration und Erprobung des Systems.«

»War das irgendwas Besonderes, dieser Satellit, diese Antenne? Ich meine, Sonden, die Informationen zur Erde funken, existieren doch schon ein paar Jahrzehnte.«

»Das ist technisch auch kein größeres Problem, solange Sie sich in erdnahen Umlaufbahnen befinden. Aber wenn Sie sich mit einer Sonde wie Rosetta auf einer interplanetaren Reise bis zu einer Milliarde Kilometer von der Erde entfernen, dann sieht das schon ganz anders aus. Dann haben Sie Signallaufzeiten von fast 50 Minuten – bei Lichtgeschwindigkeit! Und die Einstrahlungsenergie der Sonne beträgt gerade mal vier Prozent von der auf der Erde. Die Solar-Panels der Sonde können kaum noch Energie einfangen, um den Sender zu betreiben. Aus dieser Entfernung ist die Sonne noch so groß wie irgendein Fixstern am Himmel. Entsprechend schwach sind die Signalstärken, die auf der Erde ankommen. Normalerweise werden Satelliten in diesen Entfernungen mit Nuklearbatterien betrieben – wir haben völlig neue Solar-Panels entwickelt, die auf diese Distanz noch über 500 Watt Leistung bereitstellen. Technisches Neuland haben wir betreten – in jeder Hinsicht. Alle Komponenten und Systeme müssen über eine Missionsdauer von elf Jahren funktionieren, sie müssen der Strahlung bei extremer Sonnennähe standhalten und den kalten Winterschlaf in der Nähe der Jupiterbahn überstehen. Das war schon eine technische Meisterleistung von allen Beteiligten.«

»Und 2004 hat er dann bei Ihnen hier angefangen.«

»Wir hatten hier eine ganz normale Stellenausschreibung laufen für einen ICT Engineer, alles im Rahmen der Rosetta-Mission. Wir haben da unsere Statuten und schreiben neue Positionen immer erst europaweit intern aus, damit ESA-Mitarbeiter sich bewerben können. Kurz bevor wir Anzeigen auf den üblichen Internetplattformen schalteten, gingen wir noch mal die Blindbewerbungen durch, die im vergangenen Jahr eingegangen waren. Da sind wir auf ihn gestoßen, er hatte sich bereits Anfang 2002 beworben, und sein Profil passte perfekt, er war vertraut mit dem Projekt wie nur wenige, hatte exzellente Referenzen, und die Italiener waren bei uns im ESOC sowieso etwas unterrepräsentiert, was den Proporz der 17 Teilnehmerländer in der Belegschaft angeht. Wir luden ihn sofort zum Vorstellungsgespräch ein, und vier Wochen später fing er bei uns an. Er war die Idealbesetzung, schließlich kannte er die Sonde bereits in- und auswendig. Wir haben ihn bei der Inbetriebnahme des Engineering Models eingesetzt, einer flugfähigen Eins-zu-eins-Kopie der Rosetta-Sonde, die wir hier am Boden für Simulationen und Tests benutzen. Er hat sich innerhalb kürzester Zeit hochgearbeitet, ein exzellenter Mitarbeiter, der gerne auch einen Blick über den Tellerrand seiner Arbeit wagte. Ab Mitte 2005 hat er in unserem ACT mitgearbeitet, dem Advanced Concepts Team. Diese Gruppe befasst sich mit Zukunftstechnologien und ihrer Verwertbarkeit für Weltraummissionen – Biomimetik, künstliche Intelligenz, Fusionstriebwerke und so weiter.«

»Warum haben Sie seinen Zeitvertrag nach zwei Jahren nicht verlängert, wenn er so ein heller Kopf war? Sie hätten doch versuchen müssen, ihn zu halten.«

Sie zögerte eine Sekunde.

»Ich weiß nicht, wer Ihnen das erzählt hat. Wir hatten mit ihm eine auf vier Jahre angesetzte Arbeitsvereinbarung mit Verlängerungsoption, aber wir mussten uns vor der Zeit von ihm trennen – aus Sicherheitsgründen.«

Rünz zog fragend die Augenbrauen hoch.

»Es kam zu Nachlässigkeiten, unvorsichtigem Vorgehen, manchmal ignorierte er Sicherheitsvorschriften. Wir mussten dem Einhalt gebieten, bevor irgendeine Situation entstand, die die Mission gefährdet hätte. Wir spielen hier mit hohen Einsätzen, ich meine damit sowohl die ökonomischen Mittel als auch die Energie, die viele Menschen über Jahre in ein solches Projekt stecken.«

»Wie erklären Sie sich das, hatte er private Probleme, hat er Drogen genommen, zu viel getrunken?«

»Wenn er die hatte, dann wussten seine Kollegen nichts davon. Ich hatte mehrere Gespräche mit ihm, sein Zustand schien sich über die Zeit eher zu verschlechtern als zu verbessern. Ich habe ihm empfohlen, sich an unser ›Social, Sports and Culture Committee‹ zu wenden, eine Dachorganisation für die über 30 Freizeitclubs im ESOC – Golf, Fußball, Klettern, Theater, Motorradfahren – da ist eigentlich für jeden was dabei. Aber er hatte überhaupt kein Interesse an sozialen Kontakten. Er war einfach ein hochintelligenter und kreativer, aber auch etwas sensibler Mensch, ein Eigenbrötler, vielleicht eine Borderline-Persönlichkeit. Wir haben uns die Entscheidung nicht leicht gemacht. Mit ihm haben wir einen unserer besten Mitarbeiter verloren, aber letztendlich hatte die Sicherheit der Mission Vorrang. Glauben Sie, der Mord hatte irgendetwas mit seiner Arbeit zu tun?«

»Unwahrscheinlich, wir versuchen einfach, uns ein möglichst komplettes Bild zu machen. Gab es Animositäten im Team, Konkurrenz um irgendwelche Posten, Mobbing? Ich weiß, Sie werden ungern über Interna sprechen, aber ich kann Ihnen absolute Vertraulichkeit zusichern.«

Sie schaute einen Moment an Rünz vorbei und dachte nach.

»Wissen Sie, die Menschen, die für die ESA arbeiten, sind ehrgeizig, aber sie teilen gemeinsame Leidenschaften, Raumfahrt und Grundlagenforschung. Hier gibt es keine Grabenkämpfe wie in privaten Unternehmen, unsere Missionen sind nur dann erfolgreich, wenn alle an einem Strang ziehen.«

»Und der Papst ist evangelisch«, murmelte Rünz.

»Wie bitte?«

»Nichts, ich habe nur laut nachgedacht. Könnten Sie mir eine Liste zusenden mit den Mitgliedern seiner Arbeitsgruppe und allen Menschen, mit denen er hier engeren Kontakt hatte?«

»Kein Problem. Kann ich Ihnen sonst noch irgendwie helfen?«

»Sagen Sie, dieses Rosetta-Dings, worum geht's da eigentlich?«

»Kommen Sie mit, ich erklär's Ihnen!«

Sie führte ihn aus dem Westeingang heraus, rechts um den

Bau herum bis auf die nördliche Stirnseite. Schließlich standen sie vor einem aluminiumverkleideten, teilverglasten Kubus, offenbar ein erst vor wenigen Jahren errichteter Anbau, innen ein schwarzer Würfel mit über zwei Metern Kantenlänge auf einem mächtigen Stahlgestell, der den Raum fast komplett ausfüllte. Dutzende chrom-, gold- und silberglänzende Geräte, Instrumente, Antennen, Parabolspiegel und Steuerungsdüsen bedeckten jede Seite des Quaders. Unter dem Satellitenmodell ringelten sich unzählige Strippen und Leitungen wie Spaghetti, die zu einem Dutzend Schaltkästen und Racks an den Raumseiten führten, die mit Messgeräten und Kontrollmonitoren belegt waren.

Die Techniker im Raum bemerkten Rünz' Begleiterin und grüßten sie durch die Glasscheibe. Rünz hatte sich Satelliten immer kleiner vorgestellt, und Sigrid Baumann schien seine Überraschung zu registrieren.

»Mit ausgefalteten Solarpanels hat die ganze Einheit eine Spannweite von 35 Metern. Was Sie sehen, ist das Engineering Model, von dem ich Ihnen erzählt habe, eine Zwillingsschwester der Sonde, die seit 2004 im All ist. Unser Crash Test Dummy sozusagen wurde Anfang 2003 hier aufgebaut. Die Spezialisten von Alenia Spazio, Astrium Deutschland und unser ESOC-Flugkontrollteam konnten an diesem Modell vor dem Start der Zwillingsschwester Hunderte von Systemtests durchführen und Flugszenarien durchspielen. Ein besseres Trainingsgerät als eine Eins-zu-eins-Kopie gibt es nicht. Die meisten kritischen Operationen in der Flugphase werden hier zuerst simuliert und auf Validität und Konsistenz geprüft, bevor wir Kontakt mit der Schwester im All aufnehmen. Risikominimierung, Sie verstehen.«

Er verstand.

»Rosetta ist die aufwändigste Satellitenmission, die die European Space Agency je gestartet hat. Über 20 Jahre Gesamtlaufzeit von der Aufnahme ins ›Horizon 2000 Programme‹

1993 bis zum Missionsende 2015. Wir haben 21 Instrumente an Bord, Spektrometer für elektromagnetische Strahlung vom ultravioletten über den optischen bis zum Infrarot- und Mikrowellenbereich, Ionendetektoren, Analyseeinheiten für den Kometenstaub, Infrarot- und optische Kameras. Da kommen riesige Datenmengen zusammen, und nach Missionsende geht die Auswertung erst richtig los.«

»Wo geht denn die Reise hin, oder wird das eine Überraschung?«

»Tschurjumow-Gerasimenko, ein kurzperiodischer Komet, der alle sechseinhalb Jahre auf einer stark elliptischen Bahn die Sonne umkreist. Rosetta wird ihn über ein Jahr lang auf seiner Reise ins innere Sonnensystem begleiten, die Veränderung seiner Oberfläche und des Eiskerns unter dem Einfluss der Sonne studieren. Die Sonde trägt Philae huckepack, eine kleine Landeeinheit, die auf dem Kometenkern niedergehen und Proben analysieren wird. Das ist ein international einmaliges Projekt, Tausende Wissenschaftler weltweit warten gespannt auf die Ergebnisse.«

Rünz verstand plötzlich, warum die Polizei in Deutschland noch mit analogen Funksystemen aus den 70er-Jahren kommunizieren musste, einer Technik, die so abhörsicher war wie der Marktschreier am Obststand in der Ernst-Ludwig-Straße. Die Regierung brauchte das Geld, um schmelzende Eisbälle im Weltraum zu fotografieren! Alles verstehen hieß alles vergeben. Er versuchte, seine Frage diplomatisch zu formulieren.

»Sagen Sie, nichts für ungut, aber was ist so interessant an diesem Tschurmof-Grassimko?«

»Kometen sind Objekte aus der Geburtsstunde unseres Sonnensystems. Ihren Aufbau zu erforschen heißt, die Entstehung der Planeten und unserer Erde zu verstehen. Einige Wissenschaftler halten es für durchaus möglich, dass Kometenkerne organische Moleküle enthalten, aus denen auf der Erde die ersten Lebensformen entstanden sind. Ein faszinierenderes Objekt für Grundlagenforschung kann man sich kaum vorstellen.«

Rünz hatte diesbezüglich weniger Ehrgeiz, er hätte sich damit zufriedengegeben, seine Frau zu verstehen. Sie verließen das Satellitenmodell, sie begleitete ihn Richtung Ausgang. Er freute sich schon auf das Gesicht der Sicherheitsbeamtin, wenn sie ihm den Revolver wieder aushändigen musste.

»Kommen Sie doch nächste Woche zur Eröffnung des Galileo-Gründerzentrums vorbei! Der Ministerpräsident wird anwesend sein – und unser Direktor Gerry Summers. Ich schicke Ihnen eine Einladung – in Ihr ›Police Department‹ …«

Sie schien Sinn für Humor zu haben. Als er wieder allein auf der Robert-Bosch-Straße stand, warf er noch einmal einen Blick zurück auf die Fahnen der ESA-Mitgliedsnationen, die regungslos wie steif gefroren in der kalten Winterluft herunterhingen. Seltsamer Name, Rosetta. Wieso hatten sie das Ding nicht Bärbel oder Michaela genannt, wenn deutsche Steuerzahler schon einen Großteil dieser Spielerei finanzierten?

* * *

Er fühlte sich moralisch integer und überlegen, wenn er seiner Frau etwas unter die Arme griff, was den Haushalt anging – ein moderner Mann in einer zeitgemäßen, paritätisch organisierten Partnerschaft. Und Einkaufen war ja nicht wirklich anstrengend. Er sondierte am Zeitungsständer des Biosupermarktes in der Kasinostraße die Neuerscheinungen an Magazinen und Illustrierten, während seine Frau den Einkaufswagen durch die Gänge schob. Mit den zwei Kästen Pfungstädter Schwarzbier hatte sie Probleme, das Gefährt in engen Biegungen in der Spur zu halten. Er durfte nicht vergessen, sie zur Fleischtheke zu schicken. Rünz liebte die Rindersteaks der Odenwälder Biobauern. Fleisch von glücklichen Nutztieren, großgezogen von rotwangigen, wettergegerbten Anthroposophen in handgefilzten Kniebundhosen, die nach vollbrachtem Tagwerk heimkehrten von der dampfenden Ackerscholle und am knisternden Ofen ein gutes Buch und einen Brottrunk zur Hand nahmen. Echt, authentisch, unverdorben und natürlich.

Sein Blick blieb auf einem Cover hängen – ein verzweifeltes Beckham-Double über einem Foto seiner Verflossenen. Der Kommissar fischte das Magazin aus dem Regal. ›Rosenkrieg‹ hieß das Periodikum und versprach im Untertitel die erschöpfende Besprechung der Themen Trennung, Scheidung und Neuanfang. Rünz seufzte deprimiert, es gab wahrscheinlich keine gesellschaftliche Randgruppe, keine noch so marginale Interessengemeinschaft, die nicht mit einem eigenen Printprodukt bedient wurde. Ganz sicher existierte irgendwo ein Verlag, der eine Monatszeitschrift für homosexuelle, afroamerikanische Modelleisenbahnfans herausgab.

»Was liest du denn da Schönes?«

Seine Frau hatte sich unbemerkt von hinten an ihn herangepirscht.

»Ooooch …« Er fummelte die Zeitschrift hastig zurück in eine Heftreihe und schob jeweils eine Ausgabe ›GeoLino‹ und ›Pettersson und Findus‹ vor das Cover. Eine glänzende Idee.

»Kinderzeitschriften!«, schnurrte sie, schmiegte sich von hinten an ihn und schlang ihre Arme um seinen Bauch. »Hast du's dir doch noch mal überlegt mit dem Nachwuchs?«

Befruchtungsstimmung. Alarmstufe Rot. Rünz starrte auf den ›Rosenkrieg‹, dessen Überformat oben und seitlich hinter den Kinderheften herausragte. Seine Auflagenentwicklung vorwegnehmend sackte das Magazin in sich zusammen, und drohte, ihm mitsamt dem alten Schweden und seinem Kater entgegenzufallen. Er legte stabilisierend den Zeigefinger auf die Zeitschriften, wie um seiner Frau etwas zu zeigen.

»Die – äh – die machen heute wirklich tolle Sachen für Kinder.«

»Finde ich auch«, hauchte sie ihm ins Ohr. »Wollen wir nach Hause gehen?«

»Gute Idee!«

Er ließ den Zeigefinger auf den Heften, bis sie sich ein paar Schritte entfernt hatte, dann trat er selbst mit ausgestrecktem Arm zurück und ließ erst im letzten Moment los. Bevor seine Frau sich nach dem herunterstürzenden Papierstapel umdrehen konnte, hatte er seinen Arm um ihre Taille gelegt und ihr zärtlich am Ohrläppchen geknabbert. Wenn es nötig war, konnte er auch mal ein Opfer bringen.

* * *

»Wir haben die Verbindungsdaten der Prepaidkarte!«

Bunter hatte zu seinem gewohnten Schlabberlook zurückgefunden – ausrangierte Birkenstockschlappen, ein Holzfällerhemd, das ihm halb aus der Hose heraushing. Um Kinn- und Wangenpartie wucherte wieder die westfälische Macchia, eine wilde Strauch- und Krautschicht, Heimstatt zahlreicher bedrohter Tier- und Pflanzenarten. Seinen kurzen Karriererausch hatte er offenbar ausgeschlafen und Rünz wieder als Leitwolf akzeptiert. Ausflüge in die Welt zeitgemäßer urbaner Herrenoberbekleidung waren damit überflüssig. Er knallte seinen Laptop etwas zu heftig auf den Tisch, stöpselte ihn an den Beamer und legte los. Wedel und Rünz machten es sich auf ihren Stühlen bequem.

»Er war ziemlich aktiv mit seinem Kryptohandy – 127 Nummern hat er mit dieser Karte seit Oktober 2006 angerufen, alle gehören zu Unternehmen, staatlichen oder halbstaatlichen Institutionen, wissenschaftlichen Communities und deren Mitgliedern. Wenn er nicht noch irgendeine andere Karte für Privatgespräche genutzt hat, dann hatte er einen sehr übersichtlichen Freundeskreis außerhalb seiner beruflichen Kontakte. Einige der Nummern führen zu Spezialanbietern für Elektronik und Übertragungstechnik, Antennenanlagen, Verstärker, Transmitter und so weiter. Aber richtig spannend wird es bei den Auslandsgesprächen. Die folgenden Nummern hat er von Mai bis Juli dieses Jahres angerufen, manche mehrfach. Über die Dauer und Inhalte der Gespräche haben wir keine Informationen, ich habe das Ganze nach der Häufigkeit der Verbindungen sortiert.«

Bunter startete die Präsentation. Er hatte die Telefonnummern jeweils mit Screenshots zusammenmontiert, Webseiten der Institutionen, mit denen Rossi Kontakt aufgenommen hatte. Rünz ahnte, warum der Westfale aussah wie durch die Hecke gezogen – er hatte Blut geleckt und die ganze Nacht recherchiert.

»Die hier gehört zum NASA Astrobiology Institute, eine virtuelle US-Organisation, die aus zwölf Lead-Teams besteht, verteilt auf Universitäten und Forschungsinstitute in den ganzen USA. Ein multidisziplinärer Verein, die beschäftigen sich mit der Verbreitung organischen Lebens auf der Erde und im Weltall. Das Gleiche gilt für die hier – Centro de Astrobiologica, östlich von Madrid, dann das Australian Center for Astrobiology in New South Wales, das britische Cardiff Center for Astrobiology, das UK Astrobiology Forum und die Astrobiology Society of Britain, das Goddard Center for Astrobiology der NASA, das Spanish Center for Astrobiology – so geht das immer weiter, ich könnte noch ein Dutzend von diesen Instituten nennen. Es gibt weltweit kaum noch eine große Universität mit naturwissenschaftlicher Fakultät, die sich keinen eigenen Lehrstuhl für Astro- und Exobiologie leistet, das ganze Thema scheint unheimlich heiß zu sein in der Astronomenszene. Und unser Italiener war immer dabei.

Seit der Jahrtausendwende hat kaum ein internationaler Kongress, Workshop oder ein Seminar über Astrobiologie stattgefunden, bei dem Rossi nicht mit am Tisch saß, die meisten Teilnehmerlisten kann man bei den einschlägigen Scientific Communities im Web runterladen: First European Workshop on Exobiology in Frascati im Mai 2001 und im September 2002 die Folgeveranstaltung in Graz. Astrobiology Conference der NASA im Ames Research Center in Kalifornien, April 2002. Im November 2003 eine Konferenz der European Exo-/Astrobiology Network Association in Madrid, im Juli 2004 die achte Internationale Konferenz für Bioastronomie in Reykjavik, ein Jahr später ist er in Budapest beim fünften European Workshop on Exobiology, im Mai 2006 Workshop der Deutschen Forschungsgesellschaft über ›Viability in Space‹. Ich habe letzte Nacht etwas in der Welt herumtelefoniert und kaum ein internationales wissenschaftliches Netzwerk gefunden, das sich mit Exo- und Astrobiologie beschäftigt und ihn nicht auf der Mitgliederliste hatte.«

»Wer zum Teufel bringt einen durchgeknallten, finanzschwachen Sternengucker um, der sich mit nichts als grünen Marsmännchen und UFOs beschäftigt? Wo ist das Motiv? Ein eifersüchtiger Ex-Lover seiner Freundin?«

»Der zufällig an ein russisches Scharfschützengewehr herankommt und dieses Instrument auch noch perfekt beherrscht?«, fragte Bunter. »Ich habe einen anderen Vorschlag.«

Er klickte weiter durch seine Präsentation.

»Bis jetzt hatten wir den wissenschaftlichen Teil seiner Telefonkontakte, richtig spannend wird's im zweiten Paket. Die Telefonate mit den folgenden Anschlüssen fanden alle im vierten Quartal 2006 statt. Die Nummer hier führt zum DS&T, dem Directorate for Science & Technology, eine der vier Hauptabteilungen der US-amerikanischen CIA. Das ist sozusagen der Think Tank der CIA, was die Entwicklung neuer Techniken für die Informationsbeschaffung und -auswertung angeht. Ein traditionsreicher Laden, die machen Forschung und Entwicklung, haben Leute aus über 50 Disziplinen – IT-Spezialisten, Ingenieure, Wissenschaftler. Das DS&T hat in den Fünfzigern und Sechzigern die U-2- und A-12-Programme geleitet, die Spionageflugzeuge, mit denen sie Chruschtschow beim Nasenbohren fotografierten. Auch das CORONA-Programm, der erste Spionagesatellit, geht auf deren Konto. Dann haben wir noch das NRO – National Reconnaissance Office in Chantilly, Virginia, eine US-Behörde, die im Auftrag der CIA und des Department of Defense Aufklärungssatelliten plant, baut und betreibt. Noch nicht genug? Ich habe noch im Angebot die National Security Agency, die Abteilung Nachrichtenbeschaffung der französischen Direction Générale de la Sécurité Extérieure, die Information Services Branch des britischen MI5 und das kanadische Communications Security Establishement und diverse osteuropäische Geheimdienste. Und das war nur eine Auswahl. Keine Ahnung, ob irgendwo in einer afrikanischen Bananenrepublik noch ein Nachrichtendienst existiert, bei dem nicht irgendwann Rossi an der Strippe war. Nur MAD, BND und Verfassungsschutz fehlen, von Kontakten zu den deutschen Trenchcoatträgern hat er sich wohl nichts versprochen.«

Rünz brauchte ein paar Sekunden, um die Informationen zu sortieren.

»Was wollte er von den Geheimdiensten, hat er gedacht, die CIA hätte die fliegenden Untertassen der Marsmännchen verwanzt?«, fragte Wedel.

»Vielleicht wollte er keine Informationen von den Geheimdiensten haben, sondern ihnen welche anbieten. Seine Freundin hat Ihnen doch von diesem angeblich vielversprechenden Coup erzählt, vielleicht war es das, was er meinte. Er könnte auf einer dieser Konferenzen von irgendeinem Fachkollegen ziemlich brisante Informationen über ein Geheimprojekt irgendwo auf der Welt bekommen haben, und diese Info versuchte er vielleicht zu versilbern.«

Rünz seufzte. Die Ermittlungen waren schon wieder auf dem besten Wege, die Grenzen seiner beruhigend übersichtlichen Heimatstadt zu sprengen. Seit dem Fund des toten britischen Kriegspiloten schien ein Fluch auf seinem Beruf zu liegen. Globalisierung war wie ein aggressives Virus, zuerst hatte es sich der Ökonomie bemächtigt und schien jetzt alle anderen Lebensbereiche zu infizieren. Warum konnte er nicht einen ganz und gar provinziellen Eifersuchtsmord auf dem Heinerfest abarbeiten – er fände es ja noch durchaus akzeptabel, wenn ihn die Spuren bis nach Pfungstadt oder Griesheim führten, notfalls wäre er auch bis nach Seeheim-Jugenheim gefahren, man durfte sich dem Fortschritt ja nicht in den Weg stellen.

Bunter grinste triumphierend, er schien noch einen Joker in der Hand zu haben. Er klickte auf die Tastatur seines Laptops, diesmal erschien nur eine lange Telefonnummer mit der Ländervorwahl 007 – Russland.

»Anfang 2006 hat die italienische Nachrichtenagentur ANSA öffentlich hingewiesen auf einen Link in der Internetpräsenz des Geheimdienstes FSB der Russischen Föderation. Der FSB forderte russische Bürger offen auf, sich bei ihren Auslandsreisen als Freizeitagenten zu betätigen und das Heimatland unter dieser Nummer mit interessanten Informationen zu versorgen. Der Tourist und Geschäftsreisende als Spion sozusagen – billiger und unauffälliger kann man's nicht haben. Es gab einigen diplomatischen Hickhack deswegen, der FSB hat die Nummer daraufhin vom Netz genommen. Aber Rossi hat sie sich rechtzeitig gespeichert. Allein in der 47. Kalenderwoche 2006 hatte er über diese Nummer elf Verbindungen in die FSB-Zentrale ins Moskauer Lubyanka-Viertel.«

* * *

Bis zum Termin mit der Kriminaltechnikerin hatte er noch etwas Zeit. Er hackte eine kurze Zusammenfassung für die Staatsanwältin in den Computer, dann legte er die Füße auf den Schreibtisch, schnappte sich die aktuelle Caliber-Ausgabe und berauschte sich am minimalistischen Design des brandneuen Keppeler-Bullpup-Repetierers KS V in 308er Winchester.

Brecker stürmte in Rünz' Büro, ohne anzuklopfen, das Hemd halb aufgeknöpft, in der Hand sein Lederholster mit der Dienstwaffe. Er bezog hinter seinem Schwager Stellung, mit guter Sicht auf den Computermonitor.

»Und? Was Neues von Hoven?«, fragte er.

»Habe heute noch nicht reingeschaut, mal sehen …«

Rünz startete das lokale Intranet des Präsidiums und klickte sich durch einige Menüebenen. Hoven hatte ein neues Steckenpferd – den Blog. Einige Wochen zuvor hatte die Financial Times Deutschland einen Bericht gebracht über die wachsende Anzahl börsennotierter Unternehmen, die mit ihren Firmenblogs prahlten, also wollte er auch einen. Und er bekam ihn – nach einigen hitzigen Auseinandersetzungen mit den hausinternen IT-Spezialisten und dem Datenschutzbeauftragten. Der Blog war sozusagen das kollektive virtuelle Poesiealbum des Polizeipräsidiums Südhessen. In der freien Wirtschaft dienten Firmenblogs dazu, die Prostitution der Angestellten für ihre Firmen zu perfektionieren. Es reichte nicht mehr aus, dem Arbeitgeber seine physischen oder kognitiven Fähigkeiten zur Verfügung zu stellen, die Manager forderten emotionale Bindung ein und die vorbehaltlose Identifikation mit dem Unternehmen. Mitarbeiter wurden aufgefordert, ihre Erlebnisse, Einfälle und Gefühle rund um die Firma im digitalen Blog niederzuschreiben, mit Kollegen und Kolleginnen zu diskutieren und zu kommentieren. Und so hatte sich Hoven das für das Präsidium auch vorgestellt. Aber was nützten solche Innovationen, wenn man Menschen wie Rünz und Brecker beschäftigte?

Rünz scrollte durch die Liste der Beiträge.

»Bingo! Ganz aktuell, von heute, 11.15 Uhr.«

Er las laut vor:

Von: Sven Hoven

Gestern hatte ich beim Fraunhofer-Institut für Integrierte Publikations- und Informationssysteme Gelegenheit, mich über hoch entwickelte Expertensysteme für effektives Wissensmanagement zu informieren. Ich bin mir sicher, dass viele Mitarbeiter im Präsidium Südhessen über Skills und Key Competences verfügen, die wir mit solchen Tools intern intensiver kommunizieren könnten, um damit unsere Performance nachhaltig zu steigern. Was halten Sie davon?

:-((:-(:-| :-)   :-))

Die Emoticons in der letzten Zeile waren interaktive Buttons, mit denen der Leser seine Bewertung des Blogbeitrages abgeben konnte. Rünz und Brecker entwickelten einige Ideen und verwarfen sie wieder, schließlich einigten sie sich auf eine Antwort. Rünz klickte den Kommentar-Button und bearbeitete im Zweifinger-Suchsystem die Tastatur.

:-)) *Von: Karl Rünz und Klaus Brecker*

Eine Superidee! Wir vom Vorstand der Kleingartenanlage Kraftsruhe in Bessungen haben ganz ähnliche Probleme. Horst Hübner von der Parzelle 6c weiß zum Beispiel, wie man den Giersch ein für allemal sicher und zuverlässig aus dem Garten vertreibt, und das haben wir alle nur durch Zufall auf der letzten Sitzung erfahren! Und unser Kassenwart Willy Schnubbel hat einen Thermokomposter entwickelt, in dem das Schnittgut wegfault wie Schweinehack auf der Heizung.

Wir könnten so ein Wissensmanagementsystem also auch gut gebrauchen, vielleicht wird's im Zweierpack billiger?

:-((:-(:-| :-)   :-))

* * *

Auf der Dachterrasse saugte er frische Luft in die Lungenflügel – die stockigen Ausdünstungen der vom Löschwasser durchnässten Polster, Teppiche und Vorhänge hatten ihm den Atem geraubt. Sybille Habich schien immun gegen derlei berufliche Zumutungen, sie arbeitete sich systematisch durch die Überreste, die der Brand vom Interieur übrig gelassen hatte. Ihr Standardprogramm – Fingerabdrücke, DNA-Spuren an benutztem Geschirr und Badartikeln, Fußabdrücke, Fasern – hatte sie mithilfe von zwei Assistenten abgearbeitet, die schon wieder auf dem Rückweg nach Wiesbaden waren. Sie unterhielt sich mit Rünz durch die offene Balkontür.

»Mehr als drei Wochen ist das her? Wissen Sie, warum noch niemand den ganzen Plunder hier ausgeräumt hat?«, fragte Habich.

»Wir hatten einfach Glück. Die Mieterin ist gestern erst aus dem Urlaub zurückgekommen. Laut Hausverwaltung braucht der Gutachter der Brandversicherung die Einwilligung der Mieterin, um hier nach der Brandursache zu forschen. Wir sind also sozusagen die ersten am Tatort, von der Feuerwehr mal abgesehen.«

»Was ist mit der Brandursache, haben die Jungs mit den langen Schläuchen sich geäußert?«

»Verdacht auf Kurzschluss an einem der elektronischen Geräte, keine Hinweise auf Brandstiftung.«

Rünz schaute sich um. Auf dem Terrassenboden hatte der

Fliesenleger wohl Altbestände von Rudis Öko-Resterampe verarbeitet. Naturstein, Tonfliesen, Keramik, Terrakotta, Terrazzo in allen Formen und Größen – erstaunlich, wie viele unterschiedliche Materialien auf so kleiner Fläche verarbeitet werden konnten. Die Wände links und rechts der Terrasse wirkten, als hätten Kleinkinder ihre Fingerchen durch den noch feuchten Putz gezogen. Rossis Freundin hatte Dutzende Rankgitter, Stäbe und Drähte im Mauerwerk verdübelt, an denen sich allerlei blattloses Grünzeug hochschlängelte, im Sommer sah die Veranda wahrscheinlich aus wie ein Urwald. Er ging ein paar Schritte nach Westen zur Brüstung und schaute hinunter. Von der Bad Nauheimer Straße näherte sich eine Gruppe Asiaten, die schon in einiger Entfernung ihre Kameras zückten. Selbst im Winter machte eine Touristengruppe nach der anderen ihre Runde um das Hundertwasserhaus. Amerikaner, Japaner, Franzosen, Engländer –, alle fotografierten die immergleichen Motive, versuchten, durch die Fenster der Wohnungen einen Blick ins Innere zu werfen wie Zoobesucher am Raubtierkäfig. Eine schwarze Mercedes G-Klasse mit mächtigem Kuhfänger vor dem Kühler stand auf dem Bürgersteig, die Insassen waren wohl zu bequem, um auszusteigen, mächtige Teleobjektive ragten aus den Seitenfenstern. Auf weltweit Tausenden privater Computerfestplatten mussten schon Terabytes ähnlicher Aufnahmen liegen – vergoldete Türmchen, bunte, bauchige Wände, schiefe Vor- und Rücksprünge, verspielte Fliesenmosaike und wulstige Säulen, die mit kindlichem Trotz die klare geometrische Form zu meiden suchten. Die Fassade war einem geologischen Sediment gleich in erdigen Tönen horizontal gebändert – oberbayrische Lüftlmalerei für Anthroposophen. Das Ganze wirkte, als hätte ein gigantischer alkoholisierter Konditor eine riesige Keksform in den Untergrund gesteckt, den Inhalt hier abgesetzt und dann mit kandierten Früchten, Petits Fours und gespritzten Sahne- und Schokohäubchen verziert. Der Grundriss glich einem nach Süden offenen U, das Dach stieg einer langen gekrümmten Rampe gleich vom Ende des westlichen Schenkels von ebenerdigem Niveau gleichmäßig bis zur Maximalhöhe auf der Ostseite an, eigentlich ein ideales offenes Parkdeck, aber der alte Friedensreich hatte natürlich einen Dachgarten mit ordentlich Grünzeug anlegen lassen. Die ganze Anlage deprimierte Rünz. Die Waldspirale war das Taj Mahal der Globulianer, ein gebautes Manifest gegen Geometrie, Technik, Aufklärung und Wissenschaft, sie bediente wie kein anderes Gebäude in Darmstadt die naive Sehnsucht vieler urbaner Menschen nach Natürlichkeit – als wären Städte jemals etwas anderes gewesen als Trutzburgen gegen die Unberechenbarkeiten der umgebenden Natur. Das Attribut ›natürlich‹ hatte eine verhängnisvolle Bedeutungsmetamorphose hinter sich und war inzwischen auf eine erbarmungswürdig einfältige Art positiv besetzt. Seine Frau benutzte es im Zusammenhang mit pflanzlichen Medikamenten gerne als Synonym für ›harmlos‹, ›unbedenklich‹ und ›frei von Nebenwirkungen‹. Er assoziierte mit diesem Begriff Bandwürmer, Hyänen und Ebolaviren. Sie hatte ihm hier vor der Jahrtausendwende eine Wohnungsbesichtigung schmackhaft zu machen versucht – er hatte erstmals seit ihrer Hochzeit mit Scheidung gedroht.

Rünz holte noch einmal tief Luft und ging dann zurück in die Wohnung. Die Kriminaltechnikerin hatte auf der Arbeitsplatte der kleinen Wohnküche ihre mobile Laborausrüstung aufgebaut. Sie trug einen weißen Einweg-Overall, sah aber nicht halb so sexy aus wie die Spezialistinnen der einschlägigen US-amerikanischen Polizeiserien. Aber irgendwie erschien sie verändert, sie hatte nicht mehr den fahlgrauen Kettenraucher-Teint und seit Rünz' Anwesenheit nicht einmal zur Zigarette gegriffen.

»Was ist mit dem Loch in der Eingangstür?«, fragte sie. »Hat der Eigentümer mit einer Schrotflinte um sich geschossen?«

»Habe mit dem Einsatzleiter der Feuerwehr gesprochen. Die Jungs sind da mit der Löschlanze durchgegangen. Die wollten einen Backdraft vermeiden, durchs Außenfenster war nur Rauchgas zu sehen, keine Flammen mehr.«

Sie hatte ein handliches kleines Photoionisations-Spektrometer, mit dem sie auf der Suche nach flüchtigen Bestandteilen von Brandbeschleunigern in der Raumluft wenige Zentimeter über dem stinkenden Teppichboden wedelte, wie eine kleine Ente quer durch das Wohnzimmer watschelnd. Ihre Hand zitterte merklich, und Rünz ahnte, wie ihr der Nikotinentzug zu schaffen machte. Er schaute sich um und versuchte, aus den Überresten des Brandes den ursprünglichen Zustand der Wohnung zu rekonstruieren. Von der schmierigen Rußschicht abgesehen, die die gesamte Inneneinrichtung wie ein Trauerschleier überzog, gab es nichts, was er nicht auch in irgendeinem anderen der Millionen junger weiblicher deutscher Singlehaushalte erwartet hätte, deren Bewohnerinnen ihre Existenz als PR-Assistentinnen, Fremdenverkehrskauffrauen und Pharmareferentinnen fristeten oder irgendwas mit Medien machten, sich abends DVDs mit Renée-Zellweger- oder Hugh-Grant-Filmen ausliehen, in Singlebörsen chatteten oder freche Frauenromane von Ildikó von Kürthy lasen. Über den Resten einer Stereoanlage hing ein Poster an der Wand, ein Schwarz-Weiß-Negativ ohne nennenswerte Brandspuren. Rünz ging hin und berührte es, eine Metallplatte mit dem eingeätzten Antlitz des US-Softrockers Jon Bon Jovi. Auf dem Hi-Fi-Rack darunter fand er die verkohlten Überreste einer ganzen Devotionalienhandlung zu Ehren des blonden Weichspülers, Kaffeetassen, Stifte und Schlüsselanhänger.

Feuer und Löscharbeiten hatten einige Verwüstung angerichtet, die Brandbekämpfer hatten auf der Suche nach Glutnestern sämtliche Schränke, Schubladen und Fächer geöffnet und durchwühlt – unmöglich zu rekonstruieren, ob hier irgendjemand etwas gesucht und gefunden hatte. Rossi schien in der Wohnung seiner Freundin kaum Spuren hinterlassen zu haben – bis auf eine Arbeitsplatte auf Holzböcken nahe der Balkontür, auf der allerlei verschmurgeltes elektronisches Gerät stand. Wahrscheinlich das Technikzeugs, von dem seine Freundin gesprochen hatte.

»Schau mal an«, murmelte Habich.

»Was gefunden?«

»Nach über 20 Tagen ist natürlich nicht mehr allzu viel zu erwarten an leichtflüchtigen Substanzen. Aber wir haben hier eindeutig ein hübsch komplexes Gemisch aus über 100 leichten Kohlenwasserstoffen, Aromatenanteil unter 25 Prozent.«

»Gibt's das auch auf Datterich-Niveau?«

»Universalverdünnung, Testbenzin, Terpentinersatz – nennen Sie es, wie Sie wollen. Wird als Verdünner für Farben und Lacke in jedem Baumarkt verkauft. Ist für Low-Level-Pyromanen, denen nichts Raffinierteres einfällt, die erste Wahl. Was ist eigentlich mit der Katze?«

»Welche Katze?«

»Der ganze Boden ist voll von Tonmineralien, Bentonitkügelchen, überall verstreut. Kenne keinen anderen Verwendungszweck für eine Wohnung als Streu für ein Katzenklo.«

»Die Mieterin hat mir nichts von einem Haustier erzählt.«

Rünz machte einen Rundgang und suchte nach Überresten von Näpfen, Whiskas-Dosen und Kratzbäumen, ohne Erfolg. Nach einigen Minuten stand er wieder am Ausgangspunkt und betrachtete Rossis Arbeitsplatz. Eine der Strippen an den Rückseiten der Geräte führte von der Arbeitsplatte weg, die Kupferadern lagen frei, die geschmolzene Isolation hatte einen breiten Pfad in den Teppichboden gebrannt, der zu einer Nische neben der Balkontür führte. Rünz folgte dem Kabel, schob einen verkohlten Bilderrahmen zur Seite und fand in der kleinen Ecke eine seltsame Apparatur, deren Sinn sich ihm nicht erschloss. Auf einem parabolförmigen Drehteller mit elektrischen Stellmotoren stand ein graues Kunststoffrohr von anderthalb Metern Länge und vielleicht einer Handbreit Durchmesser, in 15 oder 20 Windungen vom Sockel bis zum Ende mit einem kräftigen Metalldraht spiralartig umwickelt. Die ganze Maschine war auf Rollen montiert, Druckspuren in den Teppichresten deuteten darauf hin, dass sie immer wieder aus der Nische heraus zur Balkontür gezogen worden war. Die kleine Anlage hatte den Brand relativ unbeschadet überstanden, lediglich das PVC-Rohr war unter der Hitzeeinwirkung etwas deformiert. Das Ganze glich einer im Weltraumkampf ramponierten Strahlenkanone aus der Requisite alter Flash-Gordon-Filme.

»Was ist das hier für eine Anlage?«

Die Technikerin packte ihr Spektrometer ein.

»Gute Frage. Das Rohr vorn ist eine Antenne, eine Helixantenne, um genau zu sein. Das Ding ist eine Eigenkonstruktion, Sie brauchen nicht viel mehr als ein Kunststoffrohr und etwas Kupferdraht. Mit dieser Bauart und Größe können Sie elektromagnetische Strahlung in Frequenzbereichen von 0,3 bis drei Gigahertz empfangen. Die hier hat einen Durchmesser von sieben Zentimetern, ist berechnet für eine Wellenlänge von gut 20 Zentimetern.«

»Und das ganze Zeug auf dem Tisch?«

»Die Antenne war über ein Koax mit dieser Blechbox verbunden, ein einfacher Vorverstärker mit externer Spannungsversorgung, Bandbreite 40 Megahertz, 28 Dezibel Signalverstärkung. Vom Ausgang führt eine SMA-Strippe zu diesem Kasten. Das war mal ein Spectrum Analyzer, nicht ganz billig, die Dinger kosten schon ein paar Tausend Euro. Na ja, und der Analyzer war über dieses RS232-Interface wahrscheinlich mit einem Notebook verbunden, jedenfalls hätte der Platz hier auf der Arbeitsplatte gerade für einen Laptop ausgereicht.«

Rünz fühlte sich, als erläuterte ihm eine Mediamarkt-Mitarbeiterin die Features der brandneuen Plasmafernseher-Generation.

»Also kein Sender?«

»So wie die Konfiguration ausschaut, hat er nur empfangen – oder abgehört, wie Sie wollen.«

»Aber was konnte er damit abhören?«

»Gute Frage, da blicken wir nicht durch. WLAN hat höhere Wellenlängen, die Mobilfunknetze passen auch nicht, die Frequenz des D-Netzes liegt drunter, die des E-Netzes ist zu hoch für die Anlage. Die Antenne ist dimensioniert für ein Frequenzband, das eigentlich nur vom Amateurfunk genutzt wird. Aber um den abzuhören, brauchte er keinen Empfänger mit so einer starken Richtwirkung. Damit können Sie ja ein Walkie-Talkie empfangen, das vom Mond sendet. Ich kann mir da keinen Reim drauf machen. Und dazu noch diese automatische Nachführung mit dem Drehteller, könnte die Montierung eines astronomischen Teleskopes sein.«

Rünz sinnierte, welcher Geheimdienst eines westlichen Industrielandes Interesse hätte an einer Information, die man mit einem Regenrohr aus dem Baumarkt abhören konnte. Er dachte an die Aussagen Rossis ehemaliger Chefin im ESOC und musste ihr im Nachhinein recht geben – der Italiener hatte ganz offensichtlich nicht mehr alle Tassen im Schrank gehabt. Vielleicht hatte er sogar selbst gezündelt, bevor er zu seinem Treffen auf dem Knell-Gelände aufgebrochen war – ein Paranoider, der keine Spuren hinterlassen wollte.

Das ganze elektronische Equipment mitten im Hundertwasserhaus amüsierte Rünz. Rossis Aktivitäten mussten den Makrobioten in der Nachbarschaft verborgen geblieben sein – sonst hätte ihnen der Elektrosmog sicher eitrige Pusteln bereitet.

»Was ist mit Unterlagen, privaten Dokumenten, Aufzeichnungen, Kontoauszügen?«

»Feuer und Wasser sind eine denkbar schlechte Kombination, wenn es um die Erhaltung von Papier geht. Vielleicht können wir ein paar Sachen rekonstruieren, aber das wird dauern.«

»Und Datenträger, CDs, DVDs, Disketten?«, fragte Rünz.

»Ein angekokelter USB-Stick. Wir werden im Labor sehen, ob sich Daten auslesen lassen.«

Einen Schritt rückwärts Richtung Raummitte gehend, blieb Rünz mit der Ferse an einem schweren Gegenstand hängen, der ihn fast zu Fall brachte. Er bückte sich. Eine schwarz verrußte Platte, wie ein angekohltes Küchenbrett. Er versuchte, eine Seite mit dem Kugelschreiber anzuheben, und war überrascht über das hohe Gewicht. An einigen Stellen war die Rußschicht abgewischt, Myriaden kleinster Schriftzeichen darunter sichtbar. Er zog sich einen Latexhandschuh an und strich mit der Spitze des Zeigefingers über die Oberfläche. Hauchfeine Unebenheiten, die Zeichen waren nicht aufgedruckt, sondern in unendlich mühsamer Kleinarbeit eingraviert.

»Was ist das hier für ein Briefbeschwerer? Haben Sie den schon untersucht?«

Habich schloss die Klappe ihres Laptops und begann ihre Ausrüstung einzupacken.

»Habe vor zwei Stunden ein paar Fotos davon mit der Digicam gemacht und nach Wiesbaden gemailt. War eine richtig schöne Knobelei für die Kollegen. Das ist eine alte ägyptische Stele, besser gesagt eine Kopie davon. Aber eine ziemlich gute, sogar das Originalmaterial wurde verwendet – Gabbro, ein grobkörniger Magmatit, finden Sie auch hier im vorderen Odenwald. Das Original dieser Stele ist über zwei Meter hoch und steht im Britischen Museum in London. Hat einer von Napoleons Offizieren 1799 im Niltal gefunden. Die Tafel hat eine Schlüsselrolle bei der Entzifferung der ägyptischen Hieroglyphen gespielt, der Text ist ein Dekret ägyptischer Priester, übersetzt in demotische Schrift und griechisches Alphabet. Die ideale Langenscheidt für Ägyptologen. Das Original stammt aus dem Jahr 196 vor Christus. Premiumkopien wie diese können Sie in Kairo im gehobenen Antiquitätenhandel erwerben. Jetzt wollen Sie wahrscheinlich wissen, wann und wo welcher von den 80 Millionen Ägyptern dieses Souvenir verkauft hat?«

Rünz ließ fasziniert die Fingerkuppe über die Schriftzeichen gleiten. Habich ging neben ihm in die Hocke. Sie hatte einen dezenten Lippenstift aufgelegt und schien Parfüm zu benutzen, zum ersten Mal seit Beginn ihrer Zusammenarbeit.

»Die Archäologen nennen ihn den ›Stein von Rosetta‹.«

* * *

Das Kontrastmittel schmeckte weniger unangenehm, als er befürchtet hatte, eine leicht süßliche Zitronennote. Um keinen Durchfall zu riskieren, sollte er die Einnahme über anderthalb Stunden verteilen. Anderthalb Stunden in einem Wartezimmer im Hospital, und er hatte nicht einmal die aktuellen Ausgaben von ›Caliber‹ und ›Visier‹ mitgenommen. Mit solchen Spezialinteressen konnte er sich den Weg zum Klinikkiosk sparen. Er versuchte sich abzulenken, ging in Gedanken noch einmal die Zeugenaussagen der Nachbarn im Hundertwasserhaus durch. Dann vertrieb er sich eine halbe Stunde damit, die Patienten im Wartezimmer zu beobachten, eine Berufskrankheit, das gute alte ›Ich rate, wer du bist‹-Spiel. Ihm gegenüber saß ein Halbstarker mit Halskrause. Den Sorgenfalten seiner Mutter nach zu urteilen war er bei einem waghalsigen Downhill-Manöver mit dem Mountainbike an der Ludwigshöhe nur knapp an einer Querschnittslähmung vorbeigeschrammt. Neben den beiden hockte eine Rentnerin, steif und verkrampft vorn auf der Stuhlkante, die Hände auf dem Schoß gefaltet, den Blick gottergeben zur Decke gewandt. Das Schicksal hatte ihr womöglich einen vernichtenden Doppelschlag erteilt – der Verlust des Partners, kurze Zeit später eine deprimierende Prognose für das eigene Leben. Es gab keine Gerechtigkeit. Zwei Stühle weiter eine Vertreterin der sozialen Unterschicht, eine unerträgliche Wolke kalten Rauchs absondernd, viel zu enge rosa Leggings, wie Wurstpellen über die gequollenen Beine gezogen, eine Frisur wie ein gerupfter Strohballen, ruiniert durch unzählige misslungene Blondierungsversuche. Die Proletin beugte sich mit ihrer Tochter über eine Wellnesszeitschrift, die Textzeilen beim mühsamen Lesen wie ein Erstklässler mit dem Finger nachfahrend, beide diskutierten die Ergebnisse einer Mineralwasseruntersuchung. Vielleicht hatte sie die Illusion, mit einigen Ernährungsumstellungen auch nur eine einzige der über 100 000 Zigaretten wiedergutmachen zu können, die sie sich seit ihren Jugendjahren in die Lungenflügel gesaugt hatte.

Rünz wandte sich angewidert dem Zeitschriftenstapel zu. Er schnappte sich die zuoberst liegende ›Brigitte‹ und tauchte für einige Minuten ab in das Bermudaviereck aus Beauty, Wellness, Fun und Fashion, den kartesischen Bewusstseinskoordinaten postmoderner Frauen. Warum war in dieser Redaktion noch niemand auf die Idee gekommen, das Blatt in ›Bridget‹ umzubenennen? Irgendein US-amerikanischer Fitnessguru hatte das x-te Derivat eines Power-Wellfit-Relax-Balance-Yoga-Entschlackungs-Programmes auf dem Markt lanciert, und die führende deutsche Frauenzeitschrift hatte den Schmu sofort begeistert aufgegriffen. Die omnipräsenten Regenerations- und Entspannungsangebote schienen an Umfang inzwischen weit größer als alle Möglichkeiten, Stress und Anspannung aufzubauen. Den Teaser für die Story bildete eine doppelseitige Aufnahme unterernährter junger Frauen, die auf einer Frühlingswiese ihre Übungen machten. Sie standen wie Flamingos mit geschlossenen Augen auf einem Bein, das andere angewinkelt, die Fußsohle gegen die Innenseite des Standbeines gelegt, die Arme senkrecht über dem Kopf nach oben gestreckt und die Handflächen aneinandergelegt. Rünz fragte sich, in wie viel Tausenden von Anzeigen und Beiträgen von, für und über Wellness- und Vitalhotels, Energydrinks, Fitnessoasen und Spas er diese dämliche Pose schon gesehen hatte. Er hätte sie strafrechtlich gerne behandelt wie den Hitlergruß, sie erfüllte eigentlich alle Tatbestandsmerkmale der Volksverhetzung. Er wurde aufgerufen und in den Keller geschickt. Überall arbeiteten Handwerker, er dachte zuerst, er hätte sich verlaufen – der Bauleiter wies ihm den Weg zum Untersuchungsbereich.

»Ich habe doch schon einen Liter von dem Zeug getrunken, warum jetzt auch noch einen Schuss in die Blutbahn?«

Die Röntgenassistentin perforierte erbarmungslos seine Armbeuge.

»Das war Bariumsulfat, damit wird Ihr Verdauungstrakt auf den Aufnahmen sichtbar. Hier ist Jod drin, für Ihre restlichen Organe, Leber, Bauchspeicheldrüse und so weiter.«

Die Radiologin im Nebenzimmer schien mit einer umfassenden Metastasierung seines Körpers zu rechnen.

»Nicht erschrecken, das kann sich jetzt etwas heiß anfühlen. Vielleicht bekommen Sie einen metallischen Geschmack im Mund, das ist völlig normal.«

Sie hatte nicht übertrieben. Er bekam eine Hitzewallung, als hätte er sich im Kernkraftwerk Biblis einen kräftigen Schluck aus dem Primärkreislauf genehmigt, sein Mund schmeckte nach zehn Euro Kleingeld in den Backentaschen. Die Assistentin verließ das Zimmer. Er war allein auf der Liege, in Hüfthöhe umgeben von einem zyklopischen Ring mit dem anachronistisch altertümelnd anmutenden Logo von General Electric. Die Liege setzte sich in Bewegung und beförderte ihn bis auf Augenhöhe durch den Ring. Der Industriedesigner, der die Hülle des Gerätes gestaltet hatte, musste Sinn für schwarzen Humor haben. Ein kleines rot getöntes Fenster gab für den Patienten den Blick frei auf die technischen Innereien – nicht gerade ein beruhigender Anblick. Eine ganze Staffel von Glühwendeln leuchtete im Innern auf, ein mächtiger Rotor setzte sich langsam in Bewegung wie der Fan eines Jettriebwerkes. General Electric schien von den Synergieeffekten mit dem Flugzeugtriebwerksbau reichlich Gebrauch zu machen. Die Maschine schob Rünz einige Male durch den Ring und tranchierte seinen Körper in einige Tausend virtuelle Salamischeiben.

Er hörte einen metallischen Schlag, kurz darauf fluchte einer der Handwerker draußen auf dem Flur. Er hatte wohl einen Eimer mit Farbe umgestoßen, die Lösungsmittel drangen durch die Türritzen in das Untersuchungszimmer und verbanden sich mit dem metallischen Geschmack des Kontrastmittels zu einem unangenehmen sensorischen Cocktail. Der durchdringende Farbgeruch weckte Assoziationen in Rünz, die Ahnung einer Erinnerung an eine befremdliche, vielleicht auch belustigende Situation. Er versuchte, die gemeinsamen Stunden mit seinem Vater in der Werkstatt damit zu verbinden, aber es musste etwas Aktuelleres sein. Er konzentrierte sich, vielleicht hatte es mit den Stunden zu tun, die ihm die Amnesie geraubt hatte.

Als es ihm einfiel, wäre er am liebsten gleich aufgesprungen und aus dem Ring geklettert. Er hatte sich unwillkürlich bewegt, die Assistentin mahnte ihn über einen Lautsprecher aus dem Nebenraum zur Ruhe. Er wartete ungeduldig, bis der Rotor wieder zum Stillstand kam, ließ sich die Kanüle aus der Vene ziehen, sprang auf, zog sich an und stürmte mit dem Mobiltelefon in der Hand aus dem Gebäude. Es gab Wichtigeres als eine lebensgefährliche Erkrankung. Er sprach einige Minuten mit Wedel, während er seine rutschende Hose mit einer Hand am Bund festhielt. Dann ging er zurück ins Hospital, er hatte seinen Gürtel vergessen.

* * *

»Wie zum Teufel sind Sie auf die Idee gekommen, Chef?«, fragte Wedel.

»Ich war bei einer Comp...«, Rünz brach den Satz ab.

»Ich bin an einer Baustelle vorbeigekommen und habe Lösungsmittel gerochen, und da war's plötzlich wieder da, wie ein Flashback, eine Szene im Baumarkt, bevor ich aufs Knell-Gelände gefahren bin. Ich ging durch die Farbenabteilung, da standen drei Typen, alle Mitte oder Ende 20, schwarze Lederblousons, kurze Haare, durchtrainierte Staturen, einer mit einem Sack Katzenstreu unter dem Arm. Die stehen in dieser Farbenabteilung vor dem ganzen Verdünnerzeug, Terpentinersatz und so weiter, diskutieren und gestikulieren. Als ich an ihnen vorbeikomme, höre ich Wortfetzen, osteuropäischer Sprachraum, Russen schätze ich.«

Wedel schüttelte missbilligend den Kopf, als zweifelte er an der Zurechnungsfähigkeit seines Chefs.

»Versuchen Sie's doch mal mit Denken, Wedel. Drei Russen decken sich im Baumarkt mit Katzenstreu und Universalverdünner ein, ein paar Minuten später wird im Hundertwasserhaus, keinen Kilometer entfernt, eine Wohnung mit dem Zeug abgefackelt, gleichzeitig knallt genau dazwischen irgendein Sniper mit einer russischen Scharfschützenwaffe zwei Menschen ab. Statistisch gesehen ist das ein waschechter Russencluster, eine signifikante zeitliche und räumliche Häufung von Russland hier im Norden Darmstadts. Was haben Sie erreicht?«

Rünz' Plädoyer war weit entfernt von einer belastbaren Indizienkette, aber es reichte aus, um Wedel zu beeindrucken.

»Also, der Baumarkt hat zwölf Kassen, zehn im Hauptgebäude, zwei im Baustoffhandel im nördlichen Nebengebäude. Eine Videokamera erfasst jeweils zwei Kassen. Die Aufnahmen werden auf drei digitalen Langzeitrekordern gespeichert, und zwar die jeweils letzten 48 Stunden, an denen die Kassen offen sind. Dann werden die Festplatten automatisch wieder von vorn beschrieben.«

»Wie sieht es mit Back-ups aus, Dateien, DVDs, Bändern?«

»Nur als Beweissicherung, wenn es Hinweise auf Unregelmäßigkeiten gibt. War am betreffenden Samstag leider nicht der Fall. Aber man muss auch mal Glück haben! Am Montag drauf fiel gegen Mittag einer der Rekorder aus. Just auf dieser Maschine ist das komplette Kassenkino vom Mordtag drauf. Der Sicherheitschef hat sofort den Kundendienst bei Mitsubishi Electric kontaktiert, die haben gleich ein Ersatzgerät beschafft und das defekte mitgenommen. Ich habe die Serviceleute in Ratingen kontaktiert, die hatten das fehlerhafte Gerät noch in der Werkstatt und haben für uns ein komplettes Back-up der Festplatte gezogen. Vor zehn Minuten kam das hier per Eilbote rein.«

Wedel legte einige blau schimmernde Blue-ray Discs in transparenten Hüllen auf den Tisch.

»Alle Kassenaufnahmen vom Samstag zwischen acht und 20 Uhr. Macht bei sechs Kameras 72 Stunden Aufzeichnung. Hatten Sie am Wochenende was Besonderes vor?«

Zwei Stunden später saß Rünz allein zu Hause beim Abendessen, seine Frau vergnügte sich bei der Jubiläumsfeier zum zweijährigen Bestehen ihrer Pilatesgruppe. Menschen feierten die seltsamsten Anlässe.

Er öffnete eine sterile, vakuumverpackte Dose mit runden Pumpernickelscheiben und begann zu knabbern. Seine Frau hatte ihm zur Erinnerung die Antibiotika mitten auf den Tisch gestellt. Noch zehn Tage, dann hatten seine lädierten Augen die kritische Phase hinter sich und er konnte das Medikament absetzen. Aus Langeweile studierte er den Aufdruck auf der Medikamentenpackung: ›Klacid PRO – jetzt im 5 Tage Compliance Blister‹. Compliance Blister, das klang nach einer mächtigen Portion Fortschritt. Was konnte das sein, und vor allem – hatte es Nebenwirkungen? Zeile für Zeile studierte er den Beipackzettel, fand aber keinen Hinweis.

Er ging früh zu Bett und fiel in einen unruhigen Schlaf. Hovens Business-Denglisch und der Compliance Blister hatten ihn stärker beeindruckt, als er es sich in wachem Zustand hatte eingestehen wollen – er litt unter einem Albtraum der ganz besonderen Art. Einen von der tückischen Sorte, die mit der Illusion begannen, morgens aufzuwachen …

Er blinzte durch die halbgeöffneten Augen, die Morgensonne schien durch das Fenster, es musste mindestens neun Uhr sein. Seine Frau saß aufrecht neben ihm im Bett, starrer Blick und Schmollmund. Sie trug ein Headset zu marineblauer Businesskleidung und tippte Buchstaben- und Zahlenkolonnen in einen BlackBerry. Unheil drohte. Er schloss wieder die Augen und stellte sich schlafend. Gab es etwas Unschuldigeres als einen schlafenden Menschen?

»Ich weiß, dass du nicht schläfst.«

Rünz grunzte und schnappte nach Luft. Wenn ein Grimme-Preis für die glaubwürdigste Schlafdarstellung verliehen wurde – er hatte ihn verdient.

»Wenn wir unser Relationship Management nicht grundsätzlich neu ausrichten, werden wir beziehungsmäßig den Turnaround in diesem Jahr nicht schaffen.«

Rünz ließ die Tarnung fallen und öffnete die bleiernen Lider.

»Seit wann gehst du mit Hoven ins Bett?«, knurrte er.

Sie reagierte nicht auf seine Frage.

»Du hast meine Emotional Requirements im vierten Quartal '06 nur zu 79 Prozent erfüllt, und die Benchmarks für das erste Quartal '07 deuten nicht auf einen kontinuierlichen Verbesserungsprozess deinerseits hin.«

Rünz drehte seinen Kopf und schaute auf den Nachttisch – keine Rasierklinge, kein Strick, keine Schlaftabletten, keine Ruger – nichts, womit man sich eben mal schnell das Leben nehmen konnte.

»Nimm das nicht auf die leichte Schulter«, sagte sie. »Der Markt bietet durchaus Competitors mit guter Performance.«

»Du meinst den sensiblen Weichspüler aus deiner Pilatesgruppe? Bis der sich aus seiner Angora-Unterwäsche gepellt hat, bist du doch in den Wechseljahren.«

Ihre Antwort war ein Briefumschlag unter seiner Nase.

»Ich habe hier einen Letter of Intent vorbereitet, die letzte Chance für einen erfolgreichen Relaunch unserer Relationship. Wenn du es wirklich ernst meinst, wirst du dich auf dieser Basis mit mir committen.«

Rünz erbat sich einige Minuten Bedenkzeit, zog sich an und beschloss, erst mal Brötchen zu holen. Vor dem Haus atmete er tief durch. Was er jetzt brauchte, war ein ganz normales Gespräch mit seinem ganz normalen Bäcker um die Ecke. Er schlurfte nach Süden, überquerte die Klappacher Straße und schlich an der Natursteinmauer der Orangerie entlang bis zur Bäckerei Bormuth. Der Filialleiter sah ihn durch das Schaufenster, kam aus seinem Ladengeschäft und begrüßte ihn mit Handschlag auf dem Bürgersteig.

»Ich grüße Sie, Herr Rünz. Darf ich Ihnen schon zum Geburtstag gratulieren?«

»Na ja, ist noch ein wenig hin«, stammelte Rünz.

»Sie kommen gerade richtig! Eben haben die Roland Berger Strategy Consultants die aktuellen Ergebnisse der BBCR-Study rübergemailt.«

»Die BBC – was??«

»›BBCR – Bormuth Bäckerei Client Research Study‹. Und jetzt raten Sie mal, wer mein Key Account Client Number one ist? Sie!! Kein anderer passt mit seinem Anforderungsprofil besser zu meinem Leistungsportfolio und meiner Business Strategy.«

Nie zuvor in seinem Leben hatte Rünz sich gewünscht, auf einem Hundehaufen auszurutschen und mit dem Kopf auf der Bordsteinkante aufzuschlagen. Anforderungsprofil – meinte der Bäcker die vier Mohn- und drei Roggenbrötchen, die Rünz jeden Samstag bei ihm erwarb?

»Wissen Sie …«, der Bäcker senkte die Stimme und nahm ihn geheimniskrämerisch beiseite, »… ich strebe Marktführerschaft für den Bereich Mohn- und Roggenbrötchen diesseits der Bessunger Straße an. Ich will die Brand ›Bormuth‹ so im Markt positionieren, dass wir hier eine Unique Selling Position gewinnen. Und da spielen Sie als Opinion Leader und Superspreader für die Meinungsbildung im Viertel natürlich eine Schlüsselrolle. Virales Marketing – Sie wissen, was ich meine?«

Stolz zeigte er Rünz seine neue Schaufensterauslage.

»Schauen Sie sich das an, ich habe den ganzen Point of Sales komplett restrukturiert – alles zum Benefit des Customers!«

Rünz staunte nicht schlecht, er sah Krapfen mit ›advanced content‹, seine Lieblingstorte Schwarzwälder Kirsch war zum ›Multilayer Blackforest Cake‹ mutiert. Der Bäcker schien sich gerade erst warmzulaufen.

»Eins ist doch ganz klar – ohne eine systematische Evaluierung der Customer Satisfaction brauchen Sie mit Customer Relationship Management gar nicht erst anzufangen. Ganz ehrlich, Herr Rünz, wie waren Sie in den letzten Wochen mit meinen Produkten und meinem Service zufrieden?«

Rünz zögerte.

»Wenn Sie mich so fragen – Anfang November letzten Jahres, da waren die Roggenbrötchen mal nicht ganz so frisch wie …«

»Warten Sie einen Moment, ich hole den Erfassungsbogen!«

Der Bäcker ließ ihn nicht ausreden und verschwand in seinem Laden. Rünz hatte einen Moment Zeit, durch das Schaufenster den restrukturierten point of sales in Augenschein zu nehmen. Neben der Ladentheke saß die Schwiegermutter des Filialleiters müde hinter einem aus dünnen Spanplatten zusammengezimmerten Stand, unter einem Schild mit der Aufschrift ›PPC – Pastries Competence Center‹.

Rünz ging langsam einige Schritte zurück, wie ein Indianer beim Anblick einer Klapperschlange, dann etwas schneller, drehte sich um, fiel dann in einen Trab. Flucht. Er ignorierte den Bäcker, der ihm hinterher rief.

Auf Höhe der Liebfrauenkirche warf ihn ein ohrenbetäubender Lärm fast aus der Bahn, irgendein akustisches Signal wie aus dem Handy eines Riesen. Er schaute sich verwirrt nach allen Seiten um, dann nach oben. Der Krach kam eindeutig aus der Glockenkammer des Kirchturms.

»Gefällt's Ihnen, Herr Rünz?«

Der Pfarrer stand in seiner Soutane am Fuß des Turmes, unter dem Arm ein Notebook, die Baseballkappe schräg übers Ohr gezogen.

»Polyphone Klingeltöne, bei Jamba downgeloaded, in DOLBY Surround Prologic II – ich sag' Ihnen, das ist Cutting Edge Technology! Die alten Glocken waren einfach nicht mehr State of the Art …«

… ein durchdringender Ton weckte ihn mitten in der Nacht auf. Er fluchte, es war erst 23 Uhr, er hatte den Wecker falsch eingestellt. Seine Frau lag neben ihm, sein Konkurrent aus der Pilatesgruppe schien keinen starken Abend gehabt zu haben. Sie grunzte mürrisch, drehte sich auf die andere Seite und schlief weiter.

Nach diesem zermürbenden Traum war in den nächsten zwei Stunden nicht an Schlaf zu denken. Er stand auf, zog sich seinen Morgenmantel an, ging in sein Arbeitszimmer und nahm die DVDs mit den Kassenaufzeichnungen aus seiner Aktentasche. Dann machte er es sich mit einem Pfungstädter Schwarzbier und der Fernbedienung im Wohnzimmer auf der Couch bequem. Zwölf Stunden Kassenkino – mit etwas Glück würde er sich nicht allzu viel davon anschauen müssen. Gegen 9.30 Uhr war er am Mordtag vom Parkplatz des Baumarktes zum Knell-Gelände aufgebrochen. Er selbst hatte vielleicht eine halbe Stunde in dem Geschäft verbracht. Die drei waren höchstwahrscheinlich insgesamt nicht mehr als eine Stunde dort gewesen, wenn er sich mit der eingeblendeten Uhrzeit also den Zeitraum von acht Uhr bis 10.30 Uhr vornahm, würden sie ihm wahrscheinlich nicht entwischen. Die Aufnahmen jeweils vier Kameras gleichzeitig im Splitscreen-Modus, wenn er zusätzlich die Abspielgeschwindigkeit erhöhte, war die Wahrscheinlichkeit gering, dass ihn seine Frau im Morgengrauen schnarchend vor dieser skurrilen Videoinstallation fand.

Nach einer halben Stunde Kassenkino wurde er wieder müde, ein effizienteres Schlafmittel als grobkörnige Schwarz-Weiß-Aufnahmen von Menschen, die an Großmarktkassen anstanden, war kaum vorstellbar. Im Halbschlaf wären sie ihm fast durch die Lappen gegangen, er erkannte sie nicht sofort, weil sie sich nicht zu dritt anstellten. Um 10.22 Uhr drückten sich zwei der Männer an Kasse sieben an der Schlange vorbei, sie führten keine Artikel mit. An der kleinen Verpackungsrampe hinter der Kasse blieben sie stehen, als warteten sie auf einen Begleiter. Der dritte Mann hatte sich nach zwei Minuten in der Warteschlange bis ins Blickfeld der Kamera vorgearbeitet. An der Kasse packte er ein paar Dosen auf das Förderband, in seinem Einkaufswagen ließ er zwei oder drei helle Säcke liegen, Details waren nicht zu erkennen. Die Kassiererin schob die Dosen über den Laserscanner, dann stand sie auf, beugte sich vornüber und las mit ihrem Handscanner die Strichcodes der Säcke in dem Einkaufswagen ein. Die zwei Freunde nahmen die Waren am anderen Ende in Empfang, während der Dritte bar zahlte. Der ganze Vorgang dauerte dreieinhalb Minuten, dann verschwand die Dreiergruppe Richtung Ausgang. Rünz studierte die Sequenz mehrmals. Sie hätten Brüder sein können, alle trugen dunkle Lederjacken, Jeans, Sneakers, ihr einziges auffälliges Unterscheidungsmerkmal war die Halbglatze des Mannes, der bezahlt hatte.

Mit der Kassennummer und der Uhrzeit würde die Buchhaltung des Baumarktes ohne größeren Aufwand rekonstruieren können, was dieses Trio dort gekauft hatte. Und mit etwas Glück waren auch draußen, auf dem Parkplatz vor dem Baumarkt, ein oder zwei Kameras installiert. Rünz schaltete den Fernseher aus, setzte sich an seinen Computer und mailte an Bunter und Wedel kurze Arbeitsanweisungen. Er genoss es, Aufgaben zu delegieren, es verschaffte ihm kurzzeitig das Selbstbewusstsein einer echten Führungspersönlichkeit.

* * *

Selbstverständlich konnte man Tapeziertische auch zum Tapezieren verwenden, aber ihr eigentlicher Zweck war ein anderer. Man stellte sie zwei- oder dreimal jährlich an öffentlichen Straßen und Plätzen auf und bot darauf Gegenstände zum Verkauf feil, die nie einen anderen Zweck gehabt hatten als den, auf Tapeziertischen zum Verkauf angeboten zu werden. Die meisten dieser Dinge erlebten bis zu ihrem Gnadentod in einer Müllverbrennungsanlage eine endlose Reise durch die Hände immer neuer Eigentümer, die sie über unzählige Verkaufstische, Kofferräume alter Kombis und klamme Zwischenlager in Garagen oder Kellern führte, eine endlose Transaktionskette ohne Wertschöpfung, rührige Betriebsamkeit ohne Ziel und Gewinn, eine selbstreferentielle Sinn- und Zeitvernichtungsmaschine, gelebte Ineffizienz – Flohmärkte waren Zen. Frauen liebten sie, und jeder zurechnungsfähige Mann hasste sie. Wenn man die Sinnlosigkeit eines Sommerflohmarktes noch übertreffen wollte, musste man ihn nur im Winter veranstalten.

Rünz trippelte wie ein arthritischer alter Chow-Chow fröstelnd hinter seiner Frau durch den Bürgerpark. Er fühlte sich unwohl, zum ersten Mal seit der Schießerei war er wieder in der Nähe des Knell-Geländes. Während seine Gattin an einem Stand in alten Sachen stöberte, lenkte er sich ab, indem er jungen Frauen nachstarrte. Er war erleichtert, als ihnen hinter dem Nordbad sein Schwager entgegenkam – in Begleitung.

»Ja, da schau her«, dröhnte Brecker, »mein Schwesterchen mit ihrem Beschäler! Janine, das ist Karl, du weißt schon, der, von dem ich dir dauernd erzähle, der mit dem Ess-Tick.«

Brecker zwinkerte seiner neuen Freundin zu und tippte sich mit dem Zeigefinger auf die Stirn. Feine Nuancen der Aussprache waren Breckers Sache nicht, er hatte ihren Vornamen ausgesprochen wie ›Schannin‹, mit Betonung auf der ersten Silbe. Schannin trug einen schwarzen Lederblouson, eine äußerst strapazierte Dauerwelle mit blonden Strähnchen, allerlei kitschigen Strass an den Ohren, lange künstliche Fingernägel und dickes Make-up auf einem Teint, der nach einer Jahreskarte fürs Sonnenstudio aussah. Sie spuckte einen Kaugummi aus, hustete etwas Schleim ab und steckte sich eine Marlboro ins Gesicht. Sie passte perfekt zu Brecker. Rünz' Frau schlenderte langsam weiter, sie versprach sich wohl keine anregenden Impulse von einer Konversation mit ihrem Bruder und seiner neuen Gespielin.

»Hallo Schannin, schön dich kennenzulernen«, sagte Rünz. »Wenn Klaus dir schon so viel von mir erzählt hat, dann weißt du ja sicher auch schon von meinen Hämorrhoiden und diesem eitrigen, nässenden Ausschlag im Genitalbereich. Hast du vielleicht eine Ahnung, was man da machen kann?«

Schannin schwieg. Sie starrte Rünz an, saugte an ihrer Marlboro, bis die Glut knisterte, zog sich das Giftgas bis in die Lungenspitzen und blies es ihm ins Gesicht. Ihr Atem entfaltete auf einem kräftigen Tabakgrundton einen Akkord verschiedenster Aromen – Currywurst, Pommes, Himbeerkaugummi und Parodontose. Jedenfalls war sie nicht so leicht aus der Ruhe zu bringen.

»Hab ich dir zu viel versprochen, Schannin?«, dröhnte Brecker. »Mein Schwager lässt nichts anbrennen, wenn's um Sprücheklopfen geht. Jetzt geh und schau dich etwas um, ich muss was besprechen mit dem Karl.«

Schannin ging und schaute sich etwas um. Rünz blickte ihr nach.

»Apportiert sie, wenn du einen Stock wirfst?«

»Tjaa, so folgsam hättest du mein Schwesterchen auch gerne, oder?«

»An welcher Aldikasse hast du die denn kennengelernt?«

»Von wegen Aldikasse, Schannin ist selbstständig!«

»Nagelstudio oder Nachtschicht an der Kirschenallee?«

»Sie hat eine Katzenpension.«

»Und wer hat dich da abgegeben?«

Brecker schaute sich verschwörerisch um.

»Schau mal, was ich hier gefunden habe, hat mir ein Penner drüben am Moorteich für 20 Mäuse vertickt. Der Typ muss neu in der Gegend sein, ist mir auf Streife noch nie über den Weg gelaufen. Das Ding ist nagelneu, keine Gebrauchsspuren!«

Er zog ein öliges langes Lappenpaket aus der Innentasche seiner Winterjacke und schlug die Stofffetzen auseinander. Ein Zielfernrohr. Rünz zog ein Taschentuch aus der Hosentasche und nahm die Optik in die Hand. Er spürte, wie sich sein Puls beschleunigte.

»Seit wann hast du Angst, dir die Finger dreckig zu machen?«, fragte Brecker. Rünz antwortete nicht. Grauer Hammerschlaglack, 24 Millimeter Objektivdurchmesser, sechs Grad Sichtfeld, Reflexvisier, passiver Infrarotfilter, kyrillische Beschriftung an der Montierung. Er nahm Brecker die Lappen ab, wickelte das Visier sorgfältig ein und steckte es in seine Jacke.

»He, was hast du vor mit dem Schmuckstück?«

»Wo ist der Typ, der dir das verkauft hat?«

»Keine Ahnung, der hatte gar keinen Stand, hat total zerfleddert auf einem Hocker gesessen und nur das kleine Meisterwerk hier angeboten. Der steht sicher schon an irgendeiner Trinkhalle und lötet sich ein paar Beschleuniger rein für den Zwanziger. Jetzt gib mir das Ding zurück!«

»Hast du ihn gefragt, wo er das herhat?«

»Bin ich hier im Dienst oder was?«

Rünz antwortete nicht. Er lief los Richtung Moorteich und versuchte, Brecker am Ärmel mitzuziehen wie ein Ruderboot einen Öltanker.

»Verdammt, was ist los, wo willst du hin? Was ist mit Schannin und Karin?«

»Vergiss die beiden, dieser Penner hat dir das PSO-1 verkauft, die Standardoptik der Dragunov, mit der Charli erschossen wurde. Das Teil gehört zur Tatwaffe, da geh' ich jede Wette ein. Wir müssen den Typ finden!«

»Eine Dragunov?? Sind die Rotarmisten hinter dir her?«

»Keine der alten Holzgurken – die SVD, neueste Generation. Komm schon!«

Beide drückten sich durch die Kolonnen der Flohmarktbesucher nach Osten. Auf Höhe des Teiches bremste Brecker seinen Schwager.

»Verdammt. Hier, hier hat er gesessen, keine zehn Minuten her.«

Sie fragten vergeblich die Leute an den Nachbarständen nach dem Obdachlosen, dann liefen sie ein paar Schritte nach Norden Richtung Eissporthalle, dann nach Süden über das Leichtathletik-Trainingszentrum. Keine Spur. Also nach Westen, am Berufsschulzentrum vorbei, die Alsfelder Straße entlang. Dann sah Brecker ihn. Er schlenderte entspannt von Nordosten diagonal über den Messplatz, einen zusammengerollten Schlafsack an einem Riemen über der Schulter, in der Hand eine Bierflasche. Ihre Wege hätten sich auf Höhe der Staatsanwaltschaft gekreuzt, aber der Penner hatte den sechsten Sinn, was die Präsenz von Ordnungshütern anging. Er ging langsamer, schien wie ein Tier die Witterung seiner Jäger aufzunehmen und rannte plötzlich mit überraschend hoher Geschwindigkeit nach Nordwesten Richtung Marburger Straße. Rünz joggte und fluchte, er hasste es, wenn ihm körperliche Leistung abgefordert wurde. Brecker zog ihm wie eine von der Leine gelassene Bulldogge davon.

Rünz holte die beiden erst am Carl-Schenck-Ring wieder ein. Der Penner hatte versucht, über den Bretterzaun des Knell-Geländes zu klettern, und Brecker hatte ihn wie einen faulen Apfel heruntergepflückt. Jetzt saß der arme Schlucker keuchend im Gras. Brecker, breitbeinig über ihm, redete beruhigend auf ihn ein. Rünz versuchte, flach zu atmen, trotz der Kälte roch er die Ausdünstungen des Obdachlosen, die typische Mischung aus altem Schweiß, Urin und Straßendreck, die internationale olfaktorische Visitenkarte von Menschen, die nicht weiter absteigen konnten. Die beiden Polizisten brauchten einige Minuten, um ihm klarzumachen, dass sie ihn nicht fertigmachen wollten. Dann noch einmal ein paar Minuten, in denen Brecker die Fingerknöchel seiner mächtigen Pratzen knacken ließ, bis er bereit war, ihnen sein kleines Geheimnis zu zeigen. Brecker spielte virtuos mit dem verstörenden Kontrast zwischen seiner bedrohlichen körperlichen

Präsenz und einer samtweich einschmeichelnden Stimme. Guter Cop und böser Cop in Personalunion.

Sie kletterten über die Bretterwand. Rünz schaute über das Gelände – der Hochbunker, der Stapel alter Eisenbahnschwellen, der ihm das Leben gerettet hatte, vom Wind zerfetztes Absperrband des Spurensicherungsteams. Er hatte den Tatort auf Dutzenden von Fotos aus allen Perspektiven gesehen, aber selbst der reale Anblick löste nicht seine Erinnerungssperre. Der Penner führte sie quer über das Gelände. Die Brachfläche hatte sich verändert in den wenigen Wochen seit den Morden, von Osten und Süden arbeiteten sich Abbruchteams mit schwerem Gerät vor, Hallen wurden abgerissen, Betonbrocken mit Armierungseisen zu Halden zusammengeschoben. In wenigen Monaten würde der letzte große Abenteuerspielplatz der Darmstädter Parallelgesellschaft frei geräumt sein und als Gewerbegebiet dem ökonomischen Verwertungszyklus zugeführt werden.

Der Penner schwang sich unerwartet behände die Laderampe an einer der alten Richthallen hoch und verschwand in dem offenen Tor. Bevor die Polizisten das Gebäude betreten hatten, kam er ihnen schon wieder entgegen, im Schlepptau an einem Seil ein unsäglich stinkendes, langes Lumpenbündel hinter sich herziehend.

»Nur Tarnung …«, nuschelte der Penner, »… jibt kein Versteck, wo besser is als ’n alten Lumpen, wo nach Kacke stinkt.«

Der Alte bückte sich und schlug die Lappen zurück. Rünz ging in die Hocke, eine Hand an der Nase. Es bereitete ihm fast körperliche Pein, ein so erlesenes Meisterstück des Büchsenmacherhandwerkes in einem so erbärmlichen Zustand zu sehen. Mit einem Taschentuch drehte er die Waffe und betrachtete sie von allen Seiten. Die Picatinny-Schiene war arg zerschrammt, der Alte hatte sich nicht viel Mühe gegeben bei der Demontage des Zielfernrohrs.

»Klappschaft, verkürzter Lauf, Polymermagazin, keine Seriennummer – die gehört nicht zu den Großserien, mit denen Dragunov die Scharfschützen der osteuropäischen Armeen ausstattet. Das ist eine Spezialanfertigung.«

»Wer lässt sich so was bauen?«, fragte Brecker.

»Irgendein Waffennarr wie wir, nur dass er nebenher noch russischer Rohstoffmilliardär ist. Oder Leute, die von anderen Leuten gut dafür bezahlt werden, sehr spezielle Aufträge auszuführen. Wo haben Sie die gefunden?«

Der Penner druckste herum und nuschelte unverständliches Zeug. Brecker ließ die Fingerknöchel knacken.

»Bunker.«

»In dem Hochbunker drüben? Das ist unmöglich, unsere Leute haben da jeden Quadratzentimeter abgesucht!«

Der Penner zog mit seinem schwarzen Zeigefinger ein Unterlid herunter und zeigte Rünz grinsend das Weiße an seinem Augapfel.

»Da hab icke dat Schießeisen doch längst in Sicherheit jebracht, der Typ hat mir det ja praktisch wie'n Baby in die Arme jeworfen, wie ick unten da sitz unn mein Jeschäft mach. Is nämlich mein Klöchen da unner der Wendeltreppe, müssen Se wissen.«

Rünz stand wieder auf. Er fragte sich, welchen kruden Spracheinflüssen dieses Unterschichten-Berlinerisch im Laufe seiner Entwicklung ausgesetzt war.

»Sie haben ihn gesehen?«

»Neenee, viel zu dunkel.«

Brecker stellte sich auf wie Meister Proper und zog bedrohlich die Augenbrauen zusammen.

»Jetzt mal langsam und von Anfang an, Alter.«

»Joo. Iss'n paar Tage her, bin im Bunker, Hose runter. Draußen Rumgezeter, schaue mal raus, liegt so'n Dicker am Boden, 'n anderer immer feste druff, mit Jewehr inner Hand. Halt dich mal besser bedeckt, sach ich mir, unn zurück in'n Bunker. Peng peng macht det, dann jault wieder der Dicke, dann isset ruhig. Icke späh nochma raus, kommt ’n Dritter durch’n Bretterzaun auf meen Grundstück, genauso einer wie Sie«, sagte der Alte und grinste Rünz an. »Dann wieder ’n paar Minuten Ruhe, auf eima springt hier eina rein wie Polka un ab die Treppe hoch. Oben im Turm wieder peng peng. Dann schreit irjendne Zicke draußen rum, peng, hört auf mit Schreien. Dann fängt von draußen einer an, auf den Bunker zu schießen. Der Typ im Obergeschoss wieder ab runter, drei Stufen auf einmal, unn auf halba Höhe zerlegts ihn, aber mit Schmackes. Dat Schießeisen sejelt ab durch die Mitte unn knall, mir direkt vor die Füße. Der Typ humpelt runter zu mia, sucht sein Jewehr mit die Finger auf’m Boden, alles duster da unten, keene Sehschlitze wie oben. Der hockt mir fast schon auf die Füße, da merkta, datter mit de Finger in meine alten Schisskuppen rummacht. Brüllt ›Dermo‹, ›Dermo‹ oder sowat. Draußen jeht ne Autohupe, er ab raus. Puh is det trocken hier.«

Der Penner fischte eine kleine PET-Flasche aus seiner Jacke, die er mit irgendeinem billigen Wermut gefüllt hatte, und nahm einen kräftigen Zug. Dann bot er Brecker und Rünz einen Schluck an, die dankend ablehnten.

»Der macht sich dünne, steicht draußen innet Auto un jibt Gummi. Icke warte erstma ’n paar Minütchen, dann raus, liejen drei Jestalten auf’m Jelände, kontrollierter Rückzuch sach ich mir unn mach mich vom Acker. Mit dat Ding hier, war zu schad zum liejenlassen.«

»Hast du den Mann gesehen? Würdest du ihn wiedererkennen?«, fragte Brecker.

Der Penner schüttelte in gespielter Resignation den Kopf. »Janz janz schlechte Augen hab ick.«

Rünz ließ sich von Brecker noch ein paar Taschentücher geben und befreite die Waffe vom gröbsten Unrat, dann zog er aufopferungsvoll seine Jacke aus und wickelte das Gewehr behutsam ein, als hätte er ein erfrierendes Kind gefunden.

Er nahm das Päckchen unter den Arm und machte sich mit Brecker auf den Weg, ohne sich von dem Alten zu verabschieden.

»Jibbet da 'n büschen Patte für?«, rief der Alte. Brecker drehte sich um.

»Klar«, rief er. »Stell einen Antrag beim Sozialamt!«

»Na denne«, kicherte der Penner zum Abschied. »Grüßt mir die lustichen Hamburjer.«

Rünz blieb stehen und starrte den Alten an.

»Was für Hamburger?«

* * *

Er mochte es sich nicht eingestehen, aber die Diagnose rumorte in seinem Innern, es kostete Energie, gegen die Angstattacken anzukämpfen. Seine Widerstandskraft gegen beziehungstechnische Zumutungen seiner Frau war erschlafft. Sie war geradezu verblüfft gewesen, wie leicht sie ihn zu dieser Paartherapie hatte überreden können. Im Paulusviertel unweit des Präsidiums hatten sie eine Praxis gefunden, er hatte auf dienstfreundlichen 18-Uhr-Terminen bestanden, so versuchte er die wöchentlichen Sitzungen wie eine lästige Überstunde am Ende eines Arbeitstages abzusitzen.

Klee oder Kandinsky – etwas anderes kam als Wanddekor für psychologische Praxen nicht infrage. Wahrscheinlich hatte der Berufsverband Deutscher Psychologinnen und Psychologen e. V. einschlägige Richtlinien diesbezüglich erlassen und drohte renitenten Jungtherapeuten, die sich ihre Behandlungszimmer mit Pop Art oder Jungen Wilden dekorierten, mit Ausschluss.

Die Therapeutin fasste die Arbeit der letzten Stunden in einigen einführenden Worten zusammen. Rünz hatte Gelegenheit, ein weiteres Exemplar der kleinformatigen Klee-Reihe zu studieren, die wie ein umlaufender Fries die Wände des Raumes schmückte. Um sich die Zeit zu vertreiben, nahm er sich im Rahmen einer stillen Exegese zu jeder Sitzung ein neues Bild vor. Darunter litt natürlich seine Aufmerksamkeit, und er vergaß mitunter, auf Fragen seiner Frau oder der Therapeutin zu reagieren. Rünz versuchte jedes Mal, das abstrakte Spiel aus Linien, Flächen und Farben zu dechiffrieren, in die Sprache des Gegenständlichen zu übersetzen, aber er scheiterte stets an der entschiedenen Subjektivität der Kunstwerke. Um die innere Unruhe zu dämpfen, die die Gemälde in ihm auslösten, hatte er sich ein Erklärungsszenario zurechtfantasiert, das den gesamten Expressionismus als genialen marktstrategischen Coup decouvrierte. Klee und Kandinsky, so mutmaßte er, hatten während ihrer gemeinsamen Zeit an der Münchner Kunstakademie die Köpfe zusammengesteckt, um Prognosen über Zukunftsmärkte für bildende Künste zu diskutieren. Sie hatten von Freuds Arbeiten über das Reich des Unbewussten und die Traumdeutung gehört und mit genialischem Weitblick den exponentiell wachsenden Bedarf an Reflektions- und Seelenarbeit in hochgradig arbeitsteilig organisierten Dienstleistungsgesellschaften vorausgesehen. Was lag also näher, als diesen Emerging Market mit Kunstwerken zu bedienen, die praktisch nach allen Seiten interpretationsoffen waren und die freie Assoziation geradezu herausforderten?

Die Therapeutin schwieg seit einigen Sekunden, die Stille hatte Rünz aus seinen Reflexionen gerissen.

»Wie bitte? Entschuldigen Sie, ich habe einen Moment nicht zugehört.«

»Ich fragte Sie, Herr Rünz, ob Sie sich noch an das erste leidenschaftliche Erlebnis mit Ihrer Frau erinnern können?«

Aufmunternd strahlte sie ihn an, am Revers ihres malvenfarbenen Kostüms steckte eine tennisballgroße Blüte, in platter Symbolik den zweiten Frühling ankündigend, auf den Rünz' Ehe nach erfolgreicher Therapie zusteuerte. Sie war eine Meisterin des aktiven Zuhörens. Sobald Rünz oder seine Frau etwas erzählten, stützte sie ihr Kinn auf die Handknöchel, riss ihre Augen auf wie Scheinwerfer, als hätte sie in ihrem Leben noch nichts Spannenderes gehört, und kommentierte die Beiträge alle paar Sekunden mit einem ›mhmmm‹. Mit geringen Modulationen dieses Mollakkordes aus Weichkonsonanten konnte sie eine ganze Palette subtiler Bewertungen ausdrücken, die Rünz nach und nach entschlüsselte. Ein knappes, kehliges ›hm‹ bedeutete ›das ist ja ein Ding‹. Wenn sie die Mundpartie skeptisch zusammenzog, die Augenbrauen liftete, die Lippen wie eine Magenkranke zusammenpresste und das ›mhm‹ hart und kurz ausklingen ließ, war klar, dass sie Rünz' Statement für Bullshit hielt. Alles an ihr signalisierte und forderte warmherzige Offenheit – sie gehörte zu den anstrengendsten Menschen, die Rünz je kennengelernt hatte.

Er kicherte und gluckste.

»Amüsiert Sie meine Frage?«

»Na ja, da kann ich mich eigentlich noch sehr genau dran erinnern.«

»Wunderbar, legen Sie los!«

Er schaute skeptisch zu seiner Frau, die ihn bestärkend anlächelte.

»Wir müssen 16 oder 17 gewesen sein und kannten uns erst ein paar Wochen. Ich war zum ersten Mal bei ihr zu Hause, wir lagen in ihrem Zimmer auf dem Bett und …«

Rünz zögerte. ›… machten Petting‹? ›… fummelten‹? Was war der richtige Ausdruck in dieser Situation?

»… und wir manipulierten an unseren sekundären Geschlechtsorganen.«

Ja, so ging es. Klang ein bisschen nach einem Ermittlungsbericht über eine sexuelle Nötigung, aber egal. Unter Zeitdruck entwickelte er die besten Ideen.

»Wir kamen ein wenig in Fahrt, als ich merkte, dass ich …«

Pinkeln? Strullen? Urinieren?

»… meine Blase entleeren musste. Ich verlasse also das Zimmer und stehe im Flur, klopfe an die Tür, das Bad ist besetzt. Schließlich kommt Klaus – der Bruder meiner Frau – heraus. Sie müssen wissen, mein Schwager war damals schon zwei Meter groß und wog über 100 Kilo, fettige Haare, Pickel, ein riesiger Nerd, würde man heute sagen.«

Rünz redete sich in Fahrt, hatte fliegend vom Präteritum ins Präsens gewechselt, um seiner Anekdote mehr Drive zu geben. Die ganze Veranstaltung schien ihm eine stammtischmäßig kumpelhafte Note zu bekommen, die ihm sehr zusagte.

»Klaus grinst mich also hämisch an, und als ich mich an ihm vorbei ins Bad drücke und die Tür hinter mir schließe, weiß ich warum. Ein unsäglicher Gestank verschlägt mir den Atem – Klaus hatte einen seiner titanischen Haufen in die Schüssel gesetzt …«, Rünz formte mit seinen Handflächen eine imaginäre Melonenhälfte, »… und nicht abgezogen. Du weißt doch, deine Eltern hatten damals diesen Flachspüler, in dem …«

Irgendetwas am Blick seiner Frau brachte ihn davon ab, diese sanitärtechnischen Details zu vertiefen.

»Ich stehe also in dieser Wolke, und mir wird klar, dass mein Schwager mir ein kapitales Kuckucksei ins Nest gelegt hat. Was sollte ich tun? Wieder rausgehen und ihm sagen, er soll das wegspülen? Oberpeinlich, außerdem hätte er sofort abgestritten, den Stinker in die Schüssel gesetzt zu haben. Einfach drüberpinkeln und das Bad verlassen? Jeder, der als nächster ins Bad gegangen wäre, hätte mir das Ei in die Schuhe geschoben – ziemlich unangenehm. Mir blieb also nichts anderes übrig, als die Sauerei selbst wegzumachen, aber mit Spülen war das nicht getan, ich musste ordentlich mit der Bürste nachhelfen! Und dann natürlich Fenster auf, um den Gestank rauszukriegen.«

Rünz gluckste wie ein Baby, er hatte Tränen in den Augen und haute sich beim Lachen mit der flachen Hand auf den Oberschenkel. Er ging völlig auf in seiner Anekdote. Langsam legte sich seine Begeisterung, und er registrierte, dass das Amüsement eine eher unilaterale Angelegenheit geblieben war. Seine Frau schaute betreten zu Boden, und die Psychologin starrte ihn an wie eine amorphe Lebensform aus dem Andromedanebel.

Sein Handy klingelte mal wieder im richtigen Moment. Die Psychologin schaute ihn tadelnd an, als er es aus der Tasche zog, aber sie konnte nicht ernsthaft von ihm erwarten, sein wichtigstes Arbeitsgerät für etwas Belangloses wie eine Stunde Paartherapie abzuschalten. Bunter hatte ihm eine SMS geschickt.

Lt. Buchhaltung Baumarkt
5 Liter Caparol Nitro Universalverdünnung
2 x 10 kg Catsan Katzenstreu

* * *

Seit die US-Army aus Angst vor Terroranschlägen die Durchfahrt zwischen Cambrai-Fritsch-Kaserne und Jefferson-Siedlung gesperrt hatte, musste man sich mit dem Auto über Heidelberger und Heinrich-Delp-Straße am Seminar Marienhöhe vorbeifädeln, ein indiskutabler Umweg, schließlich war die Anhöhe kaum einen Kilometer vom Präsidium entfernt. Rünz fasste einen verwegenen Entschluss – er würde die Direttissima zu Fuß durch den Wald nehmen, in heldenhafter Verachtung der fast 50 Meter Höhenunterschied, die er dabei zu überwinden hatte. Auf halber Höhe, völlig außer Atem, verfluchte er die Odenwälder Bergwacht. Keine Sicherungsmöglichkeiten, kein Basislager, nicht einmal eine Schutzhütte bot Unterschlupf für Bergsteiger, die sich mit dem Aufstieg zu viel zugemutet hatten. Er wurde von einer Gruppe joggender Senioren in hautengen Leggings überholt, die nicht halb so schwer atmeten wie er.

An der offenen Eingangstür zur Sternwarte brauchte er einige Minuten, bis seine Biodaten wieder im grünen Bereich waren. Dann betrat er die Volkssternwarte, eine seltsame Konstruktion ineinander verschachtelter Oktaeder, dominiert vom achteckigen Turm auf der Nordseite, dessen Spitze die kleine Halbkugel des Observatoriums bildete. Mit den wenigen Fensteröffnungen und Lichtleisten, die zudem mit Glasbausteinen verschlossen waren, hatte der Bau etwas von einem umgewidmeten Wehrmachtsbunker.

»Ist hier jemand?«

Keine Antwort. Er versuchte es noch einmal etwas lauter.

»Hallo, Herr Stadelbauer?«

»Gehen Sie einfach immer die Treppen hoch, bis es nicht mehr weitergeht!«, rief jemand von oben.

Rünz folgte der Anweisung. Wie befürchtet glich der Grundriss des Gebäudes eher einem Labyrinth als dem eines zweckmäßig und übersichtlich aufgeteilten Rechteckrasters. Er stand schließlich vor einer steilen Stiege, die in die Beobachtungskuppel hinaufführte, und sah oben einen hageren Mittfünfziger an einem Teleskop hantieren.

»Herr Stadelbauer?«

»Kommen Sie hoch, ist genug Platz für zwei.«

Rünz stieg hoch und suchte sich eine freie Ecke in der Halbkugel. Das Öffnungssegment der Kuppel war nach außen weggeklappt, die Wintersonne erleuchtete die samtartige schwarze Innenauskleidung. Die erzwungene körperliche Nähe zu dem unbekannten Menschen war Rünz zuwider, aber genau genommen war ihm jede körperliche Nähe zuwider.

»Welcher Architekt hat sich denn an diesem Labyrinth verwirklicht?«

Stadelbauer lachte.

»Anders hätten wir Anfang der 80er-Jahre hier gar nicht bauen dürfen! Einen Steinwurf von hier hat die Bundesnetzagentur eine Außenstelle. Die kontrollieren die nationalen Funknetze und Frequenzzuordnungen. Ein Gebäude mit glatten Fronten in so kurzer Entfernung hätte denen unerwünschte Reflektionen beschert. Also hat unser Architekt einfach ein paar außergewöhnliche geometrische Grundformen verwendet – und jetzt haben wir die weltweit einzige Stealth-Sternwarte!«

Der Vereinsvorsitzende wirkte, als hätte ihn eine Zeitmaschine direkt aus den 70er-Jahren ins Hier und Jetzt katapultiert. Er trug Koteletten an den Wangen, eine krause Matte auf seinem Schädel, die auf versprengte afroamerikanische Gensequenzen in seinem Stammbaum hindeuteten, eine Brille mit einem 20 Jahre alten Kassengestell und ein enges, verwegen gemustertes Nylonhemd mit halbmeterlangen Kragenspitzen. Eigentlich hatte er recht, warum sollte man intakte Kleidung nicht mehr verwenden, nur weil sie unmodisch war? Außerdem erforderten ja nur die Phasen zwischen den 70er-Jahre-Revivals Courage. Rünz beschloss, ihn mit Bunter bekannt zu machen, die beiden konnten ja auf der Frankfurter Zeil eine Boutique für hippe Best-Ager aufmachen.

»Ich dachte, Astronomen wären nachtaktive Wesen«, sagte Rünz.

»Nicht, wenn sie die Sonne beobachten wollen.« Stadelbauer tätschelte das Teleskop liebevoll. »Unser Nemec-Refraktor, gefalteter Strahlengang, ideal für die Beobachtung unseres Zentralsterns.«

Für einen Menschen, den man eine halbe Stunde zuvor am Telefon vom Tod eines Freundes unterrichtet hatte, wirkte er erstaunlich aufgeräumt, er gab sich nicht einmal Mühe, Betroffenheit und Trauer zu simulieren. Stadelbauer fragte nach Rossis Todesumständen, nicht übermäßig interessiert, aber auch nicht auffällig unbeteiligt, gerade so, als erkundigte er sich bei seiner Werkstatt nach dem Stand seiner Autoinspektion. Er konnte Rünz nicht allzu viele Informationen entlocken, also fing er ungefragt an zu erzählen.

»Rossi hatte diese durchgeknallte Idee mit den Außerirdischen – na ja, so verrückt war sie eigentlich gar nicht. Er war überzeugt davon, dass sie schon lange hier sind, nicht hier bei uns auf der Erde, aber in unserem Sonnensystem. Er dachte nicht an kleine grüne Männchen in fliegenden Untertassen, sondern an autonom operierende Systeme, die vielleicht schon seit Zehn- oder Hunderttausenden von Jahren in einem Sonnenorbit kreisen und die Entwicklung des Lebens bei uns beobachten.«

»War das nicht eine ziemlich naive Idee für so einen Raumfahrtprofi? So einen Satelliten hätten die Amerikaner oder die Russen oder sonst wer doch längst entdeckt.«

Stadelbauer lachte.

»Sie haben falsche Vorstellungen über die Dimensionen unseres Sonnensystems. Wissen Sie was? Ich mache Ihnen einen Vorschlag: Wir steigen zusammen drüben auf den Ludwigsturm, da oben kann ich Ihnen das besser erklären.«

Stadelbauer schloss die Klappe der Kuppel, dann kletterten beide die Stiege hinunter ins Obergeschoss.

»Warten Sie, ich muss die Plattform noch schließen.«

Er suchte in seinen Hosentaschen.

»Verdammt, ich glaube, ich habe die Schlüssel auf dem Arbeitstisch liegen lassen.«

Der Hobbyastronom streckte im Flur seine rechte Hand hoch zu einem Kabelträger und tastete mit seinen Fingerspitzen einen Moment unter den Stromkabeln herum, dann fischte er einen kleinen Schlüsselbund herunter. Er schloss eine Stahltür auf, und Rünz hatte freien Blick auf eine Terrasse mit einem knappen Dutzend Teleskopen verschiedenster Bauarten und Größen unter freiem Himmel, alte Geräte in robusten Holzkästen auf schweren mechanischen Montierungen, andere in futuristischen, kurzen Leichtmetallzylindern mit elektronischen Steuerungseinheiten.

»Das ist unsere eigentliche Beobachtungsplattform. Die Kuppel oben benutzen wir eher selten.«

Stadelbauer drückte einen Knopf an einem Schaltkasten an der Wand, und Rünz zuckte zusammen. Über seinem Kopf setzte sich eine Stahlkonstruktion wie ein Autoschiebedach in Bewegung, schob sich aus dem Gebäudeinnern auf Führungsschienen über den Freisitz, bis die beiden in einem geschlossenen Raum standen.

»Serienausstattung!«, witzelte Stadelbauer.

Im Ludwigsturm, einen Steinwurf von der Sternwarte entfernt, verfluchte Rünz schon auf halber Höhe den Großherzog dafür, dass er dem Darmstädter Verschönerungsverein vor über 120 Jahren den Bau dieser Röhre gestattet hatte. Die Sandsteinstufen der Wendeltreppe verjüngten sich zur Mitte hin auf Papierstärke, das filigrane Geländer war die Karikatur einer Sicherheitseinrichtung – gebogene, stricknadeldicke Stahlstäbe, mit kümmerlichen Schweißpunkten aneinandergeheftet. Der Astronom stürmte vor, drei Stufen auf einmal nehmend. Gab es denn keinen vernünftigen Menschen mehr, der keinen Sport trieb? Rünz steckten die Strapazen des zermürbenden Anstiegs auf die Ludwigshöhe in den Knochen. Er hatte noch beängstigende 50 Stufen vor sich und war schon völlig erschöpft. Wenn er sich in der sauerstoffarmen Höhenluft ein Lungenödem zuzog? Vielleicht konnte ihn die Odenwälder Bergwacht im Notfall mit dem Hubschrauber von der Spitze des Turmes aus retten.

Auf dem Ausguck angekommen stockte ihm der Atem. Die umlaufende Mauer war gerade mal anderthalb Meter hoch, ein leichter Windstoß würde ausreichen, um ihn über die Brüstung in die Tiefe zu reißen. Er blieb im Zentrum der Plattform, eine Hand am Geländer des Treppenaufganges, mit der anderen den Kragen seiner Jacke zusammenhaltend, um sich vor der kühlen Brise zu schützen. Der Astronom setzte sich lässig auf die Mauer wie auf eine Parkbank und wies mit dem Arm Richtung Innenstadt.

»Stellen Sie sich da drüben, mitten in der Stadt, am Langen Ludwig, so einen Hüpfball vor, einen Meter Durchmesser, das ist die Sonne. Gut 40 Meter entfernt, am Brunnen vor dem Regierungspräsidium, liegt ein Schrotkorn, drei Millimeter groß, Merkur. Knapp 80 Meter vom Turm, am Haupteingang des Luisencenters, liegt eine dicke Erbse, die Venus. Wir mit unserer Erde sind kaum größer und ungefähr auf halbem Weg zum Schloss, gut 100 Meter vom Hüpfball entfernt. Dann kommt Mars, gut halb so groß wie die Erde, ungefähr 160 Meter entfernt, also irgendwo auf dem Ludwigsplatz. Das waren die inneren Planeten. Dann eine Pampelmuse auf dem Altar der Kuppelkirche, mehr als einen halben Kilometer von unserem Hüpfball entfernt – Jupiter, der erste der äußeren Planeten und der Riese des Systems. Und Saturn? Ein Tennisball in einem Kilometer Entfernung. Auf dem Unicampus an der Lichtwiese liegt eine Kastanie, mehr als zwei Kilometer vom Zentrum, das ist Uranus. Hier, wo wir stehen, mehr als drei Kilometer Luftlinie vom Hüpfball, ist Neptun, groß wie eine Walnuss. Und Pluto, unser Stiefkind, dem wir die Planetenrechte aberkannt haben? Ein Stecknadelkopf auf dem Prinzenberg, über vier Kilometer vom Luisenplatz entfernt.«

Rünz war fasziniert. Er vergaß für einen Augenblick seine Höhenangst, fasste Mut und trat einen Schritt vor zum Fernrohr. Die Sicht war beeindruckend, er konnte im Norden die Hochhaus-Skyline der Frankfurter City erkennen, Flugzeuge, die von der Startbahn West aus nach Süden aufstiegen, die rheinhessischen und pfälzischen Höhenzüge auf der westlichen Rheinseite.

»Und zwischen diesen kleinen Bällchen ist – nichts?«

»Nicht ganz, und das ist der Punkt!«

Stadelbauer ruderte begeistert mit den Armen, während er erzählte.

»Sie erinnern sich an die Lücke zwischen den inneren und den äußeren Planeten, zwischen Mars und Jupiter? Da ist ganz schön was los – na ja, kein wirkliches Gedränge, aber für die Verhältnisse in unserem Sonnensystem eine regelrechte Party. Über 100 000 Objekte nach aktuellem Forschungsstand, die meisten einige Hundert Meter oder ein paar Kilometer im Durchmesser, krumm wie Kartoffeln. Der größte, Ceres, sieht schon mehr einem Planeten ähnlich und hat einen Radius von knapp 1000 Kilometern. Ceres ist deswegen 2006 zum Zwergplaneten gekrönt worden. In diesem Asteroidengürtel könnten die Vogonen oder Romulaner entspannt einen Satelliten von der Größe eines Öltankers parken, ohne dass wir ihn als solchen erkennen würden.«

Eine Windböe fegte um die Plattform, Rünz klammerte sich am Stativ des Fernrohrs fest. Der Astronom ließ unbeeindruckt ein Bein über dem Abgrund pendeln.

»Wenn den Extraterrestrischen der Asteroidengürtel nicht zusagt, dann haben wir noch einen anderen Großparkplatz zu bieten, den Kuipergürtel, jenseits der Neptunbahn. Wir haben bis jetzt gut 1000 Objekte aus dieser Zone katalogisiert, aber nur solche mit mehr als 100 Kilometern Durchmesser, die kleineren können wir mit unseren technischen Mitteln gar nicht sehen. Letztes Jahr hat eine taiwanesische Gruppe Messungen durchgeführt, die haben belastbare Indizien, dass dort Billiarden hochhausgroßer Kleinplaneten existieren. Das ideale Versteck für einen außerirdischen Erkunder, wenn Sie mich fragen. Und dann haben wir ja noch die Oortsche Wolke, ein Friedhof mit Abfällen aus der Entstehung unseres Sonnensystems, eine Apfelsinenschale mit Milliarden von Objekten, die uns außerhalb der Planetenbahnen in 1,5 Lichtjahren Entfernung umgibt. Da eröffneten sich ganz neue Möglichkeiten – zumindest in Rossis Fantasie.«

Stadelbauer kam richtig in Fahrt, ein Mann hatte sein Metier gefunden. Rünz fragte sich, was er beruflich machte, wahrscheinlich einen Nine-to-five-Job irgendwo in der Verwaltung, der ihn intellektuell völlig unterforderte und ihm ausreichend Zeit und Energie für sein Hobby ließ. Vielleicht saß er wie Einstein im Patentamt und knobelte die Weltformel aus. Der Verlust seines Vereinskameraden schien ihn so wenig zu bewegen wie Rünz der seiner französischen Kollegin. Seine Freunde waren die Sterne, Rünz liebte seine Ruger.

»Ein wirklich intelligent gebauter kosmischer Erkunder würde vielleicht kometengleich auf einer stark elliptischen Bahn im Kuipergürtel oder in der Oortschen Wolke positioniert, die ihn alle 100 oder 1000 Jahre ins innere Sonnensystem nahe an der Erde vorbeiführt. Er macht seine Aufnahmen, schaut, ob wir unsere Hausaufgaben erledigen, und verschwindet dann wieder für 500 Jahre an den Rand des Sonnensystems, um entspannt seine Daten an den Heimatplaneten zu übermitteln, unbeeinträchtigt vom störenden Strahlungsgürtel der Sonne.«

»War Rossi einer von diesen paranoiden UFO-Forschern und Verschwörungstheoretikern, Sie wissen schon, die Leute, die an diese Kornkreise und all den Mist glauben?«

»Da tun Sie ihm Unrecht, dafür war er viel zu intelligent. Er hat oft in Archiven gestöbert auf seinen Dienstreisen in ganz Europa, hat sich besonders für die Geburtsstunde der modernen Physik Anfang des 20. Jahrhunderts interessiert. Und vor Jahren ist er irgendwo in Oslo in einem privaten Nachlass auf diesen Brief von Jørgen Hals gestoßen, einem norwegischen Radioingenieur. Hals hatte 1927 in Oslo Signale einer holländischen Kurzwellenstation in Eindhoven aufgefangen, und kurz danach noch mal Echos des gleichen Signals. Keine besondere Sache eigentlich, die elektromagnetischen Wellen werden von der Erdatmosphäre reflektiert, laufen um den Globus, und man hört sie mit einer siebtel Sekunde Verspätung wieder. Aber Hals hatte ein weiteres Echo gehört, mit drei Sekunden Verspätung. Diese Verzögerung konnte sich der Norweger nicht erklären, also beschrieb er seinem Landsmann und Physiker Fredrik Störmer das Problem. Nach Rossis Recherchen hatte Störmer mit anderen Physikern in den Folgejahren mehrere Experimente angesetzt, langwellige Radiostrahlung ausgesendet und skurrile Verzögerungen bei den Echos festgestellt – von einigen Sekunden bis zu mehreren Tagen.«

»Und die Erklärung waren extraterrestrische Sonden, die auf die Signale antworteten?«

»Zumindest eine der Erklärungen. Konservativere Kollegen führten die Erscheinungen auf Reflexionen am Strahlungsgürtel und der Sonnenkorona zurück – der übliche Hickhack unter Wissenschaftlern. Rossi jedenfalls hat das alles nicht mehr losgelassen.«

»Ziemlich abgehoben für einen Luft- und Raumfahrttechniker, am Anfang des 21. Jahrhunderts, finden Sie nicht?«

»Sie haben schon recht, die etablierten Astronomen und Astrophysiker scheuen heute die Beschäftigung mit solchen Theorien wie der Teufel das Weihwasser. Wenn Sie sich mit so einer Idee zu weit aus dem Fenster lehnen, bekommen Sie im universitären Wissenschaftsbetrieb keinen Fuß mehr auf den Boden. Ronald Bracewell von der Stanford University hat 1960 einige interessante Gedanken zu dieser Idee formuliert, ein paar Jahre lang wurde die Theorie heiß diskutiert. Autonome Sonden als Kundschafter auf interstellare Reisen zu schicken, die Idee hatte etwas Bestechendes. Das Konzept wurde von anderen Astrophysikern fortgeschrieben – selbstreplizierende Automaten, die sich mit Rohstoffen aus Kometen und Asteroiden versorgen und sich klonen, um ihre Nachkommen im Schneeballsystem im ganzen Universum zu verbreiten. Parallel zur Entwicklung der SETI-Programme hat sich da ein ganzer Forschungsbereich entwickelt, SETV – Search for Terrestrial Visitation. In den Siebzigern hat eine kleine Gruppe von Radioastronomen auf den Falklands noch ein paar Versuche gemacht, später ist das wissenschaftliche Interesse daran eingeschlafen. Aber Generationen von Science-Fiction-Autoren haben sich seitdem dran abgearbeitet.«

Stadelbauer kratzte an seinen Koteletten.

»Im Grunde genommen war Rossis Ansatz logisch stringent. Er hat eigentlich nichts weiter getan, als die technisch-wissenschaftliche Entwicklung unserer Zivilisation zu extrapolieren und auf außerirdische intelligente Lebensformen zu übertragen. Um seinen Ansatz zu verstehen, müssen Sie sich einfach mal die unglaubliche Explosion an technischem Fortschritt vergegenwärtigen. Wenn Sie die letzten fünf Milliarden Jahre Erdgeschichte mal in Gedanken auf 24 Stunden verkürzen, tauchen vor 15 Stunden die ersten Einzeller auf, vor gut zwei Stunden die Wirbeltiere. Vor 20 Minuten tummeln sich hier die ersten Affenhorden, vor zwei Minuten lernen die ersten Vormenschen den aufrechten Gang. Vor drei Sekunden betritt der Homo sapiens in seiner heutigen Form die Bühne, und vor zwei zehntel Sekunden beginnt er mit Ackerbau und Viehzucht. Die ganze Industrialisierung, die Entwicklung von der Dampfmaschine bis zu künstlicher Intelligenz und selbstständig agierenden Marsrovern hat sich in den letzten Millisekunden abgespielt! Und jetzt stellen Sie sich mal vor, auf einem Planeten eines benachbarten Sonnensystems in unserer Galaxie, vielleicht 20 oder 30 Lichtjahre entfernt, ging es nicht vor 24, sondern vor 25 Stunden los! Ahnen Sie, was eine Stunde zusätzliche Entwicklungszeit bei diesem exponentiell ansteigenden Innovationstempo bedeutet? Also, hat Tommaso sich gesagt, wenn wir schon auf unserem Entwicklungsstand Satelliten zur Erforschung unseres Sonnensystems ins All schießen, dann kann das eine etwas weiter entwickelte extrasolare Zivilisation erst recht!

Sie sondieren die Sonnensysteme in ihrer Nachbarschaft auf vielversprechende Planeten, schicken ihre völlig autonom agierenden Erkundungsbojen dorthin, und die beobachten und warten.«

»Warten? Worauf warten? Sie hätten doch längst eine Grußbotschaft am Fallschirm zu uns runterlassen können?«

»Würden Sie versuchen, einem Orang-Utang das Betriebssystem Ihres Computers zu erklären?«

Rünz drückte sich um eine Antwort, er hätte eingestehen müssen, dass er es selbst nicht verstand.

»Gut, aber Affen sind wir ja nun nicht mehr.«

Rünz hatte keine Ahnung, warum ihm ausgerechnet jetzt Brecker einfiel.

»Jaaa«, räsonierte Stadelbauer, »wir halten uns schon für ziemlich intelligent und zivilisiert, aber im intergalaktischen Ranking haben wir vielleicht noch den Status eines verrohten und unberechenbaren Eingeborenenstammes, der noch nicht reif ist für den Kontakt mit der Zivilisation. Also entscheidet die Sonde, uns noch 10 000 oder 100 000 Jahre Zeit zu geben bis zur Kontaktaufnahme.«

»Aber warum Satelliten, warum kommen sie nicht selbst mit ihren Raumschiffen?«

»Aus vier Gründen. Erstens: Sie wissen noch nicht, ob es hier Leben gibt, sie wissen nur von den günstigen Rahmenbedingungen. Zweitens: Wenn es hier Leben gibt, dann wissen sie nicht, wie weit es entwickelt ist und ob der Kontakt schon lohnt. Wollen Sie jahrelang vor der Haustür warten, weil der, den Sie besuchen wollen, noch in der Pubertät steckt? Drittens: Über intelligente, kommunikationsfähige und randvoll mit Daten über ihre Schöpfer versehene Sonden lässt sich interstellare Kommunikation doch viel einfacher bewerkstelligen. Denken Sie doch an die Signallaufzeiten der Radiostrahlung im Sonnensystem, das sind höchstens ein paar Stunden, aber nicht mindestens mehrere Jahrzehnte, wie bei der direkten Übertragung in ferne Sonnensysteme. Viertens: Bemannte Raumfahrt ist wissenschaftlicher und ökonomischer Unsinn.«

Rünz konnte auch unbemannter Raumfahrt nichts abgewinnen, aber er hielt den Mund.

»Schauen Sie sich die Programme der Amerikaner und der Russen an! Da werden für viele Milliarden Dollar Menschen in erdnahe Orbits geschossen, und das meiste Geld geht dafür drauf, die Leute heil hochzubringen, sie oben am Leben zu erhalten und sicher wieder zurückzubringen. Beim wissenschaftlichen Ertrag das Gleiche: Bemannte Raumfahrt vermehrt in erster Linie die Kenntnisse über bemannte Raumfahrt. Das gilt auch für die von der NASA geplante Mondstation und die Marsmission, reine Renommierprojekte, wenn Sie mich fragen. Die Relation von finanziellem Einsatz und Ertrag ist vernichtend. Und da die Grundregeln der Ökonomie so universell sind wie die der Mathematik, gilt das auch für die Außerirdischen, nur dass die es schon verstanden haben.«

Stadelbauer machte eine Pause, Rünz hatte Zeit, die Fakten zu verdauen.

»Was ist mit Ihnen, was hielten Sie von seinen Ideen?«

»Bis Mitte der 90er-Jahre war ich ziemlich skeptisch, was diese Ideen vom Kontakt mit Außerirdischen anging. Leben auf einer anderen Grundlage als der kohlenstoffbasierten Chemie konnte ich mir nicht vorstellen. Und damit sich so was wie unsere biologische Evolution auf einem anderen Himmelskörper abspielt, brauchen Sie bestimmte Rahmenbedingungen. Sie brauchen erst mal einen Planeten, der sich um ein Zentralgestirn dreht, von dem er Strahlungsenergie bezieht. Aber Sie brauchen auch flüssiges Wasser, die Quelle des Lebens! Dreht sich Ihr Planet so nah um seine Sonne wie Merkur sich um unsere, verdampft jeder Tropfen sofort. Und in zu großer Entfernung wie auf Neptun oder Pluto finden Sie bestenfalls Eis. Außerdem muss der Planet noch um sich selbst rotieren, und zwar mit der richtigen Geschwindigkeit, sonst wird eine Seite ständig überhitzt, die andere unterkühlt. Wenn Ihnen das noch nicht reicht – die zentrale Sonne darf eine bestimmte Größe nicht überschreiten, sonst brennt der Stern zu früh aus und kollabiert schon nach einer Milliarde Jahren. Zu kurz, um in der habitablen Zone etwas Nennenswertes hervorzubringen.«

Rünz erinnerte sich vage daran, dass er einen Fall aufzuklären hatte, aber er liebte es, wenn ihn jemand mit interessanten Geschichten von der Arbeit abhielt.

»Da haben wir ja alles in allem ziemlichen Dusel gehabt mit unserer Erde.«

»Ein Sechser mit Zusatzzahl, wenn Sie mich fragen. Aber nehmen wir mal an, in nicht allzu großer Entfernung von, sagen wir, maximal 500 Lichtjahren wären alle diese Bedingungen erfüllt und wir hätten einen aussichtsreichen Kandidaten, auf dem intelligentes Leben entstanden wäre. Dann wäre immer noch die Frage, ob sich diese Zivilisation gerade in der richtigen Entwicklungsphase für eine Kontaktaufnahme befindet. Letztendlich ist also alles Statistik, und statistisch sah die ganze Sache ziemlich schlecht für einen Kontakt aus.«

»Bis Mitte der 90er.«

»Genau, bis Mitte der 90er. Dann wurden auf der Erde immer mehr extremophile Organismen entdeckt, Bakterien und Einzeller in der Tiefsee und geologischen Gesteinsschichten, die extreme Temperaturen, hydrostatischen Druck, Trockenheit und aggressive chemische Milieus aushalten. Wenn auf der Erde Leben unter solchen Extrembedingungen existiert, warum nicht auch auf anderen Planeten? Damit wuchs die Zahl für aussichtsreiche Kandidaten unter den Planeten. Und manche Kollegen entwickelten völlig neue Ideen für Lebensformen, basierend auf komplexen, langkettigen organischen Molekülen aus Silizium zum Beispiel. Außerdem hatten wir einen Faktor in der Gleichung falsch berechnet – die Anzahl der Planeten in unserer Nachbarschaft. Je höher die Zahl, umso höher die Wahrscheinlichkeit eines Treffers. Die Beobachtungstechnik wurde konsequent verbessert, und nach jeder Hardware-Innovation wurden neue Planeten entdeckt.«

»Sind die Dinger denn so schwierig zu finden? Die bauen doch ständig riesige Teleskope mit unseren Steuergeldern.«

Stadelbauer lachte.

»Peilen Sie doch mit Ihrem Fernrohr hier mal rüber zum Frankfurter Waldstadion. Nehmen wir an, es ist Samstagabend, die Eintracht hat ein Heimspiel, sie fokussieren eine der Flutlichtanlagen. Und um die Scheinwerfer herum dreht eine Hummel ihre Kreise. Das wäre ein Planet, der um seine Sonne kreist. Wie würden Sie die Hummel erkennen? Überhaupt nicht. Nicht direkt jedenfalls. Aber wenn Sie ein präzises Messgerät installierten, dann könnten Sie nachweisen, dass in periodischen Abständen, immer wenn die Hummel zwischen Ihnen und den Scheinwerfern durchfliegt, die Intensität des Lichts um den Bruchteil eines Prozentes abnimmt. So hätten Sie einen indirekten Nachweis für einen Planeten, der sich um eine Sonne dreht.«

»*Wenn* sie genau vor dem Licht durchfliegt!«

Stadelbauer schien sichtlich begeistert über einen Gesprächspartner, der mitdachte. Vielleicht hatte er mit Rossi einfach nur einen intellektuellen Sparringspartner verloren und witterte in Rünz den geeigneten Ersatzmann.

»Genau! In der Astronomie nennt man diese Form der Passage, wenn ein Planet genau zwischen seinem Zentralgestirn und dem Beobachter durchzieht, einen Transit. Die Hummel kann natürlich auch auf einer senkrechten Umlaufbahn um die Lampen kreisen, so sehen Sie sie nie vor dem Licht. Aber auch dann könnten Sie sie mit der richtigen Technik aufspüren. Sie werden es mir vielleicht nicht glauben, aber dieses kleine Insekt übt nach den Gravitationsgesetzen eine winzige Anziehungskraft auf die Flutlichtanlage aus, sie wird sie bei jeder Umrundung um einen unvorstellbar kleinen Betrag aus ihrer Position bringen. Auch das kann man messen. Gerade vor ein paar Tagen hat die Europäische Südsternwarte in Chile mit diesen Methoden wieder einen vielversprechenden Kandidaten gefunden, einen Exoplaneten mit eineinhalbfachem Erddurchmesser, der um den Stern Gliese 581 im Sternbild Waage kreist. Mit 20 Lichtjahren Entfernung praktisch vor der Haustür, mit kosmischen Maßstäben gemessen.«

Rünz versuchte, das Gesprächsthema auf seine Ermittlungsarbeit zurückzuführen.

»Wir haben in Rossis Wohnung einiges an elektronischem Equipment gefunden, einen Mikrowellenscanner und -verstärker, Frequenzwandler …«

»Ich kenne die Anlage, Tommaso hat mir das alles vorgeführt. Amateur-SETI, eine Graswurzelbewegung …«

»SETI – was bedeutet das?«

»Ein Akronym – ›Search for Extraterrestrial Intelligence‹. Die US-amerikanische Regierung hat ein paar Jahre lang viel Geld ausgegeben, um den Himmel nach codierten Radiosignalen abzusuchen. Heute beteiligen sich Tausende von Hobbyastronomen weltweit an dieser Abhöraktion, Aliensuche von unten, wenn Sie so wollen. Tommaso war Mitglied der SETI-League, ein internationaler Verein, der die Radioastronomie im Amateurbereich fördert.«

»Die wollen mit TV-Sat-Antennen die Signale von Außerirdischen aufspüren?«

»Das ist weniger verrückt, als Sie vielleicht denken. So viel Technik brauchen Sie gar nicht, um ein Signal aufzufangen, das Ganze ist eher ein galaktisches Lotteriespiel. Sie müssen nur mit Ihrer Antenne zum richtigen Zeitpunkt den richtigen Himmelspunkt mit der richtigen Frequenz abhören. Abgesehen von der Frage, ob es da draußen irgendetwas gibt, was Signale sendet – statistisch ist es einfach extrem unwahrscheinlich, irgendetwas davon aufzuschnappen. Aber es gibt ja auch Menschen, die im Lotto gewinnen!«

* * *

Rünz brauchte etwas Zeit, um die Informationsflut zu verdauen. Wie Reinhold Messner am Nanga Parbat wählte er für den Abstieg von der Ludwigshöhe die flachere Ostflanke, über den Heinemannweg und die Wilbrandschneise. Vor der Nieder-Ramstädter-Straße bog er links ab und war nach einigen Minuten am Goethefelsen. Er suchte sich einen Baumstamm als Sitzgelegenheit und legte sich seine Handschuhe unter, damit er sich nicht Blase und Prostata verkühlte. Die Urogenitalregion des Mannes ab 40 bedurfte des Schutzes und der Schonung.

Dann warf er den Projektor seines Fantasiekinos an und ließ die Landgräfin Karoline mit dem jungen Goethe und ihrem Kreis der Empfindsamen entlangflanieren, versunken in romantische Unterhaltungen und feingeistige Reflexionen, wie vor über 230 Jahren. Eine Weile hörte er ihnen zu, sie berauschten sich gemeinsam am Zauber der Natur und der Poesie und erschufen sich ihr eigenes Elysium. Hätten sie einen emotional Unterentwickelten wie ihn in ihre Runde aufgenommen? Rünz hielt es in solchen Fällen wie Groucho Marx – er mochte keinem Verein beitreten, dem Leute wie er angehörten. Die Kälte kroch ihm langsam aus dem Baumstamm in den Unterleib, er brach auf nach Westen Richtung Präsidium.

Die meisten Menschen konnten sich entspannen und auch mal an nichts denken. Jedenfalls hatten sie dann das Gefühl, an nichts zu denken. In Wahrheit arbeiteten ihre Gehirne ununterbrochen, sammelten Eindrücke und Sinnesreize aus der Umwelt, ordneten und verarbeiteten sie im Reich des Unbewussten. Aber ihre Wahrnehmungsapparate gingen dabei selektiv vor, sie sortierten Umweltreize instinktiv nach einer Prioritätenliste, die von ihrer Profession abhing – vorausgesetzt, sie hatten in ihrem Leben Beruf und Berufung zur Deckung bringen können. Kein Coiffeur war imstande, die Frisuren seiner Mitmenschen zu ignorieren, wenn er in seiner Freizeit durch die Stadt bummelte. Eine Grafikerin würde niemals die Missachtung typografischer Grundregeln auf einem Werbeplakat übersehen. Und Rünz' Kriminalistenhirn war konditioniert darauf, die Erscheinungen und Phänomene um ihn herum in schlüssige, kausale Zusammenhänge zu bringen, abgerichtet auf die automatenhafte Herleitung konsistenter und widerspruchsfreier Erklärungen für Alltagsbeobachtungen. Sobald diese intuitive Erklärungsmaschine klemmte, wurde er aufmerksam.

Auf Höhe des Goetheteiches blieb er stehen und drehte sich langsam um. Über der spiegelglatten Wasseroberfläche schwebte eine zentimeterhohe Dunstschicht, aus der in den Uferzonen einige tote Äste herausragten. Er ging in die Hocke, spähte über den Nebelschleier und scannte das gegenüberliegende Ufer Meter für Meter ab. Dann hatte er ihn. Ein brauner Kegel, die Spitze gerundet, auf einer Seite abgeflacht und schwarz, ragte einige Zentimeter aus dem Uferschlamm; ein geometrischer Körper, den in dieser Form weder Flora noch Fauna hervorbrachten. Rünz ging im Schnelldurchgang die Bilder von ähnlich geformten Alltagsgegenständen durch, die ihm in den Sinn kamen, und entschied, dass die Spitze eines Damenpumps dieser Kontur am nächsten kam. Hinter dem Gegenstand waren einige armdicke Äste aufgestapelt, vielleicht die Hinterlassenschaft spielender Kinder, die sich ein Floß hatten bauen wollen, vielleicht das Werk eines Menschen, der etwas verstecken wollte. Er ging weiter, auf der Südseite um den Tümpel herum. Vom Wanderweg aus war die Stelle nicht einzusehen, er musste sich querab einige Meter durch das Unterholz schlagen, um das Ufer zu erreichen.

Vor dem Holzstapel blieb er einige Minuten stehen, versuchte, jedes Detail in sich aufzunehmen und abzuspeichern. Dann ging er langsam und konzentriert auf seiner eigenen Spur zurück. Als er den Wanderweg wieder erreicht hatte, zog er sein Mobiltelefon aus der Hosentasche.

* * *

»Knapp 100 Einsatzkräfte der Bereitschaft, Vollsperrungen an der Klappacher und der Nieder-Ramstädter Straße, die Tauchergruppe der Wasserschutzpolizei mit Winterausrüstung, ein Spurensicherungsteam – vielleicht etwas überreagiert, Herr Rünz?«

Hoven schien auf eine Erklärung zu warten. Rünz entschied sich für den Angriff als Verteidigungsstrategie.

»Wer erlaubt denn irgendwelchen Kunstsimulanten, blutige Frauenunterwäsche im Wald zu verteilen? Die haben ja nicht mal die ausgeräumte Handtasche, die Schleifspuren auf dem Boden und die Haarbüschel in den Zweigen vergessen. Und alles so knackfrisch wie eben erst angerichtet. Was soll der Mist?«

»Dieser ›Mist‹ ist Teil einer Performance. Wenn Sie ab und an einen Blick in die ›Darmstädter Allgemeine‹ werfen würden, dann wüssten Sie etwas besser Bescheid über den Waldkunstpfad, der hier jedes Jahr im Bessunger Forst eingerichtet wird. Da sind ein paar sehr interessante Installationen dabei.«

»Installationen hab' ich zu Hause im Badezimmer. Wissen Sie, warum diese Performance-Idioten keine ordentlichen Ölbilder mehr malen wollen? Weil sie es nicht mehr können! Sie sind zu faul, sich die handwerklichen Fertigkeiten anzueignen, deswegen hängen sie lieber ein Klavier an eine Eiche, spritzen Schlagsahne drauf und nennen das eine ›Installation‹.«

Na los, dachte Rünz, nenn mich schon einen Reaktionär und einen Nazi. Aber Hoven schien an einem vertiefenden Kunstdiskurs mit diesem Banausen nicht interessiert.

»Jedenfalls habe ich jetzt das Problem, die Kosten für Ihre haarsträubende Aktion zu verbuchen. Und wenn einer aus dem Kollegium etwas der Presse steckt, können Sie sich vorstellen, was hier los ist. Umso wichtiger ist, in den Fällen Rossi und de Tailly jetzt weiterzukommen.«

Hoven schaute auf seine Patrimony, wahrscheinlich hatte er noch eine Verabredung auf dem Golfplatz.

»Ich denke, wir haben uns so weit committed und erwarte, dass Sie innerhalb von zwei Wochen delivern.«

Er hatte sich zum Gespött der Mitarbeiterschaft gemacht und konnte jetzt zwischen zwei Optionen wählen. Die eine war, die Kantine im Präsidium einfach für zwei oder drei Jahre nicht mehr aufzusuchen. Er konnte sich morgens von seiner Frau Brote schmieren lassen, die er in Tupperdosen mitnahm und mittags an seinem Schreibtisch verspeiste. Ein- oder zweimal die Woche würde er oben das Restaurant am Böllenfalltor aufsuchen, kaum einen halben Kilometer vom Präsidium entfernt. Die zweite Option war der Sprung ins kalte Wasser, einmal richtig leiden, um danach hoffentlich Ruhe zu haben.

Er nahm seinen Mut zusammen, entschloss sich für die kurze, schmerzhafte Variante und betrat die Kantine. Das Tablett hatte er noch nicht in der Hand, da hatten ihn die Ersten schon entdeckt, lachten, tuschelten und machten ihre Tischnachbarn auf ihn aufmerksam. Das Gelächter ging innerhalb von Sekunden wie eine Welle durch den ganzen Saal, irgendwann stand einer auf und applaudierte. Auch den Rest der Meute hielt es nicht mehr auf den Stühlen. Rünz setzte sich allein an einen Tisch, das Gekicher ebbte quälend langsam ab, dann folgten die Einzelbesuche, kaum ein Kollege, der nicht ein aufmunterndes Wort für ihn hatte.

»Da schau her, Sherlock Rünz. Wie sieht's aus mit dem Ripper vom Goetheteich, schon weitergekommen?«

»Nimm die Karpfen ins Kreuzverhör!«

»Du Karl, ich hab' bei H&M Frauenunterwäsche im Erdgeschoss gefunden, schau dir das doch bitte mal an.«

»Die suchen da einen bei der Bessunger Grundschule für die Verkehrserziehung ...«

»Du gehörst befördert – damit du keinen Schaden mehr anrichten kannst!«

Er hatte sich so lächerlich gemacht wie nur irgend möglich, aber der ganze Auftritt hatte auch etwas Tröstliches. Sie hatten ihm mit ihrem Spott signalisiert, dass er noch dazugehörte.

Wedel war der Einzige, der sich zu ihm setzte, ohne eine ironische Bemerkung abzuschießen – er schien nicht in der nötigen Stimmung zu sein.

»Sybille Habich hat heute Morgen angerufen, ich soll Ihnen ausrichten, es wäre ihr furchtbar peinlich, sie hätte früher drauf kommen müssen – es geht um die Sache mit dem Katzenstreu. Das Zeug kann als Brandbeschleuniger eingesetzt werden. Egal, was Sie nehmen, um etwas abzufackeln – Diesel, Benzin, Verdünner –, wenn Sie es über irgendein poröses Material oder Granulat schütten, können Sie die Wirkung vervielfachen, muss irgendwas mit der Oberflächenvergrößerung zu tun haben, wenn ich sie richtig verstanden habe.«

Wedel wirkte deprimiert und abwesend, während er erzählte, als gäbe es nichts Langweiligeres auf der Welt als diese Geschichte mit dem Katzenstreu.

»Außerdem hat sie ein paar Daten rübergeschickt, die ihre Kollegen von Rossis USB-Stick retten konnten. Die meisten Bits und Bytes sind Reste von Office-Programmen und -dateien, Word, Excel, PowerPoint, außerdem ein Haufen PDF-

Dokumente, wissenschaftliche Arbeiten, technische Dokumentationen, die er sich wahrscheinlich aus dem Internet runtergeladen hat. Aber ein winziges Paketchen von 1,6 Kilobyte können sie keiner marktüblichen Anwendersoftware zuordnen.«

Rünz kaute lustlos an seiner Kohlroulade herum.

»Schicken Sie die Datei an diesen Hobbyastronomen von der Volkssternwarte. Ich weiß, nicht gerade der vorschriftsmäßige Umgang mit Beweismitteln, aber wenn es sich um Files einer astronomischen Spezialsoftware handelte, werden sich die IT-Experten vom KTI monatelang die Zähne dran ausbrechen.«

»Und wenn der Typ selbst mit den Morden zu tun hat?«

»Stadelbauer? Kein Motiv, Alibi zum Tatzeitpunkt. Und als Strippenzieher im Hintergrund eine absolute Fehlbesetzung. So viel Aufregung kann der gar nicht vertragen.«

Wedel schaute immer noch drein wie Regenwetter.

»Was ist los mit Ihnen?«, fragte Rünz. »Junge Menschen wie Sie sind doch normalerweise ständig gut drauf und haben permanent fun. Ist Ihr iPod defekt? Haben H&M die Preise raufgesetzt? Skateboard verloren?«

»Oberliga«, nuschelte Wedel. Sonst nichts.

»Entschuldigen Sie, ich wusste nicht … – das tut mir leid«, kondolierte Rünz. Fast hätte er seinem Assistenten tröstend die Hand gehalten. Die Anteilnahme schien Wedel aufzuweichen. Er schaute an Rünz vorbei zum Fenster, die Lippen zusammengepresst, Tränen in den Augen, und schüttelte den Kopf.

»Zweieinhalb Torchancen gegen München II, keine genutzt.«

Wie schaute eine halbe Torchance aus? Rünz vermied technische Detailfragen.

»Aber in der Oberliga können die Lilien dann doch richtig aufdrehen!«, sagte Rünz. Wedel schien den plumpen Aufmunterungsversuch überhaupt nicht wahrzunehmen. Rünz entschied, ihn in den folgenden Tagen etwas zu schonen.

* * *

Ein ganz dummes Vorurteil, natürlich hießen nicht alle Fitnesstrainer, Surfer, Snowboarder und Verkäufer in Sportgeschäften Sven oder Mike. Nur der hier hieß zufällig so. Mike war braun gebrannt, hatte eine gepiercte Unterlippe, einen sonnengebleichten, leicht angefilzten Waikikibeach-Blondschopf und porzellanweiße Zähne. Wahrscheinlich kam er gerade von irgendeinem hirnverbrannten, von Red Bull gesponsorten Extreme-Outdoor-Kitebike-Canyoning-Event auf Tahiti zurück, bei dem tumbe Berufsjugendliche mit albernen Sportgeräten Sprünge machten, die sie Backflip, Mac-Twist, Indy Air oder Tail-grap nannten.

»Ich empfehle dir den Speed Pacer Vario von Leki, da hast du gleich was Solides. 16-Millimeter-Teleskoprohr aus hochmodularem Carbon, Nordic-Thermo-Trigger-II-Griffe mit Power-Race-Trigger-II-Schlaufen. Super-Lock SLS 10 Verstellsystem, Hartmetall-Flexspitze mit Walking-Lite-Gummipuffer. Und als Special Feature das Ultra Sonic Finish Nordic Tellerwechselsystem. Damit bist du für alles gerüstet.«

Mike duzte ihn mit diesem unwiderstehlichen Wir-Sportler-sind-alle-unglaublich-lässige-und-unkomplizierte-Typen-da-spielt-der-Altersunterschied-überhaupt-keine-Rolle-Charme. Rünz hatte sich die Entscheidung nicht leicht gemacht, aber er war entschlossen, der Empfehlung des Arztes zu folgen. Er schaute sich unsicher um. Ein Sportgeschäft auf der Frankfurter Zeil aufzusuchen, war ein geschickter Schachzug gewesen, aber selbst hier konnte ihn ein bekanntes Darmstädter Gesicht beim Kauf einer Nordic-Walking-Ausstattung entdecken. So weit war es mit ihm gekommen. Eine ernsthafte Diagnose, die Empfehlung eines jungen Medizinerschnösels, schon war er eingeknickt und hatte sich in den Mahlstrom ziehen lassen, der Fitness genannt wurde und seine Opfer in der Regel erst auf ihr Sterbebett wieder ausspuckte. Für die Vermarkter neuer Sportarten musste Deutschland der Garten Eden sein. Ein durchschnittlicher Landsmann entschied sich nicht einfach für eine Sportart und übte sie dann aus. Vielmehr praktizierte man eine systematische, strukturierte Annäherung, die in der Regel mit der Lektüre von Ratgebern begann, geschrieben von Menschen wie Rosi Mittermaier und Christian Neureuther, die mit ebendieser Sportart tiefes, dauerhaftes Lebensglück und Zufriedenheit gefunden hatten. Dann folgten Abonnement und Studium fachspezifischer Periodika (›Fit mit Walking‹, ›Nordic Fitness‹, ›Walking Magazin‹, ›Nordic Walker‹) mit intensiver Auswertung von Testergebnissen für das notwendige technische Equipment, dessen Erwerb für den verletzungsfreien Übergang in die nächste Phase unverzichtbar war. Unter Anleitung eines Instructors, besser aber eines Master Instructors, konnten erworbenes Wissen und Ausrüstung dann in der Praxis zusammengeführt werden. Das Ganze endete dann meist in kaum erträglicher chronischer Auskennerose, Expertopathie und Fachsimpelitis. Ob Blitzkrieg, Tierschutz oder Sport, wenn seine Landsleute etwas anpackten, dann machten sie es gründlich.

»Wie viel kosten die Dinger denn?«, fragte Rünz.

»Haben wir im Moment im Angebot, die kommen auf 139,90 Euro, zehn Euro Einkaufsgutschein und einen kostenlosen Einführungskurs mit unserem Master Instructor Sven inklusive, plus Pay-back-Punkte natürlich. Hast du schon unsere Acti-Flex-ClientCard? Damit gibt's noch mal zehn Prozent, und wir halten dich per Mail über unsere Angebote auf dem Laufenden.«

Rünz knabberte noch am Preis.

»Und wenn ich einfach ein paar Skistöcke nehme?«

Mike schaute ihn an, als hätte er vorgeschlagen, einen Pudel zu frittieren.

»Davon kann ich dir nur abraten, du wirst dir einen völlig falschen Bewegungsablauf antrainieren und deine Gelenke ruinieren. Wie sieht's denn mit Schuhen aus, bist du schon ausgerüstet?«

Rünz lächelte entspannt.

»Klaro hab' ich Turnschuhe, Mike. Kein Thema!«

Der jugendliche Jargon bereitete ihm zunehmend Vergnügen, er fühlte sich gleich zehn Jahre jünger. Vielleicht suchten sie noch einen Verkäufer oder Trainer? Aber Mike stutzte ihn gleich wieder zurecht.

»Eins musst du dir klarmachen, mit normalen Turnschuhen kannst du beim Nordic Walking keinen Topf gewinnen! Bei deiner Statur empfehle ich dir den Gel-Tech Walker 7 WR von Asics, die Referenz in der Basic-Walking-Klasse. Warte mal …«

Er verschwand Richtung Schuhregal und kam mit einem schwarzen Turnschuhpaar zurück. Was meinte er mit ›Bei deiner Statur …‹ und ›Basic-Walking‹? Rünz blieb keine Zeit zum Nachdenken.

»Schau dir die mal an – IGS Flexkerben, GEL-Dämpfungssystem in Rück- und Vorderfuß, kombinierte DUOMAX und TRUSSTIC-Stützelemente, innovative SOLYTE-45-Grad-Lasting-Mittelsohle. Das Ganze im BIOMORPHIC-Konzept mit Personal-Heel-Fit gegen Fersenschlupf und Security-Package mit 3M-Reflektoren.«

Rünz schaute Mike schweigend an. Langsam verstand er, was Stadelbauer gemeint hatte, als er von grundsätzlichen Kommunikationsproblemen zwischen Individuen verschiedener Lebensformen gesprochen hatte. Er wollte sich doch einfach nur ein bisschen bewegen …

Mike hatte ihn noch davon überzeugen können, dass er sich ohne spezielle Nordic-Walking-Funktionsunterwäsche und

-handschuhe in Lebensgefahr begab – so verließ er um über 500 Euro erleichtert das Sportgeschäft. Auf der Zeil drückte er sich sofort in eine Nische, packte die Utensilien aus, drehte die Außenseiten der Plastiktüten mit dem Logo des Geschäfts nach innen und steckte alles wieder ein. Als er die Tüten im Parkhaus in seinem Kofferraum verstaut und sich auf den Fahrersitz hatte fallen lassen, atmete er tief durch. Er wusste, was passieren würde. Das ganze Zeug landete unbenutzt in seinem Keller, und in zehn oder 20 Jahren zog es ein türkischer Familienvater aus einem Sperrmüllhaufen im Paulusviertel, um es im Bürgerpark auf dem Flohmarkt zu verkaufen.

* * *

Großes Kino. Ein leeres Parkdeck, hoch über den Dächern der Stadt, zwei Männer warten schweigend in einem 63er Lincoln Continental. Ein offener Buick Skylark fährt die Rampe hoch, parkt drei Reihen weiter. Der Cabriofahrer fischt einen kleinen Alukoffer von seinem Rücksitz, steigt aus, schnippt seine Zigarette über die Brüstung und geht auf den Lincoln zu. Er öffnet die Hecktür, schwingt sich auf die Rückbank und zieht eine 44er aus seinem Köfferchen …

Wie aufregend war doch Rünz' öder Ermittlungsalltag, wenn er mithilfe seiner Fantasie nur ein paar kleine Details modifizierte! Stadelbauers 70er-Outfit hatte ihn zu seinem kleinen Tagtraum inspiriert. Er saß mit dem Astronom in seinem Dienstwagen, sie standen auf dem obersten Deck des Parkhauses in der Hügelstraße. Sie waren völlig allein, abgesehen von einem schwarzen Allradler mit abgedunkelten Scheiben, der ein paar Reihen hinter ihnen stand. Stadelbauer dozierte ohne Punkt und Komma über das Fermi-Paradoxon, die Rio-

Skala und das anthropische Prinzip, während Rünz sich auf die junge Frau konzentrierte, die sich im Bad der Dachgeschosswohnung auf der anderen Straßenseite entspannt zurechtmachte. Sie schaute ab und an zu den beiden Männern herüber, schien sich aber nicht belästigt zu fühlen. Irgendwann verschwand sie im Nebenzimmer. Rünz sah durch den Vorhang, wie sie telefonierte.

»… oder sind Sie noch einer von diesen Kohlenstoffchauvinisten?«

»Ähm – wie? Was?«, stotterte Rünz, er hatte nicht zugehört. »Also *das* hat mir meine Frau noch nicht vorgeworfen.«

»Ich meine, ob Sie einer von denen sind, die glauben, intelligentes Leben könne nur auf der Basis von Kohlenstoffverbindungen existieren.«

Rünz' Aufmerksamkeit war auf die äußerst attraktive Kohlenstoffverbindung in der Wohnung auf der anderen Straßenseite konzentriert. Stadelbauer wartete gar nicht erst auf eine Antwort.

»Ich halte das für Unsinn. Leben bedeutet nichts anderes als Komplexität jenseits des Equilibriums, die chemische Basis ist doch völlig nebensächlich. Ich meine, manchmal muss man einen Schritt zurücktreten, um das Ganze zu sehen!«

Das Letzte hatte er sich aus irgendeinem Science-Fiction-Movie abgekupfert, Rünz hatte Jodie Foster vor Augen, aber ihm fiel der Filmtitel nicht ein. Das Autoradio zwitscherte leise vor sich hin. Stadelbauer hielt plötzlich mitten im Satz inne.

»Kann ich das lauter machen?«, fragt er, die Hand schon am Regler.

Bob Dylan nölte eine fast zur Unkenntlichkeit entstellte Spätinterpretation einer seiner Klassiker.

»Das ist Bob Dylan«, sagte Rünz und drehte die Lautstärke wieder runter. Er betonte es wie ›Rauchen ist stark krebserregend‹.

Stadelbauer schaute ihn an, als bereitete ihm diese Bemerkung körperliche Schmerzen. Wie er so dasaß, mit seinem Kraushaar, seinen Koteletten und dem zerknirschten Gesichtsaudruck, wie ein gekränkter 15-jähriger Boygroup-Fan.

»Mögen Sie Dylan?«, fragte Rünz.

»Ob ich ihn mag? Bob Dylan ist Gott!«

Rünz hatte sich Gott immer etwas anders vorgestellt, nicht wie einen talentfreien Barden mit einer wischmoppartigen Kopfbedeckung. Aber er musste vorsichtig sein mit seinen Äußerungen, er war mit einem leibhaftigen Dylan-Aficionado zusammen.

»Ist das nicht ›Like a rolling stone‹ von Wolfgang Niedecken? Wusste gar nicht, dass Dylan den Song gecovert hat.«

Rünz' Scherz taute die frostige Atmosphäre nicht merklich auf. Kein Wunder, durchschnittliche Pop- und Rockstars hatten Fans, Dylan hatte Jünger. Der Folksänger war unter seinen Bewunderern sakrosankt – kein noch so lustlos dahingeschrammelter Folksong, der nicht als musikalische Offenbarung abgefeiert wurde, kein noch so steinblödes Interview-Statement, das ihm nicht von einer ergebenen Anhängerschaft als brillante ironische Replik ausgedeutet wurde. Dabei war sein Erfolgsrezept überraschend einfach. Man musste nur irgendeine künstlerische Tätigkeit – zum Beispiel Singen – überhaupt nicht beherrschen, und mit einer zweiten kombinieren, die man noch weniger unter Kontrolle hatte – zum Beispiel Mundharmonikaspielen –, und dann lange und nachhaltig sein Publikum ignorieren. Es war wie bei den Geisteskranken unter den Eingeborenen in Neuguinea, denen die Stammesbrüder und -schwestern den kurzen Draht zu den Göttern zuschrieben. Ein einziges Wesen existierte, das mit Dylans Wirkung auf seine Bewunderer gleichziehen konnte – das Dalai-Lama.

Rünz hatte Lust auf einen kleinen Dylan-Diskurs, aber Stadelbauer zu verärgern war keine konstruktive Idee, er würde ihn noch brauchen. Er versuchte, den Astronomen vom Klangbrei aus dem Radio abzulenken.

»Wo arbeitet Ihr Freund Werner noch mal?«

»Im Institut für Graphische Datenverarbeitung, die gehören zur Fraunhofer-Gesellschaft«, knurrte Stadelbauer. »Sitzen direkt hinter dem neuen Kongresszentrum. Ich habe mir die Daten angeschaut, sieht nach einer kodierten Pixelgrafik aus. Für solche Aufgaben sind die Leute vom IGD erste Wahl. Entweder die können es entschlüsseln – oder keiner.«

Mit löchrigem Auspuff knatternd parkte ein 84er Polo neben ihnen. Ein untersetzter junger Mann verließ das Auto mit einem schlanken Alukoffer, er war vielleicht Ende 20, gedunsene und fettige Haut, mit der unglücklichsten Frisur, die man mit einem vor der Zeit gelichteten Kopf wählen konnte – er hatte sich das schüttere und fettige, dünne Haupthaar mehr als schulterlang wachsen lassen und hinten zu einem Zopf zusammengebunden. Rünz hatte die unappetitliche Vision eines ziemlich verstopften Duschabflusses. Der Mann schaute sich auf dem Parkdeck unsicher um und setzte sich dann zu den beiden anderen in den Passat. Er machte alles in allem den Eindruck eines ziemlich verunsicherten IT-Nerds.

»Was soll das Theater mit diesem komischen Treffpunkt, warum haben wir uns nicht im IGD oder bei dir zu Hause getroffen?«, fragte Stadelbauer.

Der Nerd reagierte nicht.

»Ist der vertrauenswürdig?«

Er stellte die Frage Stadelbauer, für ›der‹ kam also nur Rünz infrage. Der Astronom stellte beide einander vor. Die Augen des Computerexperten waren ständig in Bewegung, er schien hochgradig aufgeregt.

»Das ist ein Riesending«, murmelte Werner ständig.

»Ein Riesending ist das. Ein Signal aus dem All, sagst du, hat einer deiner Vereinskollegen aufgefangen? Junge, Junge, Junge ...«

»Langsam, langsam, ich habe dir am Telefon gesagt, die Daten sind von einem Freund, der sich etwas mit SETI beschäftigt hat«, bremste Stadelbauer. »Woher genau er diese Datei hat, wissen wir nicht.«

›Wir‹, das waren wohl Stadelbauer und Rünz. Das stärkste Team seit Starsky & Hutch. Der Nerd legte begeistert los.

»Ich habe Stunden gebraucht, bis ich auf die Lösung kam. Das Signal ergibt erst einen Sinn, wenn man die Anzahl der Bits in die Primfaktoren zerlegt und die Pixel dann entsprechend anordnet.«

Er blickte sich noch einmal um, als könnten die drei beobachtet werden, legte dann sein Aluköfferchen auf die Beine, klappte den Deckel hoch, klackerte kurz auf einer Tastatur und drehte den Koffer dann nach vorn. Rünz wandte sich von der Schönen gegenüber ab und schaute mit Stadelbauer zwischen den Vordersitzen hindurch nach hinten auf ein Notebook-Display mit einigen Dutzend Reihen Nuller und Einser.

0000001010101000000000000101000001010000000100100010
0010001001011001010101010101010100100100000000000000
0000000000000000000000011000000000000000000011010000
0000000000000011010000000000000000000010101000000000
0000000011111000000000000000000000000000000001100001
1100011000011000100000000000001100100001101000110001
1000011010111110111110111110111110000000000000000000
0000000100000000000000000100000000000000000000000000
0010000000000000000000111111000000000000011111000000000
0000000000000001100001100001110001100010000000100000
0000100001101000011000111001101011111011111011111011
1110000000000000000000000000000100000011000000000100000

00000001100000000000000001000001100000000001111110000
01100000011111000000000011000000000000100000001000
00000100000100000011000000010000000110000110000000100
0000000011000100001100000000000000011001100000000000
0011000100001100000000110000110000001000000001000000
100000000100000100000000110000000010001000000001 1000
00000100010000000000100000001000001000000001000000010
0000001000000000000110000000001100000000011000000000
1000111010110000000000001000000010000000000000010000
0111110000000000000100001011101001011011000000100111
0010011111101110000111000001101110000000000010100000
1110110010000000101000000111111001000000010100000011000
0001000000110110000000000000000000000000000000000011
1000001000000000000001110101000101010101001110000
0000010101010000000000000000010100000000000000111110
0000000000000011111111100000000000001110000000011100
0000000110000000000001100000001101000000000101100000
1100110000000110011000010001010000010100010000010001
0010001001000100000000100010100010000000000000100001
0000100000000000001000000000100000000000000100101000
0000000011110011111010011111000

»Wow«, sagte Rünz. »Ich glaube, jetzt kommen wir einen entscheidenden Schritt weiter. War wirklich ein heißer Tipp mit dieser Fraunhofer-Gesellschaft.«

»Nur nicht ungeduldig werden. Das war der Originalcode, jetzt wird es spannend«, sagte Werner und tippte ein paar Tasten.

»Das hier habe ich draus gemacht!«

Der Bildschirm zeigte eine hieroglyphenartige Matrix kleiner Quadrate auf einer rechteckigen Fläche, die hochkant die gesamte Bildschirmhöhe einnahm. Das einzige Element mit Wiedererkennungswert war ein Strichmännchen aus winzigen Planquadraten unterhalb des Bildzentrums.

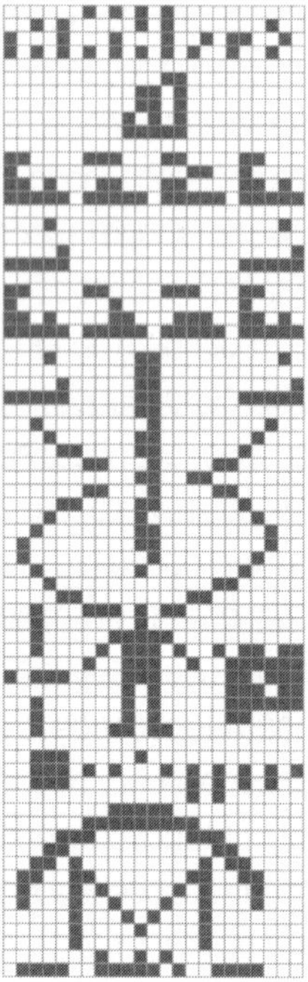

»PacMan!«, rief Rünz. »Super, habe ich lange nicht mehr gespielt.«

Er zweifelte, ob der Kontakt mit Außerirdischen lohnte, deren Konsolenspiele auf diesem Niveau waren. Werner blieb unbeeindruckt.

»1.679 Bits. Zerlegt in die Primfaktoren sind das 23 mal 73. Also habe ich eine kleine Matrix gebaut mit 23 Spalten und 73 Zeilen und mit den Bits zeilenweise aufgefüllt, jedes leere Quadrat ist eine Null, jedes volle eine Eins. Und was kommt dabei raus, hier oben in den ersten drei Zeilen? Die Spalten sind immer von oben nach unten zu lesen, das ist die binäre Kodierung der Zahlen von eins bis zehn – 001, 010, 011 und so weiter. Arithmetik – galaktisches Esperanto – das Tor zur interstellaren Kommunikation! Sozusagen der Opener, Brot und Salz für die neuen Nachbarn! Jeweils eine Leerzeile scheint die Informationspakete voneinander zu trennen. Den Rest habe ich noch nicht dechiffriert, aber schaut euch den hier unten an!«

Er legte die Fingerspitze auf das Strichmännchen.

»Entweder, die sehen genauso aus wie wir, oder die wissen genau, wie wir aussehen. Und die komische Kuppel hier unten könnte eins ihrer Raumschiffe sein.«

Werner strich sich die strähnigen Haare aus den Augen und schaute die beiden auf den Vordersitzen erwartungsvoll an. Ein historischer Augenblick, die drei einzigen lebenden Menschen auf der Erde, die vom *Kontakt* wussten, in einem alten VW Passat auf einem Parkhaus in der Hügelstraße im südhessischen Darmstadt. In 40 Jahren würde hier eine Gedenkstätte mit Museum Pilgerströme aus aller Welt anziehen, ein pfiffiger Darmstädter Baukünstler würde die rohe Parkhausarchitektur mit ihren Rampen, Decks und Betonstützen zum integralen Ausstellungselement machen. Fotos und Originaldokumente würden jedes biografische Detail des Trios durchleuchten, auf Videowänden liefen Interviews mit Zeitzeugen (Rünz' Frau? Brecker? Hoven?) in Endlosschleifen. Rünz' Super Ruger Redhawk – eine Reliquie unter Glas, an der sich täglich Tausende bekreuzigten. Für die Gebeine der drei entstände ein eigenes Mausoleum auf der Rosenhöhe, zwischen dem kleinen griechischen Tempel, den Georg Moller als Ruhestätte für Prinzessin Elisabeth Karoline entworfen hatte, und dem schlichten Grabmal, das Ernst Ludwig für seine Eltern und Geschwister in Auftrag gegeben hatte. Und wahrscheinlich würde in 80 Jahren ein ausgebuffter junger Geschichtswissenschaftler in seiner Promotion nachweisen, dass Rünz zu Lebzeiten regelmäßigen Kontakt mit einer Prostituierten namens Yvonne im Watzeviertel hatte und damit einen heftigen Sturm im Elfenbeinturm der Historikerzunft auslösen.

Werner redete und redete, und Stadelbauer grinste von Minute zu Minute breiter, bis dem Zopfträger der Kragen platzte.

»Verdammt, das hier ist das dickste Ding seit der Relativitätstheorie, was gibt's da zu lachen?«

»Du warst schon auf dem richtigen Weg. Das abgebrochene Rechteck hier in der zweiten Reihe, die Zahlen eins, sechs, sieben, acht und 15, wieder binär kodiert. Die Ordnungszahlen der Elemente Wasserstoff, Kohlenstoff, Stickstoff, Sauerstoff und Phosphor. Die Basis des organischen Lebens hier auf der Erde. Damit hat man die Leseanleitung für den dritten Teil hier in der Mitte. Chemische Verbindungen, die Nukleotide, die Grundbausteine der menschlichen DNA, dargestellt durch die Anzahl der jeweils enthaltenen chemischen Elemente. Damit ist auch klar, was diese beiden Spiralen oberhalb des kleinen Männchens hier bedeuten, die Doppelhelix des DNA-Moleküls. Links neben dem Männchen ist die Zahl 14 kodiert, multipliziert mit 12,6 cm, der Wellenlänge des Signals, ergibt das die durchschnittliche Größe eines erwachsenen Menschen. Rechts daneben 4,3 Milliarden, binär kodiert, die Größe der Weltbevölkerung Mitte der 70er-Jahre. Die Reihe unter dem Männchen ist eine generalisierte Darstellung unseres Planetensystems, links die Sonne, rechts die Planeten Merkur bis Pluto. Und die umgedrehte Schüssel unten stellt das Radioteleskop dar, mit dem das Ganze gesendet wurde.«

Der Nerd brauchte ein paar Sekunden, um Stadelbauers Kurzreferat zu verarbeiten.

»Scheiße, woher weißt du das alles?«

»Ganz einfach«, lachte Stadelbauer. »Ich kenne den Außerirdischen, der die Nachricht hier geschrieben hat. Drake heißt er, Frank Drake, ist 77 Jahre alt und lebt in den Vereinigten Staaten. Du hast die Arecibo-Message geknackt, meinen Glückwunsch. Hätte ich eigentlich selbst draufkommen können. Aber den Nobelpreis kriegst du dafür nicht. Drake gehörte zu den Gründervätern des SETI-Projektes. Er hat in der Frühphase des Programms vorgeschlagen, nicht nur die Ohren aufzusperren, sondern auch mal was in den Wald reinzurufen. Also hat er diese kurze Botschaft entworfen, und die wurde im November '74 vom Arecibo-Observatorium in Puerto Rico aus ins All gesendet. Ausgerichtet auf einen damals vielversprechenden Kugelsternhaufen im Sternbild Herkules, Messier 13, um genau zu sein.«

»Ja und?«, versuchte Werner seine Entdeckung zu retten. »Vielleicht haben die Vogonen auf Messier 13 das Signal empfangen und sofort geantwortet? Und haben unsere Nachricht noch mal als Anlage an ihren Brief drangehängt!«

»Gute Idee, das Problem ist nur: Unser Signal kommt erst in 22.800 Jahren dort an, mein Freund!«

Werner hatte keine Zeit, sich zu ärgern. Zwischen seinen Polo und Rünz' Passat schob sich ein Bereitschaftswagen des zweiten Polizeireviers. Brecker hob seinen massigen Körper aus dem Sitz, das Fahrwerk schien erleichtert aufzuseufzen und hob die Karosse um eine Handbreit. Er ging zur Fahrerseite des Passats, Rünz ließ sein Fenster herunter. In der Dachwohnung gegenüber stand die junge Mieterin fröstelnd im Morgenmantel am offenen Fenster.

»Was suchst du hier, Klaus«, brummte Rünz. »Neue Geschäftsidee? Vielleicht Slimfast-Diäten für den Sudan? Ich brauche kein Kindermädchen. Und zieh dir diese blöde 70er-Jahre-Sonnenbrille ab, oder wird das hier ein Rod-Steiger-Lookalike-Contest?«

Brecker reagierte nicht, kaute entspannt an einem Zahnstocher und schaute sich die drei im Passat genau an.

»Immer schön die Hände am Lenkrad lassen, Mister«, schnarrte er, als hätten die Insassen Schmalz in den Ohren.

›Mister‹? Hatte er ›Mister‹ gesagt? Stadelbauer wich das Blut aus dem Gesicht, auf seinem Amt schienen durchgedrehte Streifenpolizisten eher selten zu sein. Werner klappte auf dem Rücksitz seinen Laptop zu und setzte sich drauf, dabei hätten nicht mal Breckers Arschbacken ausgereicht, um diesen Koffer zu verdecken.

»Herr Rünz, kennen Sie diesen Polizisten?«, stotterte Stadelbauer. »Sie sind Kommissar, sagen Sie das diesem Mann doch endlich, zeigen Sie ihm Ihre Marke und Ihren Dienstausweis!«

»Na klar, Ihr Freund ist Kommissar«, grinste Brecker, »und ich bin Roland Koch.«

Er trat ein paar Schritte zurück, legte die Hand an seine Dienstwaffe und sprach zu der jungen Frau auf der anderen Seite, ohne die drei Verbrecher aus dem Blick zu verlieren.

»Ist schon gut Ma'am, alles unter Kontrolle. Sind Sie in Ordnung, Ma'am? Sind das die drei Spanner, die Sie belästigt haben?«

›Ma'am‹. Er hatte wirklich ›Ma'am‹ gesagt. Rünz senkte resigniert den Kopf auf die Brust. Die NYPD-Nummer. Und nichts und niemand würde Brecker jetzt aufhalten. Rünz musste wohl oder übel mitspielen, wenn er einen Nervenzusammenbruch bei einem der beiden anderen vermeiden wollte. Er startete einen letzten diplomatischen Vorstoß.

»Hör zu Klaus, ich weiß, du bist sauer. Das mit dem Recharger tut mir leid. Vielleicht ist die Idee ja gar nicht so schlecht! Lass uns einfach noch mal drüber reden.«

Brecker wollte nicht reden.

»Ihr drei kommt jetzt schööön langsam aus dem Auto raus, Hände aufs Dach und Beine auseinander.«

Die drei gehorchten, Stadelbauer zitterten die Knie, er war nervlich am Ende und konnte sich vor Aufregung kaum mehr auf den Beinen halten. Rünz strich ihn endgültig von der Liste der Verdächtigen, für die Beteiligung an einem Mord fehlte ihm die nötige Stressresistenz. Der Computernerd hatte trotz der frischen Temperatur Schweißperlen auf der Stirn. Brecker tastete alle sorgfältig ab, und als Rünz an der Reihe war, zog er ihm die Beine noch weiter auseinander, damit er seinen Schrittbereich intensiv nach Atomwaffen abtasten konnte.

»Verdammt Klaus, wenn du noch länger da unten rumfummelst, werde ich schwanger.«

Brecker kam nahe an seinen Kopf und flüsterte ihm ins Ohr.

»Du hast vielleicht A12, aber ich habe Street Credibility.«

Dann arbeitete er sich ungerührt an den Beinen nach unten vor, und – oh Wunder – wurde fündig.

»Sieh mal an, was haben wir denn da!«

Er zog Rünz' kleinen LadySmith aus dem Knöchelholster und hielt ihn triumphierend an den Fingerspitzen in die Höhe, als gälte es, noch Fingerabdrücke zu sichern.

»Würde mich doch stark wundern, wenn das hier eine ordnungsgemäß angemeldete Handfeuerwaffe ist.«

Dann wandte er sich wieder der Dame im Morgenmantel zu.

»Gut, dass Sie angerufen haben, Ma'am«, rief er über die Straße. »Das hier sind drei ganz schwere Jungs, die haben wir schon lange auf der Liste.«

»Herrgott«, blaffte Rünz, »warum gehst du nicht gleich rüber zu ihr?«

* * *

Die Nacht war furchtbar, er hatte einen der heftigsten Albträume seit Jahren, die Vision eines Einführungstrainings mit dem Nordic-Walking-Master-Instructor Sven, der ihn tief in den Odenwald führte und völlig allein ließ. Er verirrte sich und musste in einer verfallenen alten Hofreite übernachten. Zu später Stunde überraschten ihn Christian Neureuther und

Rosi Mittermaier – die beiden schnallten ihn auf einem Stuhl fest und drückten ihm die Metallzylinder eines seltsamen E-Meters in die Hände, mit dem Scientologen ihre Novizen durch Psychoaudits quälten. Sie stellten ihm Hunderte von Fragen, ob er an Nordic Walking wirklich glaubte, ob er schon einmal Zweifel an der reinen Lehre hatte, ob er sich bereit fühlte, den ›Heiligen Trail‹ zu walken, ob er manchmal Lust verspürte, ohne seine Stöcke durch den Wald zu wandern. Das E-Meter schlug immer wieder aus, Rosi stand vor Wut der Schaum vorm Mund – sie forderte eine schmerzhafte Lektion für den Renegaten, Neureuther gab den eiskalten, erbarmungslosen Folterknecht und drückte ihm die Hartmetall-Flexspitzen seiner Speed Pacer Vario in die Eingeweide.

Als er morgens völlig zerknautscht in die Küche kam, blätterte seine Frau in seinen Ermittlungsakten wie in einer Illustrierten. Er nahm selten Unterlagen mit nach Hause, und noch seltener ließ er sie dort offen herumliegen.

»Du hast unruhig geschlafen«, sagte sie.

»Da findest du keine Horoskope«, sagte er und nahm ihr die Mappe weg. Sie schaute ihm eine Weile schweigend zu, wie er eine steril verschweißte Brotpackung öffnete und den Deckel eines kleinen Margarinebechers abzog, die man normalerweise in Hotels und Pensionen zum Frühstück servierte.

»Du hast mir noch nichts von den Ergebnissen deiner Nachuntersuchung erzählt.«

»Wusste nicht, ob dich das interessieren würde.«

»Ja klar, woher auch, wir sind ja nur verheiratet.«

Rünz schwieg. Die Radiologin hatte von einem unveränderten Befund gesprochen, Stagnation des Tumorwachstums, es gab also wirklich keinen Anlass, seine Frau jetzt mit Details zu beunruhigen.

»Alles klar so weit, Verletzungen verheilt, bin wieder voll einsatzfähig.«

»Auch im Haushalt, oder sollst du dich da noch schonen?«

Er antwortete nicht, sie spähte wieder auf seine Unterlagen.

»Ist das der Fall, an dem du im Moment arbeitest?«

Rünz schwieg.

»Ist nicht so deine Wellenlänge, das Opfer, oder?«

»Was meinst du damit?«

»Na ja, war doch wohl eher so ein kindlicher, romantischer Typ, der gern liest und träumt.«

»Jetzt hör mir bitte auf mit Sternzeichen, ich kann den Schmu nicht mehr hören.«

»Das meine ich nicht!«

Rünz war einen Moment unachtsam, sie zog die Ermittlungsmappe wieder auf ihre Seite des Tisches und nahm ein Foto des Sweatshirts heraus, das Rossi an seinem Todestag getragen hatte.

»Guck mal, was da draufsteht.«

»Mein Gott, B 612, das ist sicher das Kürzel irgendeiner amerikanischen Basketballmannschaft oder einer Hip-Hop-Gruppe oder sonst was, worauf willst du hinaus?«

Sie ließ ihn einen Moment schmoren.

»Der kleine Prinz. Hast du das nie gelesen?«

»Von Charles Bukowski? Verdammt, wie konnte mir das nur durch die Lappen gehen.«

»Ein Märchen von Antoine de Saint-Exupéry. Der Ich-Erzähler muss mit seinem Flugzeug in der Wüste notlanden und trifft dort auf einen kleinen Jungen, der mit einem Asteroiden auf die Erde gekommen ist. Und dieser Asteroid hat den Namen – B 612.«

Rünz knurrte, biss in sein Brot, nahm ihr das Foto aus der Hand und betrachtete es. Er kaute langsamer, immer langsamer, irgendwann stand sein Mund offen und er vergaß zu schlucken. Wortlos stand er auf und setzte sich in seinem Arbeitszimmer an den Computer.

Google gab im ersten Anlauf nicht viel her zu B 612, außer Fanseiten des Kleinen Prinzen, Dutzenden von Kreativagenturen und Kunstinitiativen, die das Kürzel irgendwie in ihren Namen und Werken verarbeitet hatten. Rünz blätterte die gelisteten Links durch und brauchte eine halbe Stunde, bis er einen interessanten Hinweis fand – die B 612 Foundation – eine Initiative von Wissenschaftlern, die sich 2001 bei einem informellen Treffen im Johnson Space Center in Houston gebildet hatte. Rünz quälte sich mit seinen dürftigen Sprachkenntnissen durch die englischsprachige Webseite. Immer wieder war von NEOs und NEAs die Rede, es dauerte eine Weile, bis er verstand, worum es ging – ›Near Earth‹-Objekte und Asteroiden, die dem Asteroidengürtel, dem Kuipergürtel oder der Oortschen Wolke entstammten und bei ihrem Umlauf um die Sonne der Erdbahn gefährlich nahe kamen. Die Forschergruppe hatte in Texas die technischen Möglichkeiten für die Abwehr von Asteroiden auf Kollisionskurs diskutiert. Die Foundation berichtete auf ihrer Webseite von einem Spaceguard Survey der NASA, der von 1998 bis 2008 90 Prozent aller NEOs aufspüren wollte, die einen Durchmesser von mehr als einem Kilometer hatten. Die Arbeiten der NASA schienen gut voranzukommen, wenn man den Angaben der Foundation glauben mochte, zwei Drittel der Objekte waren identifiziert, ihre Bahnparameter berechnet, von ihnen ging in den nächsten 100 Jahren keine Gefahr aus. Aber es blieb das unbekannte Drittel, und es blieben die unzähligen Objekte unter einem Kilometer Durchmesser, die jederzeit verheerende Zerstörungen anrichten konnten. Rünz ging die Mitglieder der Foundation und ihre Arbeitsstätten durch – Southwest Research Institute, Jet Propulsion Laboratory, Los Alamos National Laboratory, University of Michigan – ausschließlich Mitarbeiter US-amerikanischer Institute.

Er klickte unabsichtlich auf den Download-Button, ein minutenlanger Dateitransfer startete. Er wartete ungeduldig, schließlich erschien die Startseite einer PowerPoint-Präsentation im Browserfenster, eine wissenschaftliche Arbeit über die Einschlagswahrscheinlichkeit von NEAs und NEOs auf der Erde – Co-Autor: Tommaso Rossi, Advanced Concepts Team der European Space Agency. Der Italiener schien außer fliegenden Untertassen noch andere Interessengebiete zu pflegen.

Wenn ein südhessischer Polizeihauptkommissar eine Eingebung hatte, dann konnten sich die Gesetzlosen warm anziehen. Und Rünz hatte eine. Er schaltete den Computer aus und setzte sich ins Auto.

* * *

»Wie kommen Sie auf die Idee, an dem Stofffetzen hier könnte irgendwas Interessantes dran sein?«

Sybille Habich hatte sich Latexhandschuhe übergestreift, sie tastete Säume und Nähte des Sweatshirts sorgfältig ab. Frisch und entspannt wirkte sie, ihr Körper schien sich von der chronischen Nikotinvergiftung langsam zu erholen. Die Entzugserscheinungen waren wohl abgeklungen, Rünz erschien sie geradezu euphorisiert. Zum ersten Mal trug sie Kleidung, die speziell auf den Körper einer Frau zugeschnitten war. Ihre Oberlippe war leicht angeschwollen, sie hatte sich offensichtlich Hyaluronsäure unterspritzen lassen. Wahrscheinlich stürzte sie sich gerade mit der verzweifelten, hemmungslosen Lust der letzten fruchtbaren Lebensjahre in eine erotische Affäre.

Rünz hielt Abstand, er fühlte sich unwohl in der Gegenwart von unternehmungslustigen Frauen mit Latexhandschuhen.

»Weibliche Intuition«, sagte Rünz.

»Ihre weibliche Intuition oder die Ihrer Frau?«

Rünz wollte das Thema nicht weiter vertiefen.

»Wenn Sie so nichts finden, dann trennen Sie alle Säume auf.«

Er stand schweigend mit verschränkten Armen daneben und versuchte, eine Chuck-Norris-ich-weiß-dass-wir-ihn-erwischen-werden-Entschlossenheit auszustrahlen.

Habich unterzog die Säume einer genauen Sichtprüfung, bevor sie sie aufschnitt und das mehrfach aufgewickelte Gewebe auseinanderrollte und abklopfte. Auf dem Untersuchungstisch sammelten sich Flusen, Fadenstücke und vertrocknete Waschmittelrückstände. Sie arbeitete sich systematisch von der Kapuze über die Ärmel nach unten vor, kontrollierte zwischendurch immer wieder mit der Lichtlupe die Ernte auf der Tischplatte. Zum Schluss nahm sie sich das H&M-Markenschild im Rückenteil vor und stutzte.

»Sieht aus, als hätte das mal jemand sorgfältig rausgetrennt und wieder von Hand eingenäht. War aber ein ziemlich untalentierter Perfektionist dran, zwei Stiche pro Millimeter, aber völlig unregelmäßig, das ist nicht die gleichmäßige Arbeit einer Industriemaschine.«

Sie brauchte Minuten, um mit einem Skalpell die Naht auf einer Seite aufzutrennen, ohne das Baumwollgewebe zu zerstören. Dann führte sie vorsichtig eine Pinzette in den offenen Schlitz ein – und zog ein Kondom heraus.

»Als Notreserve für einen Quickie zu gut versteckt, wenn Sie mich fragen«, lachte Habich.

Rünz fragte sie nicht, er starrte auf das Präservativ. Ein straff zugezogener Knoten bildete aus der Spitze des Gummis ein fingerhutgroßes Reservoir. Bartmann hatte keine Drogenrückstände in Rossis Körper gefunden, also hatte er gedealt. Endlich eine irdische Spur.

»Dann wollen wir mal sehen, auf welche Produkte sich unser italienischer Pharmareferent spezialisiert hat.«

Habich schnitt mit ihrem Skalpell die Spitze des Gumminippels ab und schüttete den Inhalt auf den Leuchttisch. Sie waren beide perplex – Dutzende winziger, glitzernder schwarzer Kristalle rieselten wie Schlumpfkonfetti auf die Glasplatte.

»Was zum Teufel ist *das*?«, fragte Rünz.

Mit der Pinzette sammelte sie einige Plättchen auf einem Blatt Papier und hielt sie unter die Leuchtlupe.

»Jedenfalls kein getrockneter Fliegendreck. Die Dinger sind exakt quadratisch, weniger als ein Millimeter Kantenlänge.«

Sie bog die Ecken des Blattes hoch, sodass sich eine kleine Tasche bildete, und ging damit zum Stereomikroskop. Rünz folgte ihr. Die Anlage glich einem Hightech-Bohrständer, die gesamte Mikroskopiereinheit hing an einer massiven Profilsäule und konnte über drei Bewegungsachsen mit einem kabellosen Controlpanel gesteuert werden. Habich ließ die Partikel vom Papier auf einen gläsernen Objektträger rutschen. Rünz verfolgte am Monitor, wie die Kriminaltechnikerin eines der glänzend schwarzen Plättchen fokussierte. Mit geringer Vergrößerungsstufe konnte er nichts als einen breiten, rechteckigen Rahmen auf einer Grundplatte ausmachen. Je näher Habich heranzoomte, umso mehr löste sich dieser Rahmen in eine komplexere Struktur auf – einzelne, eng aneinanderliegende Linienstränge. Der komplette Aufbau war erst zu erkennen, als das Objekt das Bildschirmformat ausfüllte. Eine winzige Leiterbahn aus Kupfer führte auf einem kaum halbmillimetergroßen rechteckigen Grundriss in konzentrischen Windungen von außen nach innen und war in der Mitte mit einem zentralen Miniaturschaltkreis verbunden.

»Ein Computerchip?«, fragte Rünz.

Habich lehnte sich zurück und legte die Füße neben dem Mikroskop auf den Tisch.

»So was Ähnliches. Ein RFID-Transponder. Die Leiterbahn hier außen ist die Antenne. Das eigentliche Herzstück ist dieser Chip, ein Datenspeicher, der über die Antenne berührungslos beschrieben und ausgelesen werden kann.«

»Wozu benutzt man diese Dinger?«

»Logistik, automatische Kontrolle von Warenströmen, elektronische Kennzeichnung von Produkten in Supermärkten und Kaufhäusern, Teilekennzeichnung bei der Automobilindustrie, Patientenbetten in Krankenhäusern, Zutrittskontrollen, kontaktlose Chipkarten, Markierung von Nutztieren – suchen Sie sich aus, was Sie wollen. Sie können heute kaum noch irgendein Produkt kaufen, an dem nicht irgendwo so ein Transponder dranhängt. Die Dinger werden aufgeklebt und eingenäht, normalerweise bekommen Sie die nie zu Gesicht. Man kann die sogar in Glaskapseln eingießen und Milchkühen unter die Haut pflanzen.«

Rünz blies enttäuscht die Backen auf.

»Welche Datenmengen kann man auf die Dinger draufpacken?«

»Die Technik ist erst seit ein paar Jahren auf dem Markt, bislang haben 128 Bit für die meisten Zwecke ausgereicht. Aber das hier ...«, sie klopfte mit dem Stift auf den Bildschirm, »... ist allerneueste Generation. Die Transponder, die ich bis jetzt gesehen habe, hatten eine Fläche von mindestens einem Quadratzentimeter, den hier bringen Sie ja in einer Zahnfüllung unter. Die werden wir uns mal genauer anschauen. Werde morgen versuchen, die Daten auszulesen. Aber für heute ist Feierabend.«

Sie schaute auf die Uhr. Noch vor einigen Wochen hätte solch eine Entdeckung sie begeistert und veranlasst, nächtelang durchzuarbeiten – im Moment schien sie andere Prioritäten zu haben. Ihr Hormongeysir fing an zu spucken. Carpe noctis.

* * *

Gerade rechtzeitig für die Sitzung bei der Paartherapeutin kam er eine Stunde später aus Wiesbaden zurück. Euphorisiert von dem kleinen Fahndungserfolg, den er letztendlich der Unterstützung seiner Frau zu verdanken hatte, erwog er kurz, von seinem Traum mit den Mittermaier-Neureuther-Dämonen zu erzählen. Sicher gab es da einiges zu deuteln im Hinblick auf unerfüllte sexuelle Fantasien und Kontrollängste, aber die Therapeutin steuerte in eine andere Richtung.

»Was mögen Sie an Ihrer Frau, Herr Rünz. Warum haben Sie sie geheiratet?«

Rünz zögerte. Er schaute seiner Frau skeptisch in die Augen und kramte in seinem karg möblierten Gefühlshaushalt nach einer Form der Liebeserklärung, die ihm zumindest einen Rest männlicher Selbstachtung bewahrte.

»Ich finde dich einfach unheimlich – ähm – …«, ein Begriff bildete sich in seinem Sprachzentrum und fiel auf dem Weg zum Mund durch alle Zensurinstanzen, die das Großhirn eines zivilisierten Erwachsenen bereitstellte, wie eine dünne Nürnberger Bratwurst durch die Metallstäbe eines Grillrostes.

»… einfach praktisch!«

* * *

Nach der missratenen Therapiestunde war die Übergabe ihres Geburtstagsgeschenkes eine eher formelle und unterkühlte Angelegenheit gewesen, sie hatte es ihm überreicht wie eine Postbeamtin ein Paket am Schalter. Mit ihren unvorhersehbaren Empfindlichkeiten ging sie ihm zwar oft auf die Nerven, aber eins musste Rünz seiner Frau lassen – sie wusste, wie sie ihm eine Freude bereiten konnte. 540 Minuten ›Walker, Texas Ranger‹ auf DVD, mit reichlich Bonusmaterial, das war nicht zu übertreffen. Die Serie bot das, was Rünz in diesen unübersichtlichen Zeiten am nötigsten brauchte – die Reduktion von Komplexität. Sowohl die Plots als auch die Figuren waren völlig frei von verstörender Ambivalenz. Bei Walker waren die Bösen definitiv abgrundtief böse und die Guten alle Mutter Teresa. Chuck Norris chargierte als ultrakonservativer Hartdurchgreifer, der Todesurteile schon mal vorab auf der Straße vollstreckte, um das Justizsystem nicht über Gebühr zu belasten. Um sich von Ku-Klux-Klan-Rassisten klar abzugrenzen, stellte ihm das Script stets einen afroamerikanischen Deputy zur Seite, ein politisch korrekter Vegetarier, der unter seinem Stetson immer etwas dümmlich dreinschaute.

Rünz gönnte sich zwei Folgen und entschied, die weiteren wie einen guten Rotwein auf die nächsten Tage zu verteilen. Seine Frau hatte dem Geburtstagspäckchen noch ein Buch beigelegt, er zog es aus dem Geschenkpapier und las den Titel.

Jürg Willi
Die Zweierbeziehung

Jürg Willi war, so schloss er aus einigen unfreiwillig mitgehörten Telefonaten mit ihrer besten Freundin, so etwas wie ein Spiritus Rector und Reich-Ranicki der heterosexuellen Partnerschaft, dem eine stattliche Fangemeinde Deutungshoheit über die komplexen Gefühlsverstrickungen urbaner Paarbeziehungen in westlichen Wohlstandsgesellschaften zuschrieb. Als ob jenseits des fortpflanzungs- und baufinanzierungstechnischen Zweckbündnisses in der Partnerschaft zwischen Mann und Frau irgendein tieferer Sinn existierte. Rünz hielt es in solchen Fragen eher mit Oscar Wilde – es gab keine Wahrheit hinter dem äußeren Schein. Er versuchte, das Buch wieder einigermaßen glatt in das angerissene Geschenkpapier einzuwickeln, und legte es in seine Aktentasche. In knapp vier Wochen hatte sein Schwager Geburtstag.

Dann legte er sich schlafen. Schon nach wenigen Minuten sprang sein Traumkino an, er lag in einer Untersuchungsapparatur, die einem Weltraumsatelliten ähnelte, seine Arme waren links und rechts wie bei einer Kreuzigung auf den Solarpanels festgeschnallt. Von der Seite schwebte ein Astronaut im Raumanzug herbei und nahm den Helm ab. Es war der schöne junge Mediziner, er schüttelte sich den Sternenstaub aus seinem güldenen Haar. Dann sagte er vier Worte.

›Ihr Tumor ist bösartig.‹

Subjekt – Prädikat – Objekt. Einfach, klar und geradeaus.

Schweißgebadet schreckte er auf. Er tastete nach seiner Armbanduhr auf dem Nachttisch, es war eine Stunde nach Mitternacht. Er hatte Kopfschmerzen. Seit der Diagnose hatte jede körperliche Beschwerde eine existenzielle Konnotation, harmloses Seitenstechen konnte eine Panikattacke auslösen. Zudem lähmte der Schlaf, der Bruder des Todes, alle Verdrängungsmechanismen, die ihm über den Tag halfen. Es würde dauern, bis er wieder einschlafen konnte, also stand er auf, zog sich seine Hose an und schlurfte ziellos in der Wohnung herum. Er strandete in der Kammer, ein kleiner Raum mit reichlich Dachschräge, einem seit Jahren unbenutzten Gästebett und überflüssigem Gerümpel von der Sorte, das man ein oder zwei Jahrzehnte aufbewahrte, bevor man es auf den Sperrmüll brachte. Zum ersten Mal, seit sie hier wohnten, wurde ihm bewusst, dass er sich hier eigentlich in einem Kinderzimmer befand, wenn man sich den ursprünglichen Sinn des Grundrisses vergegenwärtigte. Rünz schluckte. Letztlich war seine Kotzangst der ausschlaggebende Grund für ihre Kinderlosigkeit, er hätte niemals einen so virilen Infektionsherd wie ein Kleinkind um sich herum dulden können. Seine Neurose verlangte ihm einen der höchsten Preise ab, die man im Leben zahlen konnte – den Verzicht auf Fortpflanzung. Tränen stiegen ihm in die Augen. Die Diagnose hatte ihn abrupt mit seiner Vergänglichkeit konfrontiert, und wie nie zuvor in seinem Leben erfüllte ihn mit Macht die Sehnsucht, sich mit einem kleinen Menschen zu verewigen.

Er musste sich irgendwie ablenken. Mitten im Raum stand der Karton mit dem Teleskop. Stadelbauer hatte es ihm einige Tage zuvor vorbeigebracht, als unbefristete Leihgabe. Rünz hatte ihn nicht darum gebeten, der Astronom versuchte offensichtlich, ihn für die ganze Sternengeschichte zu begeistern, vielleicht wollte er ein neues Vereinsmitglied akquirieren. Was die Aggressivität seiner Mitgliederwerbung anging, konnten sich die Scientologen eine dicke Scheibe von ihm abschneiden. Der Astronom hatte das Gerät vor einigen Jahren ausgemustert, aber versichert, es sei für den Einstieg genau das Richtige. Fast eine Stunde hatte er Rünz am Telefon die Vor- und Nachteile der verschiedenen Bauweisen erläutert, über physikalische Funktionsprinzipien von Refraktoren und Reflektoren referiert, Newton-Spiegel mit Schmidt-Cassegrain-Systemen verglichen, azimuthale Montierungen den parallaktischen gegenübergestellt. Rünz schaltete das Deckenlicht an, öffnete den Karton und nahm die Einzelteile heraus. In einer zerfledderten Kladde fand er eine ausführliche Anleitung, die er sich auf dem Boden bereitlegte. Ein stabiles dreibeiniges Stativ bildete das Fundament der ganzen Anlage, er zog die Stützen so weit wie möglich auseinander, dann setzte er behutsam die Montierung auf den Stativkopf und schraubte die Gegengewichte auf die Gewindestange. Jetzt stiegen die Anforderungen, er wurde aufgefordert, an der Montierung die geografische Breite einzustellen. Er schlich in sein Arbeitszimmer, startete den Computer und fand den korrekten Wert für Darmstadt im Internet. Der Rest war wieder handwerkliche Arbeit, die ihm kaum weniger Vergnügen bereitete als der Zusammenbau seines Revolvers nach einer Intensivreinigung.

Er schob die Prismenschiene in die Montierung, befestigte die massiven Schellen und legte den schweren Teleskoptubus vorsichtig hinein. Dann zog er die Klemmschrauben leicht an, so konnte er das Teleskop durch Hin- und Herschieben noch ausbalancieren. Immer wieder war Feinmotorik gefragt – er montierte das Sucherfernrohr, ein zierliches Linsenteleskop, als kleiner Bruder huckepack auf dem Spiegelteleskop befestigt. Nachdem er die Okulareinheit justiert hatte, die wie ein kleiner Abzweig aus einem Wasserrohr orthogonal aus dem Hauptzylinder herausragte, trat er einen Schritt zurück und betrachtete stolz sein Werk. Stadelbauers trockene Ausführungen gewannen erst jetzt vor dem praktischen Beispiel an Kontur. Das Funktionsprinzip war denkbar einfach: Ein weit entferntes Objekt schickte annähernd parallele Lichtstrahlen, die die Öffnung des Teleskops ungebrochen durchquerten und vom großen Hohlspiegel am rückwärtigen Ende gebündelt Richtung Öffnung zurückgeworfen wurden. Ein kleiner Spiegel mitten im vorderen Teil des Teleskops, um 45 Grad geneigt, lenkte das Sternenabbild senkrecht zur Blickrichtung des Teleskops aus dem Tubus heraus in das Okular, an dem der Beobachter stand. Der Vorteil dieser Konstruktion war offensichtlich – trotz kurzer Bauweise konnte eine große Brennweite realisiert werden, der große Durchmesser des Hohlspiegels ermöglichte zudem hohe Lichtstärken. Ein intelligentes, kompaktes und zweckmäßiges Gerät, dessen Form sich bedingungslos seiner Funktion unterwarf. Gab es etwas Ästhetischeres als Wissenschaft und Technik?

Mit gelösten Klemmungen und Justage der Gegengewichte versuchte er, den Tubus probeweise auszurichten. Rünz war hellwach und konzentriert, seine Kopfschmerzen nahm er kaum noch war. An Schlaf war jetzt nicht mehr zu denken. Er war hungrig auf sein ganz persönliches ›First Light‹, den mit großer Spannung erwarteten ersten Lichtstrahl, der durch sein neues Sternenfernrohr fiel. Den Flügel des Dachfensters weit aufgeschwenkt stand er in der offenen Luke und spähte in den winterlichen Nachthimmel. Er hatte Glück, der Mond stand an einer günstigen Position im ersten Viertel der zunehmenden Halbmondphase. Schon mit bloßem Auge war zu erahnen, wie das Licht im Dämmerungsstreifen das Kraterrelief der Oberfläche des Erdtrabanten herauspräparierte. Er fröstelte, die klare Nachtluft fiel durch das offene Fenster wie eine kalte Dusche in das Zimmer. Aus einem der deponierten Kleidersäcke nahm er sich eine ausrangierte Winterjacke. Dann stellte er das Teleskop in die parallaktische Grundposition, löste die Klemmungen und brachte den Tubus in verschiedene Positionen, um ein Gefühl für den Umgang mit den beiden Bewegungsachsen zu entwickeln. Durch das Sucherfernrohr spähend richtete er den Tubus schließlich auf den Mond aus. Die gleißende Mondoberfläche blendete ihn beim ersten Sichtversuch. Er fand im Karton eine Schachtel mit einem kleinen, planparallel geschliffenen und gedämpften Glas – ein Filter, den er in das Okular einschrauben konnte. Mit einer Mondkarte aus der Pappkiste legte er los. Schon der erste Blick überwältigte ihn – die Dämmerungszone lief schräg über die riesige Ebene des Mare Imbrium, südlich davon ließ das horizontal einfallende Licht den aufgeworfenen Rand des Kopernikus-Kraters grell aufleuchten. Auflösung und Detailreichtum waren unglaublich groß, Rünz hätte sich nicht über eine Sichtung des Golfballes gewundert, den Alan Shepard bei der Apollo-14-Mission auf dem Fra-Mauro-Hochland geschlagen hatte.

Der Kommissar hatte Feuer gefangen, er wollte Objekte weit jenseits des Sonnensystems und der Heimatgalaxie ins Visier nehmen. Er griff in den Karton und nahm das elektronische Steuerungsmodul und die Antriebseinheit heraus. Stadelbauer hatte ihm empfohlen, zum Einstieg alle Positionierungen manuell vorzunehmen, um ein Grundverständnis für die Geometrie des nächtlichen Sternenhimmels zu entwickeln. Aber Geduld gehörte nicht zu Rünz' Stärken. Er fixierte die Geräte an der

Montierung und sorgte für Stromversorgung. Nach wenigen Minuten war die kompakte Computereinheit initialisiert, ein elektronischer Detektor scannte das Himmelszelt ab, verglich die Aufnahme mit den gespeicherten Sternenkarten, und präzise kleine Servomotoren richteten leise surrend das Teleskop aus. In der Kladde fand er eine abgegriffene, kreisrunde Sternenkarte, ein kompliziertes System drehbarer Skalen und Zeiger auf einem Abbild des Himmelsgewölbes. Fast eine Stunde brütete er über der Karte, bis er das Zusammenspiel von Stundenwinkel, astronomischer und bürgerlicher Dämmerung, mittlerer Ortszeit und Rektaszension intellektuell durchdrungen hatte, die Objekte des winterlichen Sternenhimmels identifizieren und das Teleskop entsprechend programmieren konnte.

Dann vergaß er Raum und Zeit bei seiner Entdeckungstour durch Kugelsternhaufen, Gasnebel, Sonnen und Spiralgalaxien des winterlichen Südhimmels – Orion, der Himmelsstürmer, Aldebaran und Beteigeuze, beide rötlich schimmernd, der gleißende Sirius, Castor und Pollux, die Köpfe der Zwillinge und die Plejaden. Gegen sechs Uhr morgens überstrahlte die erste Morgendämmerung das Sternenlicht, er schloss das Fenster und setzte sich auf den Boden, frierend, erschöpft, müde und berauscht von seinen Entdeckungen. Zum ersten Mal in seinem Leben hatte er eine leise Ahnung von der schier atemberaubenden Größe des Universums bekommen. Demut erfasste ihn und die Erkenntnis, die jeden durchdrang, der sich in seinem Leben einmal ernsthaft mit Astronomie beschäftigte – dort draußen existierte Leben, es hatte schon vor Jahrmillionen existiert und würde noch in Millionen von Jahren existieren. Der Kontakt war – wie Stadelbauer gesagt hatte – letztendlich keine Frage des Glaubens, sondern eine der Statistik und der Wahrscheinlichkeit. Die Vorstellung, ein atomarer Partikel in einer annähernd unendlich großen Welt zu sein, versöhnte ihn ein wenig mit seiner Vergänglichkeit. Für dieses ergreifende Emotionsamalgam, so musste er sich eingestehen, gab es nur eine Bezeichnung – Spiritualität.

Er ging ins Bad und schüttete sich Wasser ins Gesicht. Wenn das so weiterging, würde er noch sonntags in die Kirche gehen und seiner Frau Liebeserklärungen machen. Irgendwie musste er wieder zu Verstand kommen.

Kaum eine Stunde Schlaf blieb ihm, dann summte der Wecker. Er wachte auf, allein im Bett, seine Frau war schon unterwegs. Nur noch ein paar Minuten dösen, dagegen war nichts einzuwenden.

Als er Brecker schlaftrunken die Wohnungstür öffnete, war es 16 Uhr.

»Zieh dich an. Dein Kollege schickt mich, dieses Nordlicht. Er sagt, du hättest heute Abend einen Termin beim ESOC.«

* * *

»Doggy Style!«, rief Brecker.

Rünz schreckte auf, er war auf dem Beifahrersitz direkt nach dem Einsteigen wieder eingenickt. Brecker hatte ›Planet Radio‹ eingestellt, Meat Loaf sang zu symphonischem Bombastrock.

»Was ist los? Was erzählst du da?«

»Analverkehr, was sonst!«

»Nicht jetzt Klaus, fahr mich bitte erst mal zum ESOC.«

»Hör doch mal zu, was der Fleischklops da singt! ›I would do anything for love, but I just won't do that.‹ Sie will einen Doggy Style, und er weigert sich. Er sagt zu ihr, du kannst alles von mir haben, Baby, aber das nicht.«

»Mein Gott, vielleicht will sie ganz einfach einen neuen Pelzmantel oder einen Sportwagen von ihm!«

»Und warum macht die Riesenfrikadelle dann so einen Aufstand? Der zahlt diesen Kleckerkram doch aus der Portokasse!«

»Ach, und wenn er einer von diesen PETA-Freaks ist, die Amok laufen, wenn sie fachgerecht tranchierte Robbenbabys sehen? So ein Öko-Attac-Bono-Charity-Gutmenschen-Weltrettungs-Celebrity, der einen Hybrid-Prius von Toyota fährt und Gorillababys in Afrika adoptiert?«

Brecker wirkte nachdenklich.

»Daran habe ich noch gar nicht gedacht …«

»Frag mich, dann musst du nicht denken. Wie läuft's denn mit Schannin, alles harmonisch?«

Brecker zog die Mundwinkel nach unten.

»Na ja, nicht so ganz einfach manchmal.«

Rünz rappelte sich in seinem Sitz auf und streckte sich wie eine rollige Katze. Er war es seinem besten Freund schuldig, einige der frisch erworbenen Kenntnisse aus der Paartherapie weiterzugeben.

»Was läuft denn falsch, habt ihr Kommunikationsprobleme?«

»Komu-was? Junge, ich hab' nur mittlere Reife, vergiss das bitte nicht.«

»Schon gut, erzähl schon.«

»Vor ein paar Tagen zum Beispiel steht sie bei mir in der Küche, schaut aus dem Fenster und sagt, dass sie Durst hat. Und ein halber Meter neben ihr steht eine Flasche Wasser auf dem Tisch! Ich sag' zu ihr: ›Na trink doch einen Schluck.‹ Da war sie gleich eingeschnappt. Hat gesagt, sie würde mir was über ihre Bedürfnisse mitteilen, und ich würde ihr einen meiner blöden praktischen Tipps geben, so wie einem Hund, dem man seinen Napf rüberschiebt. Ich sag zu ihr: ›He langsam, du hast gesagt, du hast Durst, und hier steht die Flasche, da liegt's doch wohl nahe, dass du dir einen Schluck gönnst.‹ Da hat sie gleich die ganze Breitseite gegeben, von wegen Gefühle und Befindlichkeiten mitteilen und Einfühlungsvermögen und dieser ganze Mist. Mann, ich kann dir sagen …«

Rünz schüttelte tadelnd den Kopf, ganz Frauenversteher.

»So subtile Gefühlsäußerungen hätte ich deiner Schannin gar nicht zugetraut, hat die Sozialpädagogik studiert? Aber egal, Klaus – du musst noch sehr viel über Frauen lernen. Was dir fehlt, ist ›Emotionale Intelligenz‹. Pass mal auf, ich erklär's dir. Wenn deine Flamme dir sagt, dass sie Durst hat, dann sagst du zu ihr: ›Liebling, das Gefühl kenne ich sehr gut. Auch ich hatte einmal starken Durst, ich weiß, was das bedeutet. Die Kehle ist ausgetrocknet, die Lippen werden spröde und rissig, die Zunge schwillt an, die Augen jucken unerträglich, alle Gedanken drehen sich nur noch um eins: Wasser! Wasser!! Der Körper wird müde und schlaff, jede Bewegung kostet große Anstrengung – mein Gott, dir muss es wirklich schlecht gehen. Ich weiß nicht, ob es dir hilft, aber ich bin froh, dass du mich an deinem Durst teilhaben lässt – mir die Chance gibst, dieses Gefühl gemeinsam mit dir zu erleben. Ich fühle mich dir sehr nahe im Moment – ja gerade jetzt spüre ich, wie auch ich ein wenig durstig werde …‹, und dann nimmst du sie einfach in den Arm. Sie wird dich lieben!«

Brecker starrte sekundenlang seinen Schwager an, ohne auf den Verkehr zu achten.

»Pass auf!«, schrie Rünz.

Mit einer Vollbremsung brachte Brecker das Auto knapp vor der grünen Ampel am Mozartturm zum Stehen, um ein Haar hätte er die Abfahrt zum Europaviertel verpasst. Ein kantiger schwarzer Mercedes Allradler hätte ihnen mit seinem verchromten Kuhfänger fast das Heck zermalmt.

»Verdammt Karl, du bist wirklich ziemlich hart auf den Kopf gefallen. Bist du sicher, dass du schon arbeiten kannst?«

Rünz ignorierte die Bemerkung.

»Frauen wollen keine Probleme lösen, Klaus, sie wollen über Probleme reden!«

Brecker schwieg. In dem übersichtlich verdrahteten Schaltkasten zwischen seinen Ohren schien die archaische Form eines Denkprozesses in Gang zu kommen.

* * *

Der Raum hatte eine völlig veränderte Wirkung, seit Rünz sich hier mit Sigrid Baumann getroffen hatte. Die Vorhänge zum Kontrollzentrum waren verschwunden, die transparente Glasfront vermittelte den Eindruck, mitten in der Kommandozentrale zu sitzen. Die großen Displays über den Steuerungsterminals zeigten kurze animierte Sequenzen, Simulationen der Startphasen der Galileo-Testsatelliten Giove-A und -B in Baikonur. Die Eröffnung des Galileo-Gründerzentrums hatte einen ansehnlichen Presseauflauf verursacht. Rünz stand hinten an der Wand, die vorderen Reihen hatten die Kameraleute vom Hessischen Rundfunk mit ihren Kollegen vom Mainzer Lerchenberg in Beschlag genommen, dahinter drängten sich Journalisten der überregionalen Zeitungen und Fotografen der großen Nachrichtenagenturen.

Der Ministerpräsident versuchte, einen professionellen Eindruck zu vermitteln, so als hätte er eben noch am Joystick gesessen und einen 100-Millionen-Euro-Satelliten durch die Saturnringe manövriert. Der Landesvater war, wie die restlichen 150 Prozent der bundesdeutschen Politiker, Jurist und hatte keine Ahnung vom Thema, aber er war Profi genug, um sich einigermaßen sicher aus der Affäre zu ziehen. Und wenn er Begriffe wie ›Anschubfinanzierung‹, ›Plattformkonzept‹, ›Masters-Wettbewerb‹ und ›Space Incubator‹ verwendete, dann stand er sichtlich euphorisiert in der vordersten Linie der Innovationsfront. ESA-Direktor Gerry Summers saß mit etwas zerknautschtem Gesicht daneben – er schien insgeheim zu beten, dass der Politiker nicht auf die Teflonpfanne zu sprechen kam. Nachdem der Landesherr sein Selbstdarstellungsprogramm durchhatte, ergriff Summers das Wort, ein erfreulich uneitler und sachorientierter Vortrag über die Herausforderungen und Chancen des neuen Satellitennavigationssystems. Rünz bewunderte Menschen wie ihn, die ihr Leben einer faszinierenden Tätigkeit widmeten und nicht ständig an der existenziellen Unsicherheit knabberten, die ihm der Schöpfer als Wegzehrung mitgegeben hatte.

Wenn man den beiden Glauben schenken mochte, dann würde Darmstadt in wenigen Jahren zum Los Alamos der Satellitennavigation werden. Das neue Gründerzentrum hatte prominente Träger – Land Hessen, Stadt Darmstadt, T-Systems, Technische Universität, aber auch Unternehmen wie ORION und die INI GraphicsNet Stiftung, von denen Rünz nie zuvor gehört hatte. Im Kern schien es um ein europäisches Konkurrenzmodell zum US-amerikanischen Navigationssystem GPS zu gehen, und die Initiatoren schienen sich erhebliche ökonomische Impulse von der ganzen Sache zu versprechen. Drei Milliarden Euro Investitionen, 100 Milliarden Wertschöpfung, 100 000 zukunftsorientierte Arbeitsplätze, davon über 1000 in Hessen – die Ziele waren hoch gesteckt. Und mit dem schneidigen Kürzel ›CESAH‹ für ›Centrum für Satellitennavigation Hessen‹ konnte eigentlich nichts mehr schiefgehen.

Nachdem Summers die Rahmendaten des neuen Gründerzentrums dargelegt hatte, stellten einige Jungunternehmer ihre ersten Pilotprojekte für das neue Navigationssystem vor. Ihre Produkte hatten smarte, lautmalerische Namen wie ›G-Wale‹, ›Floater‹, ›Satelles‹ und ›4d-Miner‹ und versprachen kleine Revolutionen in den Bereichen Hochwasservorhersage, Touristenorientierung und mobile Datenerfassung. Die Begeisterungsfähigkeit intelligenter junger Menschen für alle Themen rund um Informationstechnologien und Telekommunikation rührte Rünz. Von all den Bits und Bytes schien eine geheimnisvolle Heilsversprechung auszugehen, die Aussicht, Trostlosigkeit und Elend des irdischen Daseins zu überwinden, wenn man nur alles und jeden breitbandig genug miteinander verband.

Die Plaudereien im Anschluss an die Vorträge sparte sich der Kommissar. Auf dem Weg zum Ausgang blätterte er in dem Handout für die Pressevertreter. Brecker war schon in Sichtweite, er wartete vor dem ESOC-Gelände im Streifenwagen. Rünz schlenderte provozierend entspannt – wann hatte er schon mal einen Chauffeur zur Verfügung? Sigrid Baumann fing ihn ab, bevor er am Auto war. Er hatte sie bei dem Empfang überhaupt nicht bemerkt.

»Wie hat es Ihnen gefallen?«, fragte sie.

»Na ja, ich hatte mir etwas mehr Event-Atmo versprochen, vielleicht im Star-Wars-Stil«, fantasierte Rünz. »Koch hätte im Yoda-Kostüm sicher eine gute Figur gemacht, und Ihr Chef Summers hätte ihm als Obi-Wan Kenobi mit dem Leuchtschwert eins auf den Froschmund geben können.«

»Haben Sie neue Erkenntnisse über den Mord an Rossi? Gibt es etwas, das wir wissen müssten?«

»Gibt es denn etwas, das *wir* wissen müssten?«

»Rossi hatte Zugriff auf extrem sensible Informationen und Daten, wenn da was in die falschen Hände gerät – wir sprechen hier über Investitionen von mehreren Millionen Euro.«

»Und ich spreche über die Aufklärung eines Mordfalles. Ich kenne nicht Ihre Vorstellungen von polizeilicher Ermittlungsarbeit, aber im Allgemeinen verteilen wir keine Informationen, wir sammeln sie. Machen Sie sich also keine Sorgen über Daten in falschen Händen.«

Rünz nahm in lässiger VIP-Manier auf Breckers Rücksitz Platz und teilte ihm nach Gutsherrenart das Fahrtziel mit.

»Zum Präsidium bitte, ich habe es eilig.«

Brecker starrte ihn durch den Innenspiegel an, als hätte sein Schwager den Verstand verloren. Rünz ließ das Fenster herunter, um sich von der Wissenschaftlerin zu verabschieden.

»Kommen Sie doch morgen mal im Präsidium vorbei, ich kann vielleicht ein paar Minuten für Sie frei machen …«

Er sah im Rückspiegel, wie sie dem Streifenwagen hinterherschaute. Das Leben war herrlich.

* * *

»Wie konnte der das Kennzeichen erkennen, da war doch der Zaun dazwischen?«, fragte Bunter.

»Der Fahrer des Fluchtfahrzeuges hat heftig zurückgesetzt und den Bretterzaun touchiert, ein paar der Latten haben sich gelöst und sind durch die Gegend geflogen«, sagte Rünz. »Der Penner konnte aus dem Bunkereingang heraus genau durch das Loch spähen. Ein silberner Golf, Hamburger Kennzeichen, dann HA. Der Alte hat sich die Kombi HH-HA gemerkt, wegen des Wortspiels – HAHAHA, die lustigen Hamburger. An die Zahlen kann er sich nicht erinnern. Haben Sie was rausbekommen?«

»Das kann man wohl sagen. Eine Überwachungskamera hat die drei Typen vom Baumarkt noch mal auf dem Parkplatz erwischt. Entfernung und Perspektive waren ziemlich ungünstig für eine Entzifferung des Kennzeichens – am Ende jedenfalls eine vierstellige Nummer, die mit einer Sieben beginnt. Wenn es dasselbe Fahrzeug war, Hamburger Kennung, Unterscheidungszeichen beginnt mit H, dann eine vierstellige Zahl mit der Sieben am Anfang …«

»Mietwagen?«, fragte Rünz.

»So ist es. Diese Kombination wird bundesweit exklusiv

von Europcar verwendet. Die haben uns die Daten von über 300 silbernen Golf-V-Modellen geliefert, die in dem Zeitraum vermietet waren. Wir haben nach Kunden mit osteuropäischen Staatsangehörigkeiten gefiltert und einen hübschen Treffer gelandet. Wir wissen nicht nur, wer den Wagen gemietet hat, wir kennen auch die Fahrtroute. Die Jungs wollten es ganz schlau anstellen, die haben das Navigationsgerät in ihrem Leihwagen zwar nicht benutzt, aber auch nicht ausgeschaltet. Die Head Unit hält auch im Standby-Betrieb Kontakt mit dem GPS-System und der Zentrale des Systemanbieters. Wir haben die komplette Tour und noch etwas mehr, aber fangen wir besser ganz vorn an.«

Bunter kraulte sich aufgekratzt sein Bartgestrüpp. An seinem Holzfällerhemd standen in Nabelhöhe zwei Knöpfe offen, sein weißer, behaarter Bauch quoll heraus wie das Brät aus einer geplatzten Grillwurst. Wenn ein Mann die Dinge tat, die ein Mann tun musste, dann konnte er sich nicht auch noch um eine ansprechende Verpackung seines Leibes kümmern.

»Die drei passieren am 19. Januar um 11.40 Uhr Zoll und Einreisekontrollen am Flughafen Berlin-Tegel mit gültigen Visa. Sie müssen mit einer Boeing 737-300 der russischen Transaero gekommen sein, die Maschine ist zweieinhalb Stunden vorher vom Flughafen Domodedovo südlich von Moskau gestartet und hatte keinen Zwischenstopp. Fliegen ausschließlich mit Handgepäck, um 12.10 Uhr mietet einer der Gruppe an der Europcar-Niederlassung am Terminal A1 einen VW Golf, als Rückgabetermin wird Montag, der 22. Januar vereinbart. Der Wagen passiert um 12.30 Uhr die Schranke des Parkhauses. Von den Videokameras dort existieren keine Aufzeichnungen mehr, wir können also nur vermuten, dass sie gemeinsam losgefahren sind.«

»Identität?«, fragte Rünz.

»Europcar hat uns die Ausweis- und Visumkopie des Mannes geliefert, der den Golf gemietet hat. Jurij Stavenkow, offiziell Handelsvertreter des IPOC International Growth Fund, ein russisches Telekommunikationskonglomerat mit Hauptsitz auf den Bermudas und weltweiten Tarnfirmen, die haben in einem Kölner Industriegebiet eine Briefkasten-Niederlassung. Der deutschen Botschaft in Moskau lag eine Einladung dieser Kölner Scheinfirma an Stavenkow und zwei weitere Männer vor, auf dieser Grundlage wurden die Visa ausgestellt – wir haben also drei Namen und drei Gesichter.«

Das Kassenkino vom Baumarkt hatte keine hohe Qualität, aber die Übereinstimmung war offensichtlich.

»Und jetzt wird's spannend, die Fahrtroute ...«

Bunter startete Google Maps und zoomte auf die Hauptstadt.

»Das Auto fährt zwei Kilometer vom Flughafen nach Osten, dann nach Südosten durch Wedding, passiert das Oranienburger Tor, auf der Friedrichstraße über die Spree, überquert ›Unter den Linden‹ und biegt hier links in die Behrenstraße ein. Dort parken sie für 30 Minuten.«

»Vielleicht haben die da einfach an einer Dönerbude ein Häppchen zu sich genommen. Die hatten einfach keinen Bock mehr auf Borschtsch«, nuschelte Wedel lustlos. Seit dem Debakel des SV 98 wurde er nur noch für Anwesenheit bezahlt. Abstieg in die Oberliga – eine Demütigung. Ob er sich jemals fangen würde? Er kaute an einem ›Powerbar Performance‹-Energieriegel.

»Da habe ich einen anderen Vorschlag.«

Bunter zoomte auf einen Block direkt südlich der Achse ›Unter den Linden‹.

»Die roten Dächer hier, das ist der russische Block. Hier das Hauptgebäude direkt an der Allee ist die russische Botschaft, daneben das Handelsbüro. Und auf der Südseite, wo unsere Freunde Pause gemacht haben, ist die Konsularabteilung. Der BGS überwacht den ganzen Block mit Videokameras, weil er Bedenken hat wegen tschetschenischer Terroristen.

Der Konsularabteilung an der Behrenstraße widmen sich zwei Kameras, die westliche deckt den Haupteingang und einen Teil des Parkstreifens davor ab. Und jetzt gibt's eine hübsche kleine Kinovorführung, Regie und ausführender Produzent: Bundesgrenzschutz der Bundesrepublik Deutschland, 19. Januar 2006, 12.52 Uhr.«

Bunter startete eine mpeg-Datei. Das grobkörnige Schwarz-Weiß-Bild eines breiten Bürgersteiges erschien. Von links fuhr ein dunkelgrauer Golf V ins Blickfeld und setzte rückwärts in eine Parklücke. Die Fahrertür ging auf, ein vielleicht 30-jähriger Mann mit schwarzem Lederblouson stieg aus, drehte sich noch einmal um und sprach durch das offene Autofenster mit einem oder mehreren Mitfahrern. Dann schaute er kurz in die Überwachungskamera, ging über den Bürgersteig zum Eingang der Konsularabteilung, drückte den Summer, wartete einige Sekunden und wurde eingelassen.

»Jetzt aufpassen auf den Wagen«, sagte Bunter.

Die Karosse schwankte leicht, offenbar rutschte jemand von der Beifahrerseite auf den Fahrersitz.

»Die nächsten 20 Minuten passiert nichts, ich spule vor.«

Als Bunter den Film wieder in normaler Geschwindigkeit abspielte, ging die Kofferraumklappe auf. Jemand hatte sich von der nicht einsehbaren Beifahrerseite aus dem Wagen genähert und lud mit Schwung irgendeinen Kasten über die Laderaumkante, der nur für den Bruchteil einer Sekunde zu sehen war. Bunter klickte fünf oder sechs Einzelbilder zurück. Die Bewegungsunschärfe verbarg alle Details, aber Rünz wusste, dass in Aluminiumkoffern dieses Formats weder Schminkutensilien noch Perserkatzen transportiert wurden.

»Die Dragunov«, murmelte er.

»Richtig!«, sagte Bunter. »Die benutzen das Konsulat als Waffendepot für ihre Sondereinsätze. Danach bewegte sich der Golf über A9, A4 und A5 Richtung Südwesten zum Rhein-Main-Gebiet, Fahrtzeit insgesamt neuneinhalb Stunden, einschließlich zweistündigem Aufenthalt an der Raststätte Herleshausen.«

Er wechselte auf den digitalen Stadtplan Darmstadts.

»Von 22.10 Uhr bis 8.30 Uhr steht der Golf auf dem Messplatz, keine Ahnung, wo die Insassen die Nacht verbracht haben. Um kurz vor neun bewegen sie sich zum Baumarkt und kaufen ein, da müssen Sie sie getroffen haben. Die Experten vom Anbieter des Navigationssystems konnten sogar die Abstecher zum Knell-Gelände und zum Hundertwasserhaus exakt rekonstruieren.«

»Sind sie sofort zurück nach Berlin gefahren?«

»Überhaupt nicht. Sie haben den Wagen noch am gleichen Tag an der Europcar-Niederlassung in der Otto-Röhm-Straße zurückgegeben. Bei der Abnahme fiel dem Angestellten ein Lackschaden am hinteren Stoßfänger auf, Stavenkow hat die Eigenbeteiligung für die Vollkaskoversicherung sofort anstandslos bar bezahlt. Der Europcar-Mitarbeiter hat alle drei eindeutig anhand der Fotos identifiziert.«

»Können wir mit dem Fahrzeug noch was anfangen?«

»Ist inzwischen an sechs weitere Leute vermietet worden, danach jedes Mal eine komplette Grundreinigung – Spurensicherung können wir vergessen.«

»Also sind sie von Frankfurt aus zurückgeflogen?«

Bunter machte eine dramatische Pause.

»Wir haben bis heute keine Ausreisebestätigung des BGS. Wenn sie das Land wieder verlassen haben, dann nicht auf legalem Weg. Wenn nicht – ihre Visa sind noch vier Wochen gültig.«

»Hotels, Pensionen?«

»Keine Meldung, jedenfalls nicht unter ihren offiziellen Namen.«

»Sie sind noch in Deutschland«, murmelte Rünz.

»Vielleicht in Darmstadt«, schmatzte Wedel abwesend.

Wo er recht hatte, hatte er recht. Rünz schaute auf die Uhr, es war Zeit aufzubrechen. Der Kulturabend mit seiner Frau. Auch diesen würde er überstehen.

* * *

Bisweilen kamen schwerste Heimsuchungen über die Menschheit – Aids, Tsunamis, Tokio Hotel und Reinhold Beckmann. Aber jenseits dieser Geißeln existierte eine Dimension des Grauens, die H. P. Lovecraft im Cthulhu-Mythos als das ›namenlose Böse‹ bezeichnet hatte. Wie nur war seine Frau auf Michael Flatley gekommen? Boten sowohl irischer Steptanz als auch keltische Musik für sich allein schon inferiore Zumutungen, so ergab eine Mischung beider, potenziert durch synchrone Darbietung einer knappen Hundertschaft an Tänzern, einen Anschlag auf vitale Lebensfunktionen. Riverdance, das war der Versuch, bei möglichst statischem Oberkörper möglichst aufgekratzte Spasmen mit den unteren Extremitäten vorzuführen. Flatley presste den immergleichen Steppstuss alle paar Jahre in einen neuen hirnrissigen Showrahmen, den er dann ›Lord of the Dance‹, ›Feet of Flames‹ oder ›Celtic Tiger‹ nannte und der so originelle Themen wie den Kampf des Guten gegen das Böse abhandelte. Er legte sich mit seiner Mannschaft furchtbar ins Zeug, mit nacktem Oberkörper, Stirnband und schwarzer Lederhose sah er aus wie eine BSE-kranke Hybridzüchtung aus Stammzellen von Fred Astaire und John Rambo. Hätten die Amerikaner statt Agent Orange diesen steppenden Faun gegen die Vietcong eingesetzt – Oliver Stone verkaufte heute wohl Donuts.

Rünz stand in einer enthemmten Masse von Mittelschichtfrauen in den Dreißigern, deren Gesichter vor Begeisterung glühten. Sie alle schienen bereit und willig, sich dem Zeremonienmeister nach der heiligen Messe backstage hinzugeben.

Rünz erwog kurz, sich die Kleider vom Leib zu reißen und seinen Schiesser Feinripp auf die Bühne zu schleudern. Nach der letzten Nummer des offiziellen Programms klatschte er demonstrativ nicht um Zugabe – es nützte nichts.

Auf der Rückfahrt versuchte er, seine Frau mit Kommunikationsverweigerung zu bestrafen, bekam aber gleich ein Gespräch aufgedrängt.

»Du kennst doch Klaus' neue Freundin.«

»Hm«, brummelte er.

»Die Janine meine ich.«

»Hm«, brummelte er. Strafe musste sein.

»Die hat doch eine Katzenpension.«

»Was du nicht sagst.«

»Seit ein paar Wochen hat sie so eine totaaal süße kleine Siamesin, die Besitzerin hat sie einfach nicht mehr abgeholt!«

»Einschläfern.«

»Ich dachte, du wärst gegen die Todesstrafe!«

»Nicht die Besitzerin, ich meine die Katze.«

Von Weiterstadt bis zur Abfahrt Darmstadt Mitte schmollte seine Frau. Rünz' Laune stieg wieder, Flatley verschwand langsam wie ein steppender Geist hinter einer Nebelwand.

»Blümchen heißt sie, ist total verschmust«, sagte sie schließlich.

Blümchen. Das war nun wirklich unterste Psychoschublade. Gib dem armen Opfer einen Namen, der böse Täter wird es als lebendiges Individuum wahrnehmen, verschonen und in sein Herz schließen.

»Wollen wir uns Blümchen am Wochenende nicht mal anschauen?«, fragte sie.

Sehr gut, immer wieder den Namen des Opfers wiederholen.

»Klar, können wir machen«, sagte Rünz. »Ich schau mir ganz gerne mal Vierbeiner im Tierheim an. Ich mag einfach das Gefühl, da wieder rauszugehen und die kleinen Kackmaschinen einfach dazulassen.«

Sie stellte die diplomatischen Beziehungen ein, zog ihre Divisionen an der Grenze zusammen und erklärte den Krieg.

»ICH WILL EINE KATZE.«

Rünz legte eine Vollbremsung hin und kam auf dem Standstreifen der Rheinstraße zum Stehen.

»Weißt du, was das bedeutet? Ein Katzenklo! In unserer Wohnung! Da können wir ja gleich Campingurlaub auf der Kläranlage machen!«

Sie schwieg eine Minute, dann presste sie die Lippen zusammen, ihr Brustkorb begann zu beben. Die höchste Eskalationsstufe war erreicht, sie setzte die furchtbarste Vergeltungswaffe ein, die Frauen in heterosexuellen Partnerschaften zur Verfügung stand – die Träne.

Eine fast ausweglose Situation, aber wie J. F. Kennedy in der Kubakrise wuchs Rünz in dieser Stunde größter Gefahr mit einer genialen diplomatischen Initiative über sich hinaus.

»Na ja, vielleicht könnte ich mich ja mit dem Gedanken anfreunden. Unter einer Bedingung.«

»Was für eine Bedingung?«, schniefte sie.

»Blümchen gefällt mir nicht. Ich darf einen neuen Namen aussuchen.«

Sie zögerte einen Moment, der schnelle Triumph schien ihr unheimlich.

»Und woran hast du da so gedacht?«

»An MUSCHI.«

Zehn Sekunden Stille.

»Das ist nicht dein Ernst.«

»Warum nicht, ist doch ein ganz normaler Katzenname.«

»Also ›Muschi‹ ist definitiv kein ganz normaler Katzenname.«

»Ach und warum nicht? In Bessungen hieß früher jede

zweite Katze Muschi. Und nostalgische Namen sind doch schwer angesagt. Die jungen Eltern nennen ihre Kinder heute doch auch Anna, Maria, Friedrich und Maximilian. Warum also keine Katze, die Muschi heißt?«

»Du weißt genau, warum das nicht geht.«

»Erklär's mir!«

»Weil dieser Name im Laufe der Zeit eine Bedeutungsänderung erfahren hat.«

»Bedeutungsänderung hin oder her, entweder sie heißt Muschi oder wir haben keine Katze.«

Den Rest der Fahrt setzten beide schweigend fort. Rünz war stolz auf sich. Eigentlich war es genau so gelaufen, wie es die Paartherapeutin immer angeregt hatte. Beide hatten ihre konträren Interessen artikuliert, einander zugehört, dann hatte einer von beiden einen solide austarierten Kompromissvorschlag ausgebreitet. Endlich machten sie Fortschritte mit der Beziehungsarbeit.

* * *

Rossi beim Vibrationstest des Philae-Landers, Rossi beim Systemtest in der Klimakammer, Rossi bei der Montage der Primärstruktur der Sonde in Finnland und bei den dynamischen Belastungstests in Turin. Auf einer Aufnahme stand er vor den riesigen Solarpanels der Sonde, auf einer anderen im holländischen Noordwijk vor dem Kontrollpult des Large-Space-Simulators, in dem die Komponenten Kälte und Vakuum ausgesetzt wurden. Dann wieder auf einem Gruppenfoto vom Dezember 1998, entstanden im Rahmen eines kompletten Design Reviews des gesamten Systems durch eine unabhängige Expertengruppe. Er fiel auf jedem der Bilder sofort durch seinen massigen Körper auf, sein rundes Gesicht mit dem fliehenden Kinn und der kleinen, eher femininen Stupsnase.

Rünz lag im Wohnzimmer auf der Couch und ging die Bildmappe im Schnellgang durch, die ideale Ablenkung von dem Frankfurter Riverdance-Albtraum des Vorabends. Das Material stammte von einem Vortrag, den Rossi in der Volkssternwarte gehalten hatte. Stadelbauer hatte ihm die Unterlagen im Präsidium hinterlegt, sie enthielten Privataufnahmen aus Rossis Archiv und detaillierteres Hintergrundmaterial als die Pressemappen, mit denen die PR-Abteilung des ESOC die Öffentlichkeit informierte. Rünz hielt eine komplette Chronologie der Rosetta-Mission in den Händen.

Rossis Überpräsenz auf den Fotos, die einen Zeitraum vom Ende der 80er-Jahre bis zum Start der Sonde im Jahr 2004 dokumentierten, hatte zum Teil skurrile Züge. Kein anderes Mitglied des Teams war so oft abgebildet wie er, und das bei einem hochgradig arbeitsteilig organisierten Eine-Milliarde-Euro-Projekt, an dem sicher Tausende von Menschen arbeiteten, die Zulieferer, Subunternehmer und externen Dienstleister eingerechnet. Er wirkte wie die überbesorgte Nanny der Raumsonde. Rünz musste schallend lachen über Aufnahmen, die den Italiener bei der Arbeit in Reinlufträumen zeigten, seinen massigen Körper eingezwängt in Schutzanzüge, die ihn umschlossen wie ein Latex-Dress aus dem SM-Shop.

In der Woche vom 12. bis zum 16. November 2001 hatten zwölf Tieflader die komplette, in Turin montierte Sonde in klimatisierten Überdruckcontainern quer durch den Kontinent zum European Space Research and Technology Centre nach Noordwijk gebracht. Hier machte der Satellit noch einmal alle Prüfungen durch, die die Einzelkomponenten schon hinter sich hatten – Vibrationstests, Vakuumkammer, Kühlschrank, Akustikkammer für die extreme Lärmbelastung beim Start –, und zwischendurch unzählige Integritätsprüfungen und Systemchecks. Und immer mit dabei: der dicke Italiener. Das letzte Foto von Rossi auf dem alten Kontinent stammte vom 13. September 2002. Er stand auf einem Vorfeld des Flughafens Schiphol an der Laderampe einer gigantischen Antonov 124, deren weit geöffnete Bugklappe die ESA-Container mit der Sonde schluckte wie ein Walhai einen Planktonschwarm. Damit war die europäische Kindheit und Jugend der Sonde abgeschlossen, Rünz erwartete nicht, Rossi noch einmal auf den Bildserien über die Startvorbereitungen auf dem Kourou Spaceport in Französisch-Guayana zu sehen. Die letzten Seiten der Mappe ging er mit dem Daumenkino durch und wurde dann doch noch einmal fündig. 12. Januar 2003, wenige Stunden vor dem geplanten Start. Ein PR-Foto aus der Mediathek des Schweizer Unternehmens Contraves Space, die für die Ariane-V-Raketen schützende Nutzlastverkleidungen entwickelte, gegen thermische, akustische und aerodynamische Einflüsse in der Startphase. Rossi stand im Bâtiment d'Assemblage Final auf einem Stahlgerüst in 50 Metern Höhe an der Spitze der Rakete, sein Kopf steckte in einer kreisrunden Wartungsluke, in den Händen eine kleine Fernsteuerung. Anderthalb Meter unter ihm ragten die Füße eines zweiten Mitarbeiters aus einem weiteren Bullauge, dieser Techniker lag offensichtlich auf einer steuerbaren Spezialliege und erledigte im Inneren der Raketenspitze letzte Startvorbereitungen. Rossi konnte ihn mit seinen Joysticks so behutsam in die filigrane Technik einführen wie der Proktologe das Endoskop in den Enddarm. Rünz las die Bildunterschrift:

›Technicians Arming Harpoon‹*

Ein klarer Fall für das Internet-Wörterbuch Englisch-Deutsch. ›To arm‹ – armieren, laden, aufrüsten, ausrüsten, scharf machen. ›Harpoon‹ – die Harpune. ›Techniker beim Scharfmachen der

* siehe Nachwort

Harpune‹. Grandios. Das klang in diesem Kontext ungefähr so plausibel wie ›Techniker bestreichen die Sonnensegel mit Margarine‹. Rünz mochte sich ein Leben ohne Internet gar nicht mehr vorstellen. Jemand klopfte an die Wohnungstür.

* * *

»Hören Sie, das geht nicht, meine Frau ist nicht da. Ich weiß nicht, was Sie mit ihr ausgemacht haben, aber …«

»Es geht doch nur um ein paar Minuten, Ihre Frau hat das ganz sicher nicht vergessen und wird jeden Moment kommen.«

Rünz fragte sich, was für eine Sorte Termin das wohl sein mochte, zu dem seine Nachbarin ihren Balg auf keinen Fall mitnehmen konnte.

»Außerdem kennen Sie doch meinen kleinen Oskar«, sie streichelte dem kleinen Oskar über den Kopf, »… und du kennst den Herrn Rünz, nicht wahr, mein Liebling?«

Oskar schwieg.

Rünz suchte verzweifelt nach einem Ausstiegsszenario. Wäre er nur einfach liegen geblieben! Seine Frau würde sicher bald nach Hause kommen, wenn sie es mit ihr vereinbart hatte. Aber aus der Paartherapie wusste der Kommissar, wie sich Minuten zuweilen dehnen konnten.

»Also gut, komm rein«, knurrte er.

Die Nachbarin gab Oskar einen Kuss, schob ihn über die Schwelle, bedankte und verabschiedete sich. Rünz schloss die Tür hinter ihr, darauf bedacht, ausreichend Sicherheitsabstand zu dem kleinen Infektionsherd zu halten.

»Am besten bleibst du da erst mal stehen.«

Oskar blieb stehen. Er trug einen karierten Flanellpyjama, die viel zu großen Filzpantoffeln seiner Mutter und unter dem Arm eine riesige, zerrupfte Stoffschildkröte.

Rünz suchte hektisch nach dem Telefon und wählte die Mobilnummer seiner Frau – Mailbox. Er sprach ihr einen wütenden Kommentar drauf, legte das Gerät beiseite und schaute den Kleinen an. War er nicht etwas blass um die Nase?

»Ist dir …«, Rünz zögerte, als könnte es wahr werden, weil er es aussprach, »… schlecht? Musst du aufs Klo?«

Oskar schwieg und schüttelte den Kopf.

Rünz hatte wenig Erfahrung mit Kindern, er schätzte sein Alter auf irgendwo zwischen zwei und sechs, jedenfalls war der Kleine mit einiger Sicherheit schon abgestillt, davon konnte er ausgehen. Oskar schien sich dem Anschein nach in einer stabilen seelischen Verfassung zu befinden, aber bei Kindern konnte die Stimmung schnell umschlagen.

»Willst du etwas trinken oder essen?«

Oskar schüttelte den Kopf.

»Ist auch besser so, sonst musst du noch aufs Klo«, sagte Rünz zustimmend.

Eine Weile standen beide schweigend im Flur, der Erwachsene dachte nach, das Kind schaute ihm dabei zu. Dann hatte Rünz die rettende Idee. Oskar hatte keinen Durst, musste nicht auf die Toilette, schien psychisch ausgeglichen – er würde ihn einfach hier stehen lassen und in sein Arbeitszimmer gehen, seine Frau würde sich dann später um den Kleinen kümmern. Diese Strategie hatte außerdem den Vorteil, dass Oskar das Mobiliar nicht durch Körperkontakt kontaminierte. Rünz improvisierte ein Lächeln, indem er seine Mundwinkel Richtung Ohrläppchen zog.

»Also Oskar, die Karin wird gleich kommen. Ich geh' mal ein bisschen arbeiten, wenn du was brauchst, dann rufst du einfach, ja? Und am besten nichts anfassen!«

Er wollte sich gerade umwenden, als der Kleine sein Schweigen brach.

»Mama hat gesagt, du bist Polizist!«

* * *

Der nächste Morgen begann mit dem Aufräumen des Mail-Einganges. Die Spamfilter des Netzwerks schützten die Briefkästen der Mitarbeiter des Präsidiums gewöhnlich zuverlässig, aber hin und wieder schlüpfte die eine oder andere Werbebotschaft durch, Gewinnbenachrichtigungen, Angebote für Homeshopping, Verbraucherkredite, Viagra, Haarverpflanzung – und immer wieder zuverlässige und kostspielige Methoden für Penisverlängerungen. Keine andere menschliche Schwäche schien so lukrativ zu sein wie die Urangst des Mannes, nicht hinreichend ausgestattet zu sein.

Er ging die Spamliste durch, löschte eine Mail nach der anderen und blieb bei einem eher ungewöhnlichen Header hängen. Ein ›Gandalf‹ wollte ihm etwas erzählen über

Die wahre Natur des Italieners …

Er wurde neugierig. Was sollte er kaufen – Italopornos? Oder war das ein Brandbrief ostdeutscher Neonazis, die Pizzerien und italienische Eiscafés als Stachel im deutschen Volkskörper empfanden? Er öffnete die Mail, ein Dreizeiler ohne Anhang, nichts weiter.

… findest Du da, wo Isis das Herz Osiris' fand.
Er warf den Anker ins Fleisch des Feindes.
Frag sie nach dem delay.

Rünz seufzte. Hier wollte ihm wohl jemand einen Hinweis geben, hatte aber zu viel ›Harry Potter‹ und ›Herr der Ringe‹ gelesen. Wenn es irgendetwas gab, das Nordic Walking an Dämlichkeit Konkurrenz machen konnte, dann war es das ganze Mystery- und Fantasy-Gewese um Sakrilege, Illuminaten, Heilige Grale, Ringe, Pentagramme, verschlüsselte Zeichen und Zauberwesen aus Mittelerde. Rünz leitete die Mail an Wedel weiter. Vielleicht würde ihn die Recherche nach dem Absender von seinem SV-98-Trauma ablenken. Dann kam Brecker, und beide lasen konzentriert Hovens aktuellen Blogbeitrag.

»Was zum Teufel meint er damit?«, fragte Brecker nachdenklich.

»Keinen Schimmer, lass uns das noch mal genau durchgehen.«

Rünz las den Thread noch einmal Zeile für Zeile vor, die Worte sorgfältig und übertrieben deutlich aussprechend, als wäre Brecker ein Patient in seiner Logopädie-Praxis.

Von: Sven Hoven

Outsourcing und Public Private Partnerships höhlen das Monopol der Polizei auf die Gewährleistung öffentlicher Sicherheit und Ordnung zunehmend aus, unsere Services und Key Competences müssen sich Angebot und Nachfrage auf dem Sicherheitsmarkt stellen. Diese Entwicklung hat den Bundesinnenminister und die Innenminister der Länder veranlasst, einen Branding Process zu initialisieren, der die Marke ›Polizei‹ unverwechselbar und dominant im Security-Markt positioniert. Eine nachhaltige Neudefinition der Corporate Identity erfordert einen proaktiven Bottom-up Approach, der die Ideen und Visionen der Mitarbeiter emergetisch zusammenführt. Helfen Sie mit, den ›Freund und Helfer‹ zeitgemäß zu modernisieren. Senden Sie uns Ihre Idee für die neue Tagline der hessischen Polizei.

:-((:-(:-| :-)   :-))

»Was soll das mit dieser ›Tagline‹?«

»Ist neudeutsch, so eine Art Leitmotto, zum Beispiel ›Krombacher – Eine Perle der Natur‹.«

Beide schauten einige Minuten versonnen aus dem Fenster, dann ließen sie ihren Assoziationen freien Lauf, stimulierten sich gegenseitig mit ihren Einfällen und brannten ein veritables Feuerwerk an Kreativität ab. Rünz hackte die Einfälle ohne Zensurschere in die Tastatur. Nach dem Schaffensrausch lehnten sich beide entspannt zurück, Rünz klickte auf ›submit comment‹. Brecker brach auf zum Außendienst, Rünz schmökerte noch eine Stunde in den aktuellen Ausgaben von ›Visier‹ und ›Caliber‹ – es war wichtig, fachlich auf dem Laufenden zu bleiben. Dann entschied er sich für eine Zwischenmahlzeit in der Kantine.

* * *

Ein genialer Einfall. Warum war er nicht schon früher drauf gekommen? Er schnitt sein Hähnchen am Brustfleisch ein, zog das neue kleine Digitalthermometer aus dem Ärmel seines Jacketts und führte die Spitze in die Fleischtasche ein. Die Anzeige auf dem Display raste hoch, der Anstieg verlangsamte sich, näherte sich asymptotisch einem Wert von 75 Grad Celsius. Die Zubereitungs- und Bereitstellungszeit einbezogen war eine Kerntemperatur von mindestens 60 Grad Celsius für einen Zeitraum von über einer halben Stunde wahrscheinlich das sichere Todesurteil für Salmonella Enterica und Typhi. Wedel beobachtete ihn sprachlos.

»Haben Sie was rausbekommen wegen dieser kryptischen Mail?«

Wedel strich sich selbstgefällig durch die gegelten Haare. Er hatte sich zum Trost für einen hohen dreistelligen Betrag eine Belstaff-Lederjacke im Aviator-Style gekauft, die schon fabrikneu so *used* ausschaute, als hätte sie ein Obdachloser in Kalkutta in den Altkleider-Container geworfen.

»Allerdings! Der Mailserver, von dem aus die Post ins Web geschickt wurde, ist über die IP-Adresse identifiziert. Das Ding steht im Max-Planck-Institut für extraterrestrische Physik in Garching. Die haben da insgesamt über 300 PCs stehen, die Systemadministratorin konnte nicht zurückverfolgen, von welchem Rechner das ausging, weil der Autor seinen privaten E-Mail-Account benutzt hat. Sie konnte die Quelle aber auf den Ingenieurbereich Mechanik eingrenzen, hat mir versichert, zu den Computern dort hätten nur feste Mitarbeiter Zutritt, ein Besucher oder Externer könnte unmöglich seinen Mailverkehr dort abwickeln. 28 Leute sind das. Sollen wir die Kollegen in Bayern kontaktieren?«

»Noch nicht. Was ist mit diesen seltsamen Namen, Isis und Osiris?«

»Ägyptische Mythologie, Chef. Isis war die Göttin der Liebe, Osiris ihr Bruder und gleichzeitig ihr Mann. Um Inzest und so haben die sich damals noch einen Scheißdreck gekümmert. Die beiden hatten noch einen Bruder, Seth. Seth killt Osiris, tranchiert ihn und verteilt die Einzelteile im ganzen Land. Leichte Spannungen in der Familie, wenn Sie mich fragen. Isis rennt also in Ägypten rum und sucht alle Leichenteile, um sich ihren Bruder wieder zusammenzubauen. Und wo findet sie sein Herz?«

Wenn Wedel über die ägyptische Götterwelt sprach, dann klang das, als erklärte Paris Hilton die Stringtheorie. Er schaute Rünz erwartungsvoll an, der sorgfältig kaute.

»Keine Ahnung«, nuschelte er mit vollem Mund. »In Seths Tiefkühltruhe?«

Wedel beugte sich über den Tisch nach vorn.

»Auf Philae, einer Insel im Nil.«

Er schien zu erwarten, dass Rünz begeistert aufschrie.

»Philae, Chef, das ist der Name der kleinen Landeeinheit, die diese Rosetta-Sonde huckepack zu diesem Kometen bringt!«

»Wo haben Sie das alles her?«

Wedel lehnte sich zufrieden zurück.

»Allgemeinwissen, Chef. Na ja, und ein bisschen Internetrecherche. Aber der Hammer kommt noch.«

Wedel zog einen zusammengefalteten Fotoplot aus der Innentasche seiner Jacke und schob ihn über den Tisch. Rünz legte die Gabel zur Seite und betrachtete die Aufnahme. Sie zeigte ein fußballgroßes komplexes technisches Gerät, Kernstück war ein schwarzer Zylinder, aus dem die messingfarbene Spitze eines Projektils herausragte. Zwei Kränze stählerner Widerhaken deuteten auf Großwild als Jagdziel hin. Das Ganze sah aus wie die Bonsai-Version einer Harpune japanischer Walfänger.

»Haben das die Leute in Garching gebaut?«

»Bingo, das ist der Anker.«

Wedel fischte sich eine Kartoffel von Rünz' Teller, nahm seinen Kaugummi aus dem Mund und einen Zahnstocher aus dem kleinen Reservoir auf dem Tisch. Er steckte die Spitze des Zahnstochers in den Kaugummi, hielt mit der Linken die Kartoffel hoch und umkreiste sie mit der Rechten.

»Das hier ist der Komet, Churumof-Grasimko oder wie das Ding heißt. Rosetta setzt den Lander ab.« Er bewegte den Kaugummi Richtung Kartoffel. »Philae setzt auf der Oberfläche auf. Das Problem: Die Anziehungskraft dieses Kometen ist so gering, der Lander springt wie ein Gummiball weg, wenn er sich nicht festhält. Und wie macht er das?«

Wedel drückte den Zahnstocher durch den Kaugummi in die Erdfrucht, die graue Masse war gut fixiert.

»Er schießt eine Harpune in den schmutzigen Schneeball, wie der Schlachter den Bolzen in den Schweineschädel. Die Jungs und Mädels vom Max-Planck-Institut in Garching haben das Gerät entwickelt, Stoiber hat ihnen dafür 2003 den Bayerischen Staatspreis um den Hals gehängt.«

Wedel zog den Zahnstocher heraus und steckte sich den Kaugummi wieder in den Mund. Die Kartoffel warf er mit Schwung zurück auf den Teller, sodass Rünz die Sauce aufs Hemd spritzte. Ein gutes Gefühl, von seinen Mitarbeitern respektiert zu werden. Rünz verteilte mit der Serviette die Flecken, bis das Hemd aussah wie der Übungsfetzen aus einem Batikkurs seiner Frau.

»Er warf den Anker ins Fleisch des Feindes«, murmelte er. »Das ergibt keinen Sinn. Ist der Komet der Feind?«

»›Frag sie nach dem Delay‹«, konterte Wedel.

Ohne Teller oder Tablett setzte sich Hoven grußlos zu den beiden an den Tisch. Wedel witterte Ärger.

»Ich geh' dann mal an die Arbeit, Chef«, sagte er und verabschiedete sich.

Hoven verschränkte die Arme vor der Brust und schaute Rünz schweigend beim Essen zu. Die geschlossene, abwehrbereite Sitzhaltung war untypisch für Hoven, normalerweise achtete er auf eine betont entspannte und offene Körpersprache, auch wenn ihm vor Wut schon der Schaum vor dem Mund stand. Rünz nahm ein abgenagtes Hühnerbein von seinem Teller, schaute seinem Vorgesetzten tief in die Augen und begann, mit fettglänzenden Lippen frivol auf dem Knochen herumzulutschen, als wollte er Hoven zu einem schnellen Blowjob auf der Präsidiumstoilette verführen. An den Nebentischen ging schon das Gekichere los, Hoven musste sein Schweigen brechen.

»›Polizei Hessen – come in and schrei laut‹ – ein wirklich konstruktiver Beitrag, Herr Rünz.«

Der Kommissar legte den Knochen zurück auf den Tisch und wischte sich die Finger ab.

»Na ja, wir wollten mit dieser Tagline ein ironisch gebrochenes Fanal setzen, gegen die unmenschliche Behandlung der US-Gefangenen in Guan…«

»Hören Sie mir bloß auf mit diesem Mist. Und für ›Polizei Südhessen – Dein Feind und Schleifer‹ haben Sie sicher eine ähnlich plausible Erklärung?!«

»Nichts weiter als eine jugendlich-bissige Reprise des altbackenen und konservativen Slogans vom ›Freund und Helfer‹. Wenn Sie heute junge Menschen erreichen wollen, dann müssen Sie …«

»… sich so einen Bockmist einfallen lassen? Und ›more fuckin shelter for ya damn niggaz‹ ist dann sicher Ihre Grußadresse an unsere Mitbürgerinnen und Mitbürger mit Migrationshintergrund.«

»Eben, die sollen sich nicht alleingelassen fühlen im Kampf gegen Rassisten und Neonazis.«

»Herr Rünz, ich habe manchmal meine Zweifel, ob Sie und Ihr Schwager – dieser Brecker von der Bereitschaft ist doch Ihr Schwager? – den KVP in diesem Haus wirklich ernst nehmen.«

»Den KV-was?«

»Den kontinuierlichen Verbesserungsprozess.«

»Gibt es da keinen Anglizismus für? So klingt das irgendwie nach sozialistischer Planwirtschaft, Fünfjahreszielen und Held der Arbeit.«

»Der KVP ist Kernbaustein des japanischen Kaizen, aber ich habe nicht den Eindruck, dass Sie das wirklich interessiert.«

»Doch doch«, schmatzte Rünz. »Die Japaner hatten uns schon immer einiges voraus – Erdbeben, Tsunamis, Harakiri, Kamikaze, rohen Fisch …«

»Sushi ist das richtige Stichwort. Ich habe in drei Tagen einen Business Lunch mit einem gut befreundeten Staatssekretär aus dem Wirtschaftsministerium. Wäre schön, wenn Sie auch Zeit hätten.«

* * *

Die plausibelste Erklärung für die soziale Interaktion in einer Ehe war das Modell einer endlosen, auf Missverständnissen basierenden Reiz-Reaktions-Kette. Ein beliebiger Schlüsselreiz – zum Beispiel ein Mann, der konzentriert Zeitung las – rief bei seiner Partnerin einen bedingten Reflex hervor – in aller Regel reden. Frauen reagierten auf die meisten Schlüsselreize ihrer Männer mit reden, aber das war ein anderes Thema. Der in seiner Konzentration gestörte Mann reagierte meist mit vertieftem Rückzug hinter die Zeitungsseiten, also der unausgesprochenen Bitte um Ruhe, forderte damit aber umso forschere Ansprache seiner Frau heraus. Die Systemtheoretiker nannten diesen Mechanismus ›positive Rückkoppelung‹ und antworteten auf Fragen nach dem Ausgang mit resigniertem Kopfschütteln oder Panik.

Rünz studierte beim Frühstück die Wissenschaftsseite der ›Frankfurter Allgemeinen Sonntagszeitung‹, er stieß auf einen Beitrag über das geplante europäische Satellitennavigationssystem Galileo.

*Galileo funkt nicht**
von Thiemo Heeg

Weiter kam er nicht.

»›Ein bisschen gebastelt‹ hast du mit Oskar, wirklich spitze. Hast du keine Angst gehabt, dich anzustecken?«

»Nö.«

Rünz ließ in weiser Voraussicht den Vorsatz fahren, den kompletten Artikel zu lesen, und beschränkte sich auf eine diagonale Schnelldurchsicht.

Europa feiert sich. Aber das Renommierprojekt kommt nicht in die Gänge. (…)

»Ich habe eben mit der Nachbarin gesprochen, Oskar konnte im Kindergarten seiner Mäusegruppe ziemlich genau erklären, wie man eine 480er Ruger demontiert, reinigt, wieder zusammenbaut, lädt und entsichert. Und dass man damit einem

* siehe Anhang

Grizzly die Schädeldecke spalten kann, wenn man aus unter drei Metern Entfernung draufhält.«

Seine Frau rührte in ihrem Gemüsesaft, schaute aus dem Fenster und schüttelte pausenlos den Kopf, wie ein Wackeldackel auf der Hutablage.

(...) Das europäische Navigationssystem Galileo droht zu scheitern. Wenn die EU am Sonntag ihr Jubiläum feiert, dürfte manchem Wirtschaftspolitiker und Topmanager eher zum Weinen zumute sein.

»Hättest ja Blindekuh mit ihm spielen können, wenn du die Vereinbarung nicht verbaselt hättest«, knurrte er abwesend. »Ich fand, er war ganz aufgeschlossen und interessiert an aktiven Selbstschutzmaßnahmen.«

(...) »Europas größter Technologietraum« (...) Plötzlich (...) nicht mehr auszuschließen, dass von den hochfliegenden Träumen (...) nur eines übrig bleibt: Elektronikschrott.

»Aktive Selbstschutzmaßnahmen. Na klar, so aufgeschlossen, dass du ihm danach noch diesen Chuck-Norris-Scheiß vorgeführt hast. Hörst du mir überhaupt zu?«

(...) EU-Verkehrskommissar Jaques Barrot sieht geplanten Starttermin Ende 2010 gefährdet. (...) Verkehrsminister Wolfgang Tiefensee (...) neigt zum Pessimismus: »Galileo steckt in der Krise.«

»Klar höre ich dir zu. Die Zeitung halte ich mir nur vors Gesicht, um die Brotkrümel aufzufangen. Du hast mir die DVDs doch geschenkt! Außerdem – jetzt komm mal runter, als ob das Horrorfilme wären. Ist doch einfach nur ein texanischer Polizist, der ein bisschen für Ruhe und Ordnung sorgt, nichts weiter. Und sein Deputy ist auch noch Neg... – ähm – Afroamerikaner, ein ganz klar antirassistisches Statement, und Vegetarier außerdem, also eigentlich genau auf deiner Linie! Die stehen doch auf diesen Multikultikram in den Kindergärten!«

(...) Mix aus regionalverliebten Politikern und risikoscheuen Unternehmen verhindert rasche Fortschritte beim designierten GPS-Konkurrenten. (...) Galileo krankt (...) an bürokratischen Strukturen und falschen Anreizen.

»Jetzt willst du mir diesen reaktionären Asphaltcowboy noch als Teletubbie verkaufen. Das ist ja ungefähr so, als würde man Kindern für die Verkehrserziehung Formel-1-Rennen vorführen.«

Der Vertrag ist bis heute nicht unterschrieben. (...) Konsortium uneinig. (...) EADS, Alcatel-Lucent, Thales, Finmeccanica, Inmarsat, Hispasat, AENA und TeleOp im normalen Wirtschaftsleben (...) Konkurrenten. (...) deutliche Kostensteigerungen (...)

»Hab' ihm übrigens versprochen, ihn mal mit auf den Schießstand zu nehmen.«

»Du hast WAS? Bist du noch ganz dicht? Oskar ist fünf Jahre alt! Warum nimmst du ihn nicht gleich mit zu Bartmann nach Frankfurt zur nächsten Autopsie?«

(...) setzten die EU-Verkehrsminister den beteiligten Unternehmen ein Ultimatum. Bis zum 10. Mai sollen die Satellitenfirmen eine arbeitsfähige Betreibergesellschaft gründen. (...)

»Hab' ich mir auch schon überlegt, aber ich will ihn nicht überfordern. In ein oder zwei Jahren vielleicht.«

Rünz legte die Zeitung zur Seite, zog finster die Augenbrauen zusammen und schaute seine Frau eindringlich an. Es war an der Zeit, etwas klarzustellen.

»Ein Junge in seinem Alter muss lernen, in dieser feindlichen Umwelt …«, er machte mit dem Arm eine ausladende Geste, als wäre das Paulusviertel umgeben von Favelas mit marodierenden Jugendbanden, Privatmilizen südamerikanischer Drogenkartelle und Todesschwadronen korrupter Sicherheitskräfte, »… zu überleben. Töten – oder getötet werden. Das ist die Realität.«

Er hatte sie für einen Moment ruhiggestellt. Sie war sprachlos, er nahm die Zeitung wieder auf und nutzte die Pause, um einen längeren Abschnitt zu lesen.

(…) Um wie viel einfacher haben es da die Amerikaner mit ihrem Global Positioning System, besser bekannt als GPS. Das vom Militär aufgebaute System läuft seit Jahren problemlos; von Streitigkeiten im Vorfeld ist nichts bekannt. (…) Inzwischen haben die Amerikaner bereits eine modernisierte GPS-Version in Aussicht gestellt. Die soll 2010 zur Verfügung stehen. Und mindestens so gut sein wie Galileo.

Europäische Volkswirtschaften und Verteidigungskräfte abhängig von einem Navigationssystem unter der Kontrolle von US-Militärs? Die Vorstellung behagte Rünz nicht. Er beschloss, Sigrid Baumann zukünftig nach Kräften zu unterstützen.

Seine Frau hatte sich wieder gefangen.

»Sag mal, könnte es sein, dass du etwas zu viel Fernsehen schaust?«

* * *

Die ESA bot auf ihrem Internetauftritt eine beeindruckende Informationsfülle über ihre Missionen, Rünz hatte keine Mühe, Dutzende von Pressemitteilungen über die Rosetta-Mission zu finden, die zusammen die komplette Missionsgeschichte abbildeten. Mit einigen englischen Synonymen für delay – postponement, deferment, detention – filterte er die Meldungen mit einem Suchlauf und wurde gleich fündig.

Press Release Arianespace-Headquarters*
Evry, France, December 30, 2002
Delay of Arianespace Flight 158 with Rosetta
The inquiry board named by Arianespace, the European Space Agency and France's CNES space agency to investigate the anomaly observed during Flight 157 on December 11 continues to examine the potential impact on preparations for the upcoming mission with Rosetta.

The inquiry board will submit its final report to Arianespace on Monday, January 6, 2003. Until then, the irreversible operations linked to Rosetta's launch have been suspended – which will result in a launch postponement of several days beyond the targeted date of Sunday, January 12.

A new launch date will be announced at the end of the week of January 6, which is to say on Saturday, January 11.

Press Release European Space Agency N° 4-2003
Paris, January 14, 2003
Rosetta launch postponed
Having considered the conclusions of the Review Board set up to advice on the launch of Rosetta, Arianespace and the European Space Agency have decided on a postponement.

The Review Board called for Arianespace and all its partners to make sure, in the framework of a programme for the resumption of Ariane 5 flights, that all Ariane 5 system qualification and review processes have been checked.

* siehe Anhang

Arianespace and the European Space Agency, together with all interested parties, are now going to consult each other in order to determine arrangements for the soonest possible launch of Rosetta.

Press Release European Space Agency
Paris, May 29, 2003
New destination for Rosetta, Europe's comet chaser
Comet-chasing mission Rosetta will now set its sights on Comet Churyumov-Gerasimenko. During its meeting on 13–14 May 2003, ESA's Science Programme Committee decided Rosetta's new mission baseline.

The spacecraft will be launched in February 2004 from Kourou, French Guiana, using an Ariane-5 G+ launcher. The rendezvous with the new target comet is expected in November 2014.

The choice of a new comet has required intensive efforts, including observations by telescopes such as the Hubble Space Telescope and the ESO Very Large Telescope to ensure we know as much as we can about the new target. The cost of the Rosetta launch delay is estimated at round 70 million Euros. The ESA Ministerial Council has resolved the financial issue by approving financial flexibility at Agency level.

Scientists will now investigate an alternative launch to this comet, in February 2005, as a back-up plan. Rendezvous with the comet is expected in November 2014.

Once again, Europe is set to try to do something no one has ever done before – to chase and catch a comet.

Mit seinen fragmentarischen Fremdsprachenkenntnissen verfügte Rünz eigentlich über einen Freifahrtschein vom Sonnenstaat der Globalisierungsgewinner ins Schattenreich des Prekariats, aber er war klug genug gewesen, an der Zwischenstation Beamtenhausen auszusteigen, dem sicheren Refugium für reformresistente Zeitgenossen. Rünz jagte die Texte durch die Internet-Übersetzungsmaschine Babelfish – das Ergebnis war kaum aussagekräftiger als die Betriebsanleitung für Breckers Recharger. Jedenfalls schienen Probleme mit der Trägerrakete Ursache der Startverschiebung um über ein Jahr gewesen zu sein. Bei der Startprozedur im Februar 2004 hatte es dann noch einmal zwei kurze Verzögerungen gegeben, einmal spielte das Wetter nicht mit, dann wurde bei der Startrampe ein Stück der Isolierung von den Wasserstofftanks der Ariane-5-Rakete gefunden, aber Rünz kam nicht mehr dazu, sich in die Details zu vertiefen. Wedel stürmte ins Büro, ohne anzuklopfen, und knallte ihm einen Stapel Papier auf seinen Schreibtisch.

»Sieht das hier aus wie ein Altpapiercontainer? Nehmen Sie den Müll von meinem Arbeitsplatz.«

Sein Assistent ließ den Stapel liegen. Er stellte sich breitbeinig vor Rünz' Schreibtisch auf, die Hände vor dem Schritt zusammengelegt, wichtig und ernst dreinschauend. Mit Sonnenbrille und Knopf im Ohr wäre er gut als Leibwächter einer drittklassigen RTL-Serienactrice durchgegangen. Oberliga? Abstieg war vor dem Aufstieg.

»Haben Sie was von dem tschechischen Munitionsanbieter gehört, Sellier & Beillot?«, fragte Rünz.

»Die haben uns versichert, sie würden auf gar keinen Fall Munition ohne Chargennummer herausgeben, das müsste sich um eine Fälschung handeln. Ist natürlich Nonsens, aber wir haben keine Handhabe, mehr aus denen rauszukitzeln.«

Wedel machte eine kurze Pause.

»Erinnern Sie sich an den kleinen Schlüssel, Chef?«

»Wieso, hat sich der Hersteller gemeldet?«

»Nein, eBay hat sich gemeldet, wir haben Namen und Anschrift des Ersteigerers der Prepaidkarte.«

Rünz beugte sich auf seinem Stuhl nach vorn und zog die Augenbrauen hoch.

»Herrgott Wedel, wird das jetzt ein Quiz oder was? Vielleicht hat es Ihnen noch niemand gesagt, aber wir wissen, wie Rossi hieß und wo er gewohnt hat. Also, was hat das Ganze mit dem Schlüssel zu tun?«

Wedel blieb cool, Clint Eastwood am Kotflügel der Präsidentenlimousine.

»Mir kam es gleich spanisch vor. Die Nachbarin seiner Freundin im Hundertwasserhaus sammelte ihre Post, während sie auf den Kanaren war, und in dem ganzen Stapel war kein einziger Brief für Rossi. Sehr seltsam.«

»Ein Postfach!«

Wedel grinste triumphierend.

»Wir hatten Glück, die wollten ihm den ganzen Plunder gerade nachschicken, weil aus dem Fach in den letzten Wochen nichts abgeholt wurde. Allerdings an seine alte Adresse in der Ludwigshöhstraße, wäre mangels Nachsendeantrag also irgendwo im Nirwana versandet.«

»Und, was Verwertbares?«

»Fachliteratur, Korrespondenz, Periodika, Einladungen zu Kongressen, Mahnungen für Mitgliedsbeiträge, Rechnungen und Kataloge von Elektronikanbietern – und das hier.«

Wedel nahm den obersten Bogen vom Papierstapel und hielt Rünz das Cover vor die Augen. Der Union Jack, umgeben von einigen weißen Sternchen – die australische Nationalflagge.

»Das ist kein Preisausschreiben, sondern eine Umfrage der Australian Tourist Commission, die evaluieren jeweils am Jahresanfang die Erfahrungen der europäischen Touristen, die im Vorjahr Down Under besucht haben. Wollen damit ihren Service verbessern.«

»Das heißt, er war 2006 in Australien?«

»Wir haben eine schriftliche Bestätigung der australischen Botschaft, er hat im Dezember 2005 via Internet über die Australian Electronic Travel Authority ein ETA-Touristenvisum beantragt, damit konnte er für maximal drei Monate innerhalb eines Jahres ins Land.«

»Haben wir Daten über Flüge, die er gebucht hat?«

»Die haben wir. Nicht nur das, wir haben über Interpol von den australischen Kollegen ein ziemlich genaues Bewegungsprofil. Und ich kann Ihnen sagen, das ist der verrückteste Kurzurlaub, von dem ich je gehört habe. Fliegt im Januar 2006 mit Qantas über 20 Stunden von Schiphol nach Perth, mietet sich dort am Flughafen einen Wagen und rauscht zwei Stunden später 120 Kilometer nördlich von Perth, kurz vor der Kleinstadt New Norcia, in eine Radarfalle. Der Polizist fragt ihn, wohin er will, und er gibt als Ziel eine Benediktinerabtei in der Nähe an, übrigens die einzige in ganz Australien. Wir haben den australischen Kollegen ein Foto von Rossi gemailt, sie haben es der örtlichen Polizeistation in New Norcia weitergeleitet, und die haben es dem Mönch vorgelegt, der das Gästehaus der Abtei leitet. Der konnte sich an den Dicken sofort erinnern, sagt, der wäre zwei Nächte geblieben und hätte sich dann wieder Richtung Süden aufgemacht. Muss ziemlich übermüdet und nervös gewesen sein.«

»Was hat er dann in Perth gemacht?«

»Mietwagen zurückgegeben und dann eingecheckt für den Rückflug! Drei Tage nach der Ankunft fliegt der Idiot wieder zurück.«

»Müssen ein ziemlich effektives Wellnessprogramm anbieten, die Benediktiner.«

»Der Hammer kommt noch, Chef. Als der Senior Constable in New Norcia dem Superintendent des Districts Bericht erstattet, fragt er ihn, ob die Ermittlungen was mit dem Einbruch an der Bodenstation der ESA zu tun haben.«

»DEM WAS??«

»Fragen Sie mich nicht, die ESA muss da irgendeine Antennenanlage betreiben, und eine Woche, nachdem Rossi wieder weg war, hatte dem Constable ein örtlicher Farmer von der aufgebrochenen Tür des Kontrollraums berichtet.«

* * *

»War das nicht eine Superidee, uns hier zu treffen?«

Rünz versuchte bestätigend zu lächeln.

»Ja super. Sind Sie öfter hier?«

»Jede Woche, ich liebe die Atmosphäre, Inspektor.«

Der Hobbyastronom hatte ihm den Fantasie-Dienstgrad ›Inspektor‹ verliehen, und Rünz war nicht sicher, ob das einer Beförderung oder einer Degradierung gleichkam. Stadelbauer schien keinen Gedanken darauf zu verschwenden, dass diese Treffen für Rünz Arbeitsgespräche waren, warum also sollte man sich nicht abends im Jagdhofkeller zusammensetzen? Rünz beobachtete ängstlich die Decke des Kellergewölbes, ein wenig vertrauenswürdiges Flickwerk aus Natur- und Ziegelsteinen. Vielleicht hatte er Glück, und das Mauerwerk würde nach 300 Jahren auch noch diesem Treffen standhalten.

Meist traten hier renommierte Vertreter der Jazzszene auf, aber dieser Abend war dem Chanson und der Kleinkunst gewidmet. Auf der Bühne stand eine Chanteuse aus Frankfurt mit ihrer dreiköpfigen Instrumentalgruppe, alle hatten die Gesichter geschminkt wie Stummfilmschauspieler. Die Combo versuchte sich an musikalischen Interpretationen der lyrischen Ergüsse irgendeines Dada-Künstlers aus den 20er-Jahren. Alle gaben sich redlich Mühe, die Wirkung der verqueren Texte mit Clownsgrimassen zu verstärken, aber das mimische Repertoire der Truppe beschränkte sich auf weit aufgerissene Augen und Schmollmünder. Die Sängerin vermied den Blickkontakt mit dem Publikum, sie hielt die Augen starr über die Köpfe der Gäste hinweg auf einen imaginären Punkt an der gegenüberliegenden Wand gerichtet, so als reichte ein skeptischer Blick aus dem Parkett, um sie aus der Façon zu bringen. Kleinkunstbühnen waren das säkulare Fegefeuer der Postmoderne. Menschen, die noch vor 50 Jahren ein weitgehend unauffälliges Leben als Buchhalter oder Hausfrauen geführt hatten, ohne größere Flurschäden in der Kulturlandschaft zu hinterlassen, stiegen heute auf Kleinkunstbühnen, um sich zu verwirklichen. Rünz litt Höllenqualen, seiner Frau würde die Truppe also höchstwahrscheinlich gefallen. Er beschloss nachzufragen, wo sie in den nächsten Wochen auftraten. Er wollte provokativ werden, was seine Ehe anging.

Stadelbauer amüsierte sich prächtig und war nicht ansprechbar, bis die Chanteuse ihre erste Auszeit nahm. Dann lud Rünz ihn an die Bar ein und erzählte ihm von Rossis Kurztrip nach Australien. Der Astronom wurde schlagartig ernst, er bestand darauf, zu zahlen und das Lokal zu verlassen. Im Jagdhof strich er aufgekratzt und nervös um die Bäume herum wie Großherzog Ernst Ludwigs Hunde vor dem Anpfiff zur Parforcejagd.

»Verdammt, der Junge hat es wirklich ernst gemeint. Haben Sie mit den ESOC-Leuten schon drüber gesprochen?«

»Nein, ich wollte erst wissen, was Sie davon halten. Was ist das für eine Bodenstation da unten, was kann er da gewollt haben?«

»Die gehört zu ESTRACK, den ESA tracking stations, ein Netz von Funkstationen rund um den Erdball, das die kontinuierliche Satellitenkommunikation gewährleistet, weltweit neun Stationen, in Schweden, Frankreich, Spanien, Belgien, Australien, Kenia und Französisch-Guayana. Die in New Norcia und im spanischen Cebreros sind 35-Meter-Parabolantennen, die bilden das Deep Space Network der ESA. Bei Missionen wie Rosetta läuft ohne DSN überhaupt nichts. Sie haben Signallaufzeiten bis zu 100 Minuten, bei einer Sendeleistung von maximal 28 Watt können Sie sich vorstellen, was hier auf der Erde noch ankommt. Um das bisschen Energie aufzufangen, brauchen Sie richtig große Salatschüsseln, und das rund um den Erdball. Die in Australien wiegt 630 Tonnen, die gesamte Mechanik wurde übrigens in Duisburg gebaut …«

»Rossi fliegt hin, bleibt drei Tage in New Norcia in einem Kloster, fliegt wieder zurück. Ein paar Tage später wird acht Kilometer südlich vom Kloster in dieser Bodenstation eingebrochen. Das ergibt keinen Sinn.«

»Vielleicht wurde während seines Aufenthaltes dort eingebrochen.«

»Das hätten die Wissenschaftler dort doch sofort am nächsten Morgen entdeckt?«

»Diese Bodenstationen werden die meiste Zeit vom ESOC in Darmstadt ferngesteuert, da schaut nur alle paar Tage ein Technikerteam für einen Check-up vorbei.«

»Sie meinen, Rossi hat sich dort Zugang verschafft?«

»Können Sie das ausschließen?«

»Aber was zum Teufel wollte er dort? Sie können doch heute jedes Datenpaket in Sekunden um die halbe Welt schicken, da müssen Sie doch nicht 20 Stunden um die halbe Welt fliegen, um sich vor Ort ein paar Bytes auf Ihren USB-Stick zu ziehen.«

»Vielleicht wollte er die Datenversendung ja gerade verhindern! Oder er wollte Daten hochschicken, manipulierte Routinen für Bahnkorrekturen, was auch immer.«

Rünz schaute ihn ratlos an, Stadelbauer legte nach.

»Folgendes Szenario: Die Antenne in New Norcia richtet sich nach einem genau definierten Zeitschema auf Deep Space Satelliten der ESA aus – Mars Express, Venus Express oder Rosetta –, macht ein Sicherungs-Back-up der eingehenden Daten und schickt sie dann sofort vollautomatisiert nach einem bestimmten Verteilungsschlüssel zu den Kontroll- und Forschungszentren der ESA in Europa. Rossi steckte tief genug in der Materie, um zu wissen, wie genau dieser Zeitplan aussah.

Wenn er also ein bestimmtes Datenpaket ganz allein für sich haben wollte, dann musste er sich dahin bemühen, wo es empfangen wird, und zwar zu einem genau definierten Zeitpunkt. Er musste da sein, bevor es in die weite Welt gemailt wird.«

Rünz fiel nichts mehr ein, er fühlte sich, als entglitte ihm der Fall vollends mangels Fachkompetenz. Er war nahe dran, einen beruflichen Offenbarungseid zu leisten und einfach Stadelbauer die Ermittlungsleitung zu übertragen. ›Wie machen wir jetzt weiter?‹, lag ihm auf der Zunge, aber der Hobbyastronom kam ihm zuvor.

»Wir brauchen einen Internetanschluss.«

Rünz war selten nachts im Präsidium, die Kollegen vom Bereitschaftsdienst schauten ihn und seinen Begleiter auf dem Weg durch die Flure erstaunt an. Er machte Licht in seinem Arbeitszimmer, stellte einen zweiten Stuhl vor den Tisch, loggte sich ins System ein und überließ Stadelbauer die Regie an der Tastatur.

»Was suchen Sie?«

»Die ESA veröffentlicht regelmäßig detaillierte Status Reports aller Missionen. Er hat für das Rosetta-Projekt gearbeitet, die Rosetta-Sonde hält über die Parabolantenne in New Norcia Kontakt mit dem ESOC. Ich will wissen, in welcher Flugphase der Satellit war, als er an der Bodenstation herumgebastelt hat. Wann genau war er dort?«

Rünz kramte auf seinem Schreibtisch nach den Unterlagen der australischen Behörden, die Wedel ihm zusammengestellt hatte.

»Er hat in seiner Unterkunft in New Norcia am 15. Januar 2006 um 18 Uhr Ortszeit eingecheckt und ist zwei Tage später morgens um 9.30 Uhr wieder abgefahren.«

Stadelbauer klickte sich durch die Webseiten der ESA zu den Reports der Rosetta-Mission, Rünz schaute ihm über die Schulter. Die Berichte schienen sich vor allem an die wissenschaftliche Community zu wenden, sie gingen viel weiter in die technischen Details als die Pressemeldungen, mit denen er sich über die Startverschiebung informiert hatte. Schließlich fand Stadelbauer, was er suchte.

*No. 54 – Spacecraft Monitoring**
30 Jan 2006 10:31

Report for Period 6 January – 27 January 2006

The reporting period covers three weeks of passive cruise, with monitoring and minor maintenance activities.

On the subsystems side, the TC link timeout was returned to its normal value of 9 days on 12 January. The TM mode was temporarily changed to ›bi-weekly‹ between 12 and 19 January, to cope with possible reduction of coverage when New Norcia was supporting Mars Express contingency operations.

The payload was inactive in the reporting period, with the exception of SREM measuring radiation in the background.

A total of 3 New Norcia passes were taken over the reporting period.

* siehe Anhang

NNO Pass	Date	DOY	Main Activity
683	12.01.06	012	Monitor; TC link timeout to 9 days
690	19.01.06	019	Monitor uplink new Payload off OBCPs
697	26.01.06	026	Monitor uplink new system OBCPs

At the end of the reporting period (DOY 027) Rosetta was at 377.6 million km from the Earth (2.52 AU; one-way signal travel time was 21m 00s). The distance to the Sun was 259.5 million km (1.72 AU). (…)

Rünz gab sich keine Mühe, das folgende Telemetrie-Kauderwelsch des Reports zu verstehen.

»Mhmmmm«, brummte Stadelbauer und erinnerte den Kommissar an die Paartherapeutin.

»Da ist nicht viel passiert in dieser Phase. Drei New-Norcia-Passagen, die für Datentransfers genutzt wurden. Nichts Spektakuläres, kleinere Updates und Funktionstests nach drei Wochen Tiefschlaf. Keine Unregelmäßigkeiten, Flug nach Plan, Entfernung zweieinhalb astronomische Einheiten, 21 Minuten Signallaufzeit.«

Er wechselte zur Webseite der DLR, die online eine kleine, interaktive Animation der Rosetta-Mission zur Verfügung stellte. Rünz konnte dank Stadelbauers astronomischem Einführungskurs auf dem Ludwigsturm die Bahnen von Erde, Mars und Jupiter identifizieren. Sie bildeten annähernd konzentrische Kreise um das Zentralgestirn und wurden von einer Ellipse gekreuzt, deren Aphel jenseits der Jupiterbahn lag und die am Perihel tief ins innere Sonnensystem hineinreichte. Wahrscheinlich Rosettas Ziel, der Komet Tschurjumow-Gerasimenko.

»Was ist mit den beiden hier?«, fragte Rünz und deutete auf zwei Objekte zwischen Mars- und Jupiterbahn, die er nicht identifizieren konnte.

»Sagten Sie nicht, zwischen den inneren und den äußeren Planeten gäbe es nur Asteroiden?«

»Gut aufgepasst! Steins und Lutetia, zwei Asteroiden des Hauptgürtels, Rosetta wird beide auf dem Weg zum Kometen besuchen, im August 2008 und im September 2009. Die liegen sozusagen auf dem Weg.«

Stadelbauer startete die Animation, und ein faszinierendes Mobile kam auf dem Bildschirm in Gang, die Objekte bewegten sich auf ihren Bahnen um die Sonne, je näher sie dem Zentralgestirn waren, umso schneller. In einem kleinen Datumsfeld lief die aktuelle Missionszeit mit. Das stilisierte Symbol der Rosetta-Sonde löste sich im März 2004 von der Erde, eilte ihr auf einer leicht elliptischen Bahn um die Sonne voraus, um sich nach einem kompletten Umlauf vom Heimatplaneten wieder einfangen und beschleunigen zu lassen. Mit frischem Schwung entfernte sich die Sonde von der Erde, kreuzte die Marsbahn, verlor wieder an Geschwindigkeit, beschrieb einen Bogen Richtung Zentrum, holte den roten Planeten ein und ließ sich kurz hintereinander von Erde und Mars noch einmal beschleunigen, bis sie genug Energie hatte, um sich weit draußen im Asteroidengürtel auf die Fährte des Kometen zu setzen und mit ihm zur Sonne zu reisen. Eine fast klassisch anmutende Komposition, in der Accelerando und Ritardando, Annäherung und Entfernung, einander ablösten – ein virtuelles Weltraumballett als ›Pas de trois‹, in dem sich zwei Tänzer die Ballerina gegenseitig zuwarfen. Rünz schmunzelte. All das war die perfekte grafische Metapher für eine verwickelte Dreiecksbeziehung, eine Frau, hin- und hergerissen zwischen zwei Männern, die sich mal dem einen, mal dem anderen zuwendet, sich von ihnen mitreißen lässt und wieder löst, um letztendlich einem Dritten in die Arme zu fallen, dem Lonesome rider, einem schillernden, geheimnisvollen Fremden aus den unbekannten Weiten des Alls, dem rätselhaften Helden mit seinem leuchtenden Umhang, der sie auf seinem Pferd mitnimmt und mit ihr in die Sonne reitet.

Rünz beschloss, seiner Paartherapeutin den Link zu der DLR-Webseite zu mailen. Damit würde er sicher bei ihr punkten, und sie würde ihn in den Stunden weniger hart rannehmen.

»Warum schickt die ESA die Sonde nicht direkt zum Kometen, warum diese seltsame Ballettvorführung um Erde und Mars?«

»Swing-by nennt sich die Technik. Höhere Mathematik, da sitzt ein Team von ziemlich ausgebufften Missionsanalytikern im ESOC, die solche Flugbahnen ausknobeln. Und die Leute im Flight Dynamics Room achten während des Fluges drauf, dass die Sonde auf Kurs bleibt und nicht an irgendeiner Kreuzung falsch abbiegt. Mit den heutigen Raketentriebwerken und -treibstoffen bringen Sie ein Raumfahrzeug von der Größe Rosettas vielleicht noch zum Mars oder zur Venus. Wenn Sie mit so einer Nutzlast über die Jupiterbahn hinaus wollen, müssen Sie sich den Schwung woanders holen. Die Sonde fliegt ins Schwerefeld eines Planeten unseres Sonnensystems, der sie beschleunigt wie ein Hammerwerfer die Kugel und sie wieder ins All hinausschleudert, zum nächsten Hammerwerfer. Für Rosetta bedeutet das drei Vorbeiflüge an der Erde und einen am Mars.«

Stadelbauer startete die Animation noch einmal und drückte den Stoppbutton, als im Datumsfeld der 16. Januar 2006 erschien. Die Sonde hatte den ersten Earth Flyby hinter sich und bewegte sich zum ersten Mal jenseits des inneren Planetensystems, vielleicht eine halbe astronomische Einheit außerhalb der Marsbahn. Der Hobbyastronom schüttelte nachdenklich den Kopf.

»Das ergibt keinen Sinn, er hätte sich keine langweiligere Missionsphase aussuchen können. Der Mars Flyby steht noch bevor, die Besuche bei den Asteroiden Steins und Lutetia ebenso, und die Daten vom ersten Vorbeiflug an der Erde zeigen doch nichts, was nicht vorher schon Dutzende anderer Erdbeobachtungssatelliten fotografiert haben. Wenn Sie mich fragen, er hat nicht den Downlink, sondern den Uplink benutzt. Er hat Daten hochgeschickt, vielleicht die Software eines der Instrumente an Bord modifiziert, irgendeine Manipulation, als Vorbereitung auf eine spätere Missionsphase.«

Rünz fühlte sich schwach und unterzuckert, er dachte an das ranzige Snickers in seinem Rollcontainer, aber er widerstand der Versuchung. Stadelbauer schaute nachdenklich aus dem Fenster in die Winternacht.

»Aber warum hat er damit gewartet, bis Rosetta so weit draußen ist?«

* * *

»Herr Rünz, was meinen Sie, wie ist das für Ihre Frau, wenn Sie ihr sagen, dass Sie auf gar keinen Fall eine Katze haben wollen?«

Er war in Gedanken noch beim Rosetta-Ballett und hatte alle Mühe, sich zu konzentrieren.

»Warum fragen Sie sie nicht, das muss sie doch viel besser wissen?«

»Weil ich Sie dazu bewegen möchte, sich in dieser Frage in Ihre Frau hineinzuversetzen.«

»Hmm, tjaaaaa …«

Er dehnte das ›tja‹ bis zur Schmerzgrenze, um Zeit zu gewinnen.

»Ich denke, es kränkt meine Frau. Dabei mache ich mir doch nur Sorgen um unsere Ehe. Eine Katze passt einfach nicht in unsere Beziehung, sie würde irgendwie zwischen uns stehen.«

Eine geniale Volte. Er hatte die beiden mit ihren eigenen Waffen geschlagen.

»Hm«, sagte die Therapeutin. Sie benutzte das knappe, brummige Das-ist-nicht-das-was-ich-hören-wollte-Hm. »Könnten Sie sich vorstellen, dass diese Katze auch symbolische Bedeutung hat, vielleicht für etwas ganz anderes stehen könnte, etwas kleines, lebendiges, eine Bedrohung für Ihre Partnerschaft?«

»Sie meinen …«

Die Therapeutin riss ihre Scheinwerfer auf und strahlte ihn aufmunternd an, die Lotusblüte am Revers ihres Kostüms leuchtete wie nach einem dampfend frischen Schuss Guano-Dünger.

»Ja?«

»Sie meinen vielleicht …«

»Ja genau, sprechen Sie es doch einfach aus!«

Sie faltete die Hände vor dem Mund, als stünde die gemeinsame Arbeit vor dem entscheidenden Durchbruch, seine Frau legte ihm mit tränennassen Augen die Hand auf den Unterarm.

»… einen Hund?«

* * *

»Möchten Sie vielleicht Kaffee, Saft oder Mineralwasser?«

»Nein danke«, antwortete sie.

Rünz schaute Sigrid Baumann an, und sie schaute ihn an, gut eine Minute lang. Sie musste wohl oder übel in Vorleistung treten, wenn sie etwas von ihm erfahren wollte.

»Wir haben Rossis Tod zum Anlass genommen, die Vorgänge, die zu seiner Entlassung führten, noch mal genau zu rekonstruieren, und sind in diesem Zusammenhang zu einer Neubewertung seiner Fehlleistungen gekommen. Seine Nachlässigkeiten damals waren wahrscheinlich nicht seinen persönlichen Problemen zuzurechnen. Sie dienten möglicherweise zur Tarnung anderer Aktivitäten.«

»Geht's noch konkreter?«

»Er hat Industriespionage betrieben – zumindest deuten einige Indizien darauf hin.«

Rünz lachte auf und schlug mit der flachen Hand auf die Tischplatte.

»Industriespionage? Welche Geheimnisse haben Sie denn schon, die man auf dem Schwarzmarkt versilbern könnte? Alles, was Sie machen, *kostet* doch Geld – oder gibt's auf dem Kometen, den Ihr Satellit besucht, vielleicht Ölquellen?«

Sie schaute ihn völlig emotionslos an. Mit dem Vorwurf, Steuergelder zu verschwenden, setzte sie sich ganz sicher nicht zum ersten Mal auseinander.

»Sie denken, wir sind ein paar Spinner, die als Kinder zu viel Jules Verne gelesen haben und denen die Regierungen aus purer Geltungssucht sündhaft teure Spielzeuge schenken, stimmt's?«

»Hätte ich nicht besser formulieren können.«

Sie beugte sich etwas nach vorn.

»Nicht alles jenseits Ihrer übersichtlichen kleinen Welt hier ist überflüssig, Herr Rünz.«

»Sie haben ja recht, ohne Raumfahrt hätten wir schließlich keine Teflonpfanne. Menschen würden ihre Partner mit angebranntem Essen vergraulen, nach dem Candle-Light-Dinner kein Sex, keine Fortpflanzung – und der Letzte macht das Licht aus.«

»Vielleicht ist es noch nicht bis zu Ihnen hier vorgedrungen, aber Raumfahrt bedeutet Business. Ein Wirtschaftsfaktor.

Ein Katalysator für neue Technologien. Wissen Sie, wie viele Unternehmen hier in der Region mittel- oder unmittelbar von der Kooperation mit dem ESOC profitieren? Was meinen Sie, warum Ihr Arbeitgeber, das Land Hessen, zusammen mit uns und der Stadt Darmstadt hier gerade ein Gründerzentrum für das Galileo-Satellitennavigationssystem aufbaut? Über 1000 Arbeitsplätze allein in der Region, neue Dienstleistungen und Produkte, Milliardenumsätze …«

»Und da kommt so ein durchgeknallter dicker Italiener und wandert durch Ihr Sicherheitssystem wie das heiße Messer durch die Butter. Nicht gerade die beste PR für einen Technologie-Katalysator. Und der denkbar schlechteste Zeitpunkt, wenn ich an die Finanzierungskrise für Galileo denke.«

»Wir haben seit Rossis Aktivitäten unser gesamtes Sicherheitsmanagement optimiert, so etwas könnte überhaupt nicht mehr passieren.«

»Eben, er ist tot. Erzählen Sie mir mehr von Ihren Indizien.«

Baumann zögerte, sie starrte aus dem Fenster und schien zu überlegen, wie viel sie preisgeben konnte.

»Die meisten Missionen, an denen wir arbeiten, sind komplette Neuentwicklungen, was Hard- und Software angeht. Wir betreten mit unseren Aufgaben technisches Neuland, und die Ergebnisse sind nicht nur für die Raumfahrt interessant. Die ESA unterhält ein eigenes Technology Transfer Programme Office für die Akquisition neuer Ideen, die für uns interessant sind, und die Vermarktung der Innovationen, die wir selbst entwickeln. Wir haben ein europaweites Netzwerk von Technologie-Brokern aufgebaut, die sich um den schnellen Innovationstransfer kümmern, über 200 Produkte konnten wir so schon vermarkten. Rosetta ist ein hochgradig autonom operierendes System, da stecken Systemlösungen drin, die am Markt Millionen von Euro wert sind. Und Rossi hatte Zugriff auf einen Großteil dieser Informationen.«

Rünz wurde ungeduldig.

»Also, wie sehen Ihre Indizien aus, welche Informationen wollte er an wen verkaufen?«

»Er hat sich Kopien von einem komplexen und aufwändigen Echtzeit-Simulationsprogramm auf private Datenträger gezogen, zusammen mit umfangreichen Dokumentationen über die eigens entwickelte Hardware. Einen Satelliten mit einem so hohen Grad an Autonomie hatten wir noch nie entwickelt, entsprechend hoch waren die Anforderungen an eine perfekte Simulationsumgebung. Wir haben das zusammen mit einem externen Dienstleister entwickelt. Solche Techniken können in der automatisierten industriellen Produktion Einspareffekte in Milliardenhöhe bringen. An wen er das verkaufen wollte? Ich glaube, es gibt weltweit keinen großen Industrie- oder Rüstungskonzern, der kein Interesse gehabt hätte.«

Sie machte eine kurze Pause.

»Und deswegen bitten wir Sie um Zugriff auf alle digitalen Daten, die Sie bislang während Ihrer Ermittlungen gefunden haben. Und natürlich um schnellstmögliche Information bei zukünftigen Funden.«

Rünz schob schweigend seine Unterlippe vor und machte ein gelangweiltes Gesicht.

»Klingt alles nach ziemlich hoher krimineller Energie, wenn Sie mich fragen. Sie haben damals doch sicher meine Kollegen vom Betrugsdezernat kontaktiert?«

»Das ESOC-Gelände ist exterritoriales Gebiet, das sollten Sie als Kriminalist wissen. Die Zuständigkeit der deutschen Strafverfolgungsbehörden endet an unserer Eingangspforte. Unser Direktor entschied sich gegen eine Einbeziehung der deutschen Polizei, wir haben eine interne Untersuchung eingeleitet.«

»Scheint nicht besonders schwierig zu sein, Ihre Firmengeheimnisse rauszuschmuggeln.«

»Sie verstehen nicht. Wir haben hier in Darmstadt die besten Köpfe aus ganz Europa, Luft- und Raumfahrttechniker, Physiker, Astronomen, Programmierer, Nachrichtentechniker. Das sind kreative Menschen, die können wir nicht an die Kette legen, die brauchen einen gewissen Spielraum, um ihre Qualitäten zu entfalten. Das ESOC ist nicht Fort Knox.«

Rünz wartete ein paar Sekunden.

»Warum wurde der Start verschoben?«

»Geht es etwas präziser? Von welcher Mission sprechen Sie?«

»Sie wissen, wovon ich spreche. Der Start der Rosetta-Mission war für den 13. Januar 2003 von Kourou aus geplant. Am 15. Januar geben ESA und Arianespace auf einer Pressekonferenz in Paris bekannt, dass der Start verschoben wird. Letztendlich startet die Mission dann im März 2004. Warum?«

»Wenn Sie Presseerklärungen lesen können, warum lesen Sie sie dann nicht bis zum Ende? Die Startverschiebung hatte nichts mit der Sonde zu tun, alle Systeme liefen einwandfrei. Arianespace hatte Probleme mit der Trägerrakete, im Dezember 2002 musste eine Ariane 5 ESC-A in der Startphase gesprengt werden, es gab Probleme mit dem neuen Vulcain-2-Triebwerk. Arianespace konnte die einwandfreie Funktion des Haupttriebwerks für den folgenden Januar nicht gewährleisten. Rosetta war die bis dato teuerste und aufwändigste Mission der ESA, wir durften kein Risiko eingehen. Um den Komet Wirtanen noch zu erreichen, hätten wir spätestens im Herbst 2003 starten müssen, mit einem zusätzlichen Flyby an der Venus, aber die drohenden Temperaturschwankungen dort schienen uns zu gefährlich. Also forderte das ESA-Hauptquartier unsere Missionsanalytiker hier in Darmstadt auf, alternative Ziele für einen Start innerhalb der folgenden zwei Jahre auszuarbeiten. Von fünf Optionen schieden vier aus technischen Gründen aus. Am

Ende blieb uns Tschurjumov-Gerasimenko, mit einem Jahr Startverschiebung.«

»So weit noch einmal die offizielle Version, vielen Dank.«

Rünz lehnte sich entspannt zurück und lächelte sie an.

»Ist das nicht wunderschön, wenn man sich mal richtig viel Zeit nimmt für eine Unterhaltung?«

»Hören Sie, ich habe weder Zeit noch Muße …«

»Dann erzählen Sie mir doch etwas über Philae und seinen Anker. Eine nette kleine Harpune, wenn Sie mich fragen. Sieht ganz schön gefährlich aus, das Ding, das richtige Weihnachtsgeschenk für einen Klingonen, finden Sie nicht?«

Er zog das Foto der Kometenharpune aus seinen Unterlagen und schob es ihr über den Schreibtisch. Zum ersten Mal seit Beginn ihres Gespräches schien etwas Bewegung in ihr Pokerface zu kommen.

»Sieht so aus, als hätten Sie irgendwo in Ihrer großartigen Space-Community eine undichte Stelle.

Wissen Sie, was ich an diesen ganzen Weltraumgeschichten so faszinierend finde? Die Vorstellung, da oben lebten noch ein paar Tausend andere Zivilisationen. Und die Möglichkeit, wir könnten eines Tages Kontakt mit ihnen aufnehmen. Ich liebe dieses ganze Science-Fiction-Zeug. Ich hätte gute Lust, noch auf Ihre Branche umzuschulen. Müsste doch eigentlich das Arbeitsamt finanzieren.«

Baumann starrte ihn einen Augenblick an.

»Hat Ihnen schon mal jemand etwas erzählt, was Sie lieber nicht gewusst hätten?«, fragte sie.

Rünz dachte an das Verhältnis seiner Frau mit dem Schattenparker aus ihrer Pilatesgruppe. Er spürte, dass sich in ihm etwas zusammenbraute, aber er hielt sich im Zaum.

Er hatte alle Trümpfe ausgespielt, aber sie wusste nicht, dass er nichts mehr auf der Hand hatte. Wenn sie sich jetzt dumm stellte, kam er keinen Schritt weiter. Sie nahm sich einige Sekunden Auszeit und schaute aus dem Fenster. Er schob noch einen Köder nach.

»Hat Ihnen schon mal jemand erzählt, dass Rossi im Januar 2006 in Australien war? Kurztrip nach New Norcia, Wellness-Wochenende bei den Benediktinern.«

Sie starrte ihn mit weit aufgerissenen Augen an, dann stand sie wortlos auf und ging. Sie wusste vielleicht viel, aber nicht alles.

Rünz ließ ihr eine Minute Vorsprung. Als er aus dem Präsidium stürmte, fuhr sie gerade vom Parkplatz. Er hechtete zu seinem Passat und musste an der Ausfahrt einige Dutzend Berufspendler passieren lassen, bevor er ihr Richtung Innenstadt folgen konnte. Sie bog nach Westen ab, nach einigen waghalsigen Überholmanövern auf der Landskronstraße waren nur noch zwei Fahrzeuge zwischen ihnen. Er folgte ihr bis ins Europaviertel, es sah ganz danach aus, als würde sie zum ESOC zurückkehren. Enttäuscht setzte er zur Wende an, dann sah er überrascht, wie sie einige Hundert Meter vor dem Operations Center rechts Richtung Europaplatz einlenkte. Um ihr nicht direkt vor die Füße zu fahren, umkreiste er den Block entgegen dem Uhrzeigersinn und konnte gerade noch sehen, wie sie den Eingang eines der neuen Bürogebäude passierte. Er brachte sich mit seinem Wagen in eine günstige Warteposition, studierte die Firmenschilder vor dem Gebäudekomplex und rief Wedel an. Als sein Assistent abhob, hörte er Gelächter im Hintergrund.

»Hören Sie mal einen Moment auf, mit Bunter über mich zu lästern. Setzen Sie sich an Ihren Bildschirm und erzählen Sie mir etwas über die ORION, die sitzen hier am Europaplatz. Ich warte.«

Wedel nahm sich fünf Minuten Zeit und klackerte auf seiner Tastatur, Rünz behielt den Eingang im Auge.

»ORION Consult, ein globaler Anbieter für Raumfahrt-,

Verteidigungs- und Sicherheitstechnologien. Börsennotiertes Unternehmen, internationaler Consultant für Sicherheits- und Simulationstechnologien, Risiko- und Projektmanagement. 400 Mitarbeiter in Deutschland, erwirtschaften mit weltweit 800 Leuten über 120 Millionen Euro Jahresumsatz. Das Hauptquartier ist in Gravesend, 30 Kilometer östlich von London. Die arbeiten seit über 25 Jahren eng mit dem ESOC zusammen, sind auch international gut im Geschäft. Alcatel Space, Alenia Spazio, DLR, Galileo Industries, NASA, EUMETSAT, EADS Astrium, Bundeswehr, Royal Air Force, NATO, Lockheed Martin, KraussMaffei – alles, was Rang und Namen hat, steht bei denen auf der Kundenliste.«

»Stellen Sie mir über den Laden mal ein paar Informationen zusammen, ich will vor allem wissen, was die für das ESOC alles gemacht haben.«

Rünz beendete die Verbindung und spielte mit dem Blinkerhebel. Die Idee mit der Industriespionage klang eigentlich recht vernünftig. Er war pleite gewesen, und je nach Marktwert der von ihm auf dem Schwarzmarkt angebotenen Informationen war auch sein gewaltsamer Tod plausibel – vielleicht wollte ein Käufer verhindern, dass ein Wettbewerber in den Genuss der gleichen Daten kommt. Aber seine Telefonkontakte passten nicht dazu. Keine Großkonzerne, keine Rüstungsindustrie. Er machte sich auf den Weg nach Hause. Kulturabend.

* * *

Auf halber Höhe zwischen erstem und zweitem Obergeschoss des Landesmuseums kam ihm seine Frau entgegen.

»Bist du schon durch hier oben?«, fragte sie.

»Da oben ist nur Sperrmüll, die bauen gerade um.«

»Jetzt schon? Glaube ich nicht. Der Umbau soll doch erst in ein paar Monaten losgehen.«

Sie ging an ihm vorbei die Steinstufen hoch.

»Kannst mir schon glauben, da steht nur Gerümpel!«

Murrend drehte er um und stieg seiner Frau hinterher. Sie stand oben in der kleinen Halle, studierte konzentriert eine alte Matratze, deren Ende von einem Stahlband senkrecht nach oben gebogen wurde – ihm bereitete schon der Anblick Rückenschmerzen. Weil der Raum sonst keine visuelle Ablenkung bot, betrachtete er seine Gattin. Frauen mit Stil hatten beim Konsum zeitgenössischer abstrakter Kunst in Museen und Ausstellungen immer die gleiche Körperhaltung. Der rechte Unterarm quer unter der Brust als Stütze für den linken Ellenbogen, die Kinnspitze auf Daumen und Zeigefinger der linken Hand gestützt, um der schweren Interpretationsarbeit im Köpfchen ein statisches Fundament zu geben, das rechte Bein etwas vorgelagert, den Pumps mit erigierter Fußspitze auf den Absatz gestellt. Sehr kultiviert. Wie sie so dastand, erinnerte sie ihn an eine Szene aus einer Fernsehdokumentation, die er vor ein paar Wochen gesehen hatte, aber er konnte weder Datum noch Inhalt genau rekonstruieren.

»Glaubst du mir jetzt? Alles Plunder. Komm, lass uns was essen gehen.«

»Wenn man dir die Schriftrollen von Qumran gäbe, würdest du dir damit wahrscheinlich den Hintern abwischen. Das hier ist der Block Beuys. Warst du mit meinem Bruder damals eigentlich nur in der ›Goldenen Krone‹?«

»Nein, ab und an auch im ›Hippo‹. Schau mal, da hat doch tatsächlich einer auf den Teppichboden gepinkelt!«

Rünz zeigte auf einen gelben Strich, der von einem Arrangement rotlackierter Holzbohlen in der Raummitte wegführte zu zwei verrosteten Stahlskulpturen, unter deren Schweißnähten das erstarrte Schmelzgut dicke Krusten gebildet hatte. Er folgte der Farbspur bis zum Nebenraum, dort sah er hüfthohe Stapel dicker Filzmatten, rund ein mal zwei Meter groß, abgedeckt mit zentimeterstarken Kupferplatten. Frühe Erinnerungen tauchten auf, mehr Stimmungen als Bilder, das Wohnzimmer seiner Eltern, der Schwarz-Weiß-Fernseher, Reportagen über einen Mann mit Hut und ärmelloser Arbeitsweste inmitten seltsamer Skulpturen und Sammlungen von Alltagsgegenständen, Andy Warhol mit seiner Sonnenbrille und den wasserstoffblonden Haaren.

Er legte die Hand auf eine der Kupferplatten. Sofort fing er sich den Anpfiff eines Wärters ein, der sich heimtückisch hinter der Tür versteckt hatte. Rünz kalkulierte, fünf Platten, jede hatte ein Volumen von ca. 0,02 Kubikmetern, das machte bei einer Dichte von rund neun Tonnen pro Kubikmeter rund 180 Kilogramm pro Platte, insgesamt also etwa 900 Kilogramm. Bei einem geschätzten Weltmarktpreis von 1600 Euro pro Tonne stand er ohne Zweifel vor der wertvollsten Installation im Block Beuys, wenn man auf die Preise der verarbeiteten Rohmaterialien abhob. Aber der Wert von Kunstwerken errechnete sich nicht aus Rohstoffpreisen, sondern aus Bedeutungszuschreibungen – eine Sprache, die Rünz nie gelernt hatte. Er drehte sich um, sah eine alte Holzkommode in einem Glaskasten. Klappen und Schubkästen standen offen, alles war vollgestopft mit Plunder – Bestecke, Phiolen mit Chemikalien, Haushaltsgegenstände, alte Zeitungen, leere Getränkepackungen, Schokoladenreste. Die Farben waren vergilbt, über allem lag ein graubrauner Schleier. All die Installationen und Arrangements von Alltagsobjekten hatte im Laufe von 30 Jahren eine Patina geadelt, die sie gegen grundsätzliche Zweifel an ihrem künstlerischen Wert zuverlässig immunisierte.

Rünz dachte an Rossi und die ARECIBO-Nachricht. Vielleicht waren der Italiener und all die anderen SETI-Forscher auf dem falschen Weg, wenn sie nach Signalen Ausschau hielten, in denen mathematische oder naturwissenschaftliche

Botschaften verschlüsselt waren. Vielleicht suchten die Außerirdischen die Verständigung nicht über Ratio und Logik, sondern über Emotion und Interpretation – also Kunst. Womöglich schickten sie binär kodierte, abstrakte Installationen, Gemälde – oder Musik! Und wie reagierten umgekehrt fremde Lebensformen, wenn sie zum ersten Mal eine Fuge aus Bachs Wohltemperiertem Klavier hörten? Welche Bedeutung würden sie nach der Exposition des Themas all den raffinierten Engführungen, Spiegelungen, Augmentationen und Diminutionen beimessen? Rünz spürte das dringende Bedürfnis, seine Idee mit dem Hobbyastronomen zu diskutieren.

Als sie später nach Hause kamen, steckte ein unfrankierter Umschlag von Stadelbauer im Briefkasten. Rünz machte es sich auf der Couch bequem, öffnete ihn und nahm ein Taschenbuch heraus.

Die Stimme des Herrn
von Stanislav Lem

Lem war polnischer Science-Fiction-Autor, so viel wusste Rünz, aber er hatte dem Genre mit all seinen pubertären Effekthaschereien nie etwas abgewinnen können. Schon der Titel deutete auf ein ermüdendes Fantasyspektakel hin. Anfangs lustlos querlesend blätterte Rünz die ersten Seiten durch – und merkte bald, dass seine Vorurteile nicht bestätigt wurden. Er vergaß seine Chuck-Norris-DVD und verbrachte die halbe Nacht mit dem Buch. Im Kern drehte sich der Plot um die Entschlüsselung einer intelligent modulierten Neutrinostrahlung aus dem All, die durch Zufall im Datenmüll eines Detektors entdeckt worden war. Der Autor hatte Struktur und Organisation des fiktiven US-amerikanischen Forscherteams deutlich angelehnt an Oppenheimers Manhattan-Projekt in den 40er-Jahren, den Kreißsaal der Atombombe. Das eigentlich Faszinierende an dem Roman aber war die kompromisslose

Art, mit der Lem das Scheitern der Entschlüsselungsversuche präzise und logisch durchdeklinierte. Je hartnäckiger sich das Signal der Entzifferung entzog, umso bedeutender und übermächtiger wurde es als Projektionsfläche für die Ideale und Sehnsüchte der beteiligten Wissenschaftler. Dabei hatte der Pole keinerlei Konzessionen an das mutmaßliche Bildungsniveau einer möglichst breiten potenziellen Leserschaft gemacht, eine Strategie, die ihm heute kein Verlagslektorat mehr hätte durchgehen lassen. Seine Geschichte basierte auf einem breiten, fachübergreifenden naturwissenschaftlichen Fundament – Rünz musste zum Verständnis aus seiner Erinnerung alle Reste naturwissenschaftlicher Grundbildung zusammensuchen, die ihm von seiner gymnasialen Ausbildung noch irgendwie präsent waren. Er war fasziniert und hatte plötzlich eine Ahnung von der beruflichen Leidenschaft, die all die Mitarbeiter von ESOC, NASA und den anderen Weltraumagenturen bei ihrer Arbeit umtrieb. Wenn Stadelbauer so weitermachte, hatte er bald ein neues Vereinsmitglied. Sein Account Management war über jeden Zweifel erhaben – und sein Zielkunde hieß Karl Rünz.

* * *

Noch eine halbe Stunde bis zum Mittagessen mit Hoven und dem Staatssekretär. Wedel hatte ihm den E-Mail-Eingang mit PDF-Dateien gefüllt, die er von den Internetseiten der ORION Consult heruntergeladen hatte. Quartals- und Jahresberichte für die Investoren, Kundenlisten, Referenzprojekte, den Corporate Governance Codex, Organigramme der gesellschaftsrechtlichen Struktur. Die Arbeitsfelder des Unternehmens hatten kryptische Bezeichnungen wie ›Capability Acquisition‹, ›Human Performance Improvement‹ und

›Technology Support Services‹. Ein Laden ganz nach Hovens Geschmack, vielleicht konnte Rünz seinen Vorgesetzten überreden, sich dort zu bewerben.

Den gesamten Mailanhang speicherte er auf seiner Festplatte und startete auf gut Glück einen Textsuchlauf mit dem Begriff ›Rosetta‹. Das Ergebnis: ein gutes Dutzend Pressemitteilungen und Fachbeiträge. Die ORION Consult schien europäischer Marktführer zu sein, was Simulationssoftware für Weltraummissionen anging. Sie programmierten im Auftrag des ESOC oder der NASA komplette digitale Repräsentationen von Satelliten, mit denen die Bodenmannschaften trainieren und alle Eventualitäten und Notfälle durchspielen konnten. Für die ESA-Missionen Mars Express und Rosetta, die beide auf der gleichen technischen Plattform entstanden, hatte ORION ein Simulationspaket entwickelt und implementiert, mit großem Erfolg, wenn man der Marketingabteilung des Unternehmens glauben mochte. Aber wem mochte man noch glauben?

* * *

Wenn in Frankfurt irgendein neuer Gastro-Trend die Banker in ihren Mittagspausen aus den Bürotürmen lockte, dann kam das Phänomen stets mit höchstens zehn oder 15 Jahren Verspätung auch in Darmstadt an – allerdings in einer auf Datterichniveau heruntergebrochenen Spar- und Discountversion. Wahrscheinlich würde irgendwann in den nächsten Jahren ein bauernschlauer Heiner im Souterrain seines Reihenhauses in der Heimstättensiedlung eine jemenitische Teestube eröffnen, in der gestresste T-Systems-Programmierer Kath-Blätter kauten.

Das neue Sushi-Restaurant in der Rheinstraße war allerdings nicht nur weit jenseits von Hovens Niveau, die Inneneinrichtung verursachte selbst Rünz, den Geschmacks- und

Stilfragen selten beschäftigten, ästhetisches Magengrummeln. Sperrholzplatten mit billigstem Holzdekor, die Kanten lieblos mit Holzleisten zugenagelt, ein paar Reispapierfenster, Karikaturen japanischer Stilelemente. Eine Toilettenanlage in der New Yorker U-Bahn konnte kaum ungemütlicher sein. Warum hatte er Rünz und den Staatssekretär nicht standesgemäß in den Orangeriegarten eingeladen? Der Kommissar starrte minutenlang auf das Trichinen- und Nematodendefilée, ein endloser Strom von rohen Fischstückchen, Muscheln, Krabben, gerösteter Fischhaut und Tintenfischringen, in kleinen Schälchen auf einem Förderband, wie die Landungsboote der Amerikaner am Omaha Beach, präpariert für den vernichtenden Schlag auf das menschliche Verdauungssystem. Dann hatte er die Lösung. Hoven hielt diesen Laden für authentisch. Er war wahrscheinlich all der gestylten Frankfurter Sushi-Bars überdrüssig, in denen von der Speisekarte bis zur Klospülung jedes Detail von subtilen Anspielungen auf japanische Ess- und Lebenskultur geprägt war, Läden, die japanischer waren als Japan, ersonnen und entworfen von polyglotten jungen Innenarchitekten mit verwuschelten Haaren und Brillen im 16:9-Format. Aber das hier, das erschien Hoven wohl in all seiner Schäbigkeit echt.

Den Ministerialbeamten schien das Interieur nicht zu interessieren, er hatte das All-you-can-eat-Menü zu 8,90 Euro geordert und lud sich den Inhalt einer Schale nach der anderen auf den Teller. In den feisten Wangen des Pyknikers arbeiteten mächtige Kaumuskeln, er machte alles in allem den Eindruck eines Mannes, der einige Evolutionsstufen übersprungen hatte. Wenn er zufällig auf eine Meeresfrucht traf, mit der er nicht recht umzugehen wusste, schob er sie zur Seite. So hatte er bald einen hübschen Dekorkranz verschmähter Muschel- und Krabbentiere am Tellerrand.

»Ihr Chef hat mir von Ihrem Fall erzählt, der tote ESOC-Mitarbeiter. Tut mir leid wegen Ihrer Kollegin.«

»Ach ja?«

Wurden laufende Ermittlungen jetzt mit dem Wirtschaftsministerium besprochen? Hoven schaltete sich ein.

»Das Land Hessen und die Stadt Darmstadt sind äußerst interessiert an allen Aktivitäten rund um das ESOC. Die Stadt versteht sich als Hotspot im Bereich Research & Development und supported konsequent die Companies in dieser Line of Business. Darmstadt ist hervorragend aufgestellt im Wettbewerb um Unternehmen, die Cutting-Edge Technologies entwickeln.«

Der Mann aus Wiesbaden versuchte mit vollem Mund zu sprechen.

»Nehmen Fie fum Beifpiel daf neue Galileo Gründerfentrum. Daf Land Heffen – Ihr Arbeitbeber – fteckt fuwammen mit ber European Fpafe Awenfy 1,1 Millionen Euro in diewew Projekf. Da hängen über fauwend Hightef-Jobf im ganfn Rhein-Main-Gebiet dran. Daf Ding wird ein Inka-, ein Inkobu-, ein Inku-«

»Ein Inkubator«, half Hoven. »Ein Technologie-Inkubator. Die EU verspricht sich einen Added Value von über 100 Milliarden Euro von Galileo, bei vier Milliarden Euro Kosten. Das nenne ich einen Return on Investment. Und die Rhein-Main-Region will sich ein ordentliches Stück vom Kuchen abschneiden.«

»Die Platte hat mir Sigrid Baumann vom ESOC schon vorgespielt, ist bei mir ganz oben in den Charts«, sagte Rünz. »Tut gut, auch mit Ihnen mal drüber zu reden.«

»Was ich meine ist, und da sind wir mit der Landesregierung und dem Magistrat ganz und gar committed – lassen Sie es mich mal bildlich erläutern. Wenn verschiedene Wege nach Rom führen, dann muss man ja nicht unbedingt den nehmen, auf dem man die meisten Passanten mit Dreck bespritzt.«

»Aber nach Rom wollen wir schon kommen, oder?«, beharrte Rünz.

Der Staatssekretär nutzte den leeren Mund, um vor dem nächsten Bissen ein Statement abzugeben. Seine Mundpartie glänzte, er zeigte auf Rünz, um seiner Meinung Nachdruck zu verleihen, von seiner Fingerspitze tropfte Saft auf die Theke.

»Und das gilt gerade jetzt, das ganze Projekt steckt in der Krise, und für Darmstadt steht einiges auf dem Spiel!«

Rünz angelte sich ein Schälchen Reis von der Fischautobahn.

»Kritische Phase? Bei der Eröffnung des ›Centrums für Satellitennavigation‹ war doch noch alles eitel Sonnenschein. Unser Ministerpräsident hat gegrinst wie ein Froschkönig, der von Kate Moss wachgeküsst wird.«

»Kritische Phase ist vielleicht etwas übertrieben«, wiegelte Hoven ab und tupfte sich kultiviert die Mundwinkel mit seiner Serviette. »Wie bei allen Projekten dieser Größenordnung muss das Scheduling ständig upgedatet, das Budget an die aktuelle Entwicklung adaptiert werden. Außerdem existiert verstärkter Abstimmungsbedarf im Betreiberkonsortium. Alles im grünen Bereich.«

»Sie meinen, die Kosten laufen aus dem Ruder, die rechte Hand weiß nicht, was die linke tut, und die Zeitpläne sind Makulatur?«

Hoven legte sein Besteck zur Seite, faltete die Hände auf der Theke, legte den Kopf etwas schief und schaute Rünz tadelnd an wie der Dorfschullehrer den Klassenkasper.

»Herr Rünz, die Message ist – und da geht der Herr Staatssekretär völlig d'accord mit mir –, wir sind alle erwachsene Menschen und tragen Verantwortung für unser Tun, und das gilt auch für die weitreichenderen Folgen unseres Handelns. Ich fordere Sie einfach nur auf, den Blick über den Tellerrand zu richten.«

An Regionen jenseits des Tellerrandes schien der Mann aus dem Ministerium wenig interessiert. Er hatte Hovens kleinen

Appell genutzt, um sich die Backentaschen vollzuschaufeln wie ein Hamster vor dem Winterschlaf.

»Voll d'accord, ganf genau!«

* * *

Rünz gab dem verstaubten Besäumschlitten der Formatkreissäge einen leichten Schubs, das Aluminiumprofil bewegte sich auf der Rollenführung lautlos und sanft bis zum Anschlag. Die Altendorf hatte weder ein schwenkbares Sägeblatt noch ein Vorritzaggregat, aber sie hatte in über 30 Einsatzjahren nichts an Präzision und Zuverlässigkeit eingebüßt. Was nicht dran ist, kann nicht kaputtgehen. Sein Vater hatte sich den großen technischen Innovationen im Schreinerhandwerk stets verwehrt, die Arbeit am Zeichenbrett der CAD-Konstruktion am Bildschirm vorgezogen, computergesteuerte CNC-Maschinen waren ihm zuwider gewesen. Rünz ging durch den Maschinenraum zur riesigen Furnierpresse, die ihn als Kind am meisten fasziniert hatte. Im Alter von acht Jahren hatte er mit ihrer Hilfe im Rahmen eines kleinen Jugend-forscht-Projektes nachgewiesen, dass man den Körper einer Feldmaus auf über einen Quadratmeter Fläche verteilen konnte, wenn man ihn zwischen zwei großen Metallplatten ausreichend großem Druck aussetzte. Das Gehäuse der Hydraulikpumpe war geöffnet, sein Vater hatte wohl Wartungsarbeiten durchgeführt, kurz vor seinem Verkehrsunfall.

Irgendwann würde Rünz entscheiden müssen, ob er die Werkstatt vermietete oder verkaufte. Der Maschinenpark war nicht auf dem neuesten Stand, aber gut in Schuss, Abricht- und Dickenhobel, Tischfräse, Furnierpresse und Kreissäge würden vielleicht 15 000 bis 20 000 Euro abwerfen, die Handmaschinen und -werkzeuge noch mal 3000 bis 4000. Im Holzlager schlummerten noch einige Preziosen, hochwertige Sägefurniere von ostindischem Palisander, Riftbretter von Schweizer Birnbaum und Walnuss. Wenn er die letzten Überreste seiner Vergangenheit über eBay entsorgte, würde es vielleicht für einen Lexus SC reichen, und er konnte auf dem Parkplatz des Präsidiums Hoven eine lange Nase machen.

Durch die Schwingtür betrat er den Bankraum, in dem er die meisten Nachmittage seiner Schulzeit verbracht hatte. Seine kleine Junior-Hobelbank stand immer noch an ihrem Platz, übersäht mit unzähligen Leim- und Farbklecksen und den Spuren unsachgemäß benutzter Stemmeisen und Sägeblätter. Er öffnete die Kipplade. Alles war an seinem Platz – die alten Stechbeitel, die Klingen vom hundertfachen Nachschärfen stark verkürzt, Schrupp- und Putzhobel, Raubank, Klüpfel, Fein- und Gestellsäge. Der Altgeselle Friedrich hatte ihn hier eingewiesen in die Geheimnisse der klassischen Holzverbindungen, Schwalbenschwanz- und Fingerzinken, Schlitz und Zapfen, Überblattung und Gratnut. Mit Wehmut dachte er zurück an die ersten handwerklichen Erfolge, den Stolz und die tiefe Befriedigung, als er mit Werkzeug und Material so selbstverständlich und präzise umgehen konnte wie ein junger Orchestermusiker mit seinem Instrument. Rünz nahm eine Feinsäge aus der Lade und prüfte Schärfe und Schränkung der Zähne zwischen Daumen und Zeigefinger. Der alte Friedrich hatte Kinder gemocht.

Warum sollte er sich etwas vormachen. Er war nicht gekommen, um den Verkauf der Werkstatt vorzubereiten, die laufenden Kosten für das kleine Anwesen waren nicht der Rede wert, er stand also nicht unter Zeitdruck. Es ging um etwas anderes. Die Diagnose hatte ihn wie nichts zuvor mit seiner Vergänglichkeit konfrontiert. Jetzt hatte er das Bedürfnis, seinem Leben rückwirkend irgendeinen Sinn zu geben, einen roten Faden zu finden, der dieser Dauerbaustelle seiner Existenz eine tiefere Bedeutung verlieh. Der Tod war schon sinnlos, als Abschluss eines sinnlosen Lebens war er schlicht inakzeptabel.

* * *

Menschen in solchen Stimmungslagen hatten grundsätzlich zwei Optionen – die Couch eines Analytikers oder den Barhocker an einer Theke. In friedlicher Eintracht saß Rünz mit Brecker schweigend im ›Godot‹ in der Bessunger Straße. Er hatte seinem Schwager den Businessplan für seine Recharger-Vermarktung verhagelt, Brecker hatte mit der NYPD-Nummer auf dem Parkhausdeck zurückgeschlagen – quid pro quo. Die 15 Striche auf den Rändern ihrer Bierfilze hatte der Wirt so akkurat aufgemalt wie die Genfer Uhrmacher die Minutenstriche auf Hovens Patrimoni. Sie hatten leidenschaftlich diskutiert über die Neuentwicklungen auf dem Markt der Handfeuerwaffen, dann, wie eine lästige Pflicht, deren beider längst überdrüssig waren, hatten sie die körperlichen Attribute der weiblichen Neuzugänge im Präsidium durchgesprochen. Um die Konversation nicht vollends einschlafen zu lassen, begann Rünz, seinem Schwager die geostrategische Weltlage auseinanderzusetzen. Er spannte, seinem Alkoholpegel entsprechend, einen weiten Bogen vom Sinn und Unsinn des dreigliedrigen deutschen Schulsystems über die Nachteile makrobiotischer Frühstückscerealien bis zur aktuellen Zinspolitik der US-Notenbanken. Ohne jede Rücksicht auf den Kontext baute er einige von Hovens Lieblingsanglizismen in sein Referat ein, er platzierte sie einfach da, wo sie sich einigermaßen harmonisch in die Satzmelodie einfügten.

Die Mühe nutzte nichts, Breckers Aufmerksamkeit wurde zusehends von zwei Damen absorbiert, die seit einigen Minuten neben ihnen auf ihren Barhockern saßen und Cocktails tranken. Rünz spähte hinüber, ohne seinen Vortrag zu unterbrechen – beste Freundinnen, Mitte 40, beide in sandfarbenen Woll-Cardigans, die sie lasziv von der Schulter rutschen ließen, breiten Lackleder-Gürteln und schwarzen Slimpants. So stellte sich Rünz die typische ›Brigitte Woman‹-Abonnentin vor. Wahrscheinlich benutzten sie die ›Dove pro-age‹-Pflegeserie, ihre Kinder waren aus dem Gröbsten raus, ihre Ehemänner vögelten ihre Sekretärinnen, und sie wollten jetzt noch mal so richtig was erleben. Die beiden schickten ohne Unterlass Sprecht-uns-jetzt-bitte-nicht-an-denn-das-haben-wir-ja-nun-überhaupt-nicht-nötig-Blicke zu den beiden Polizisten. Brecker begann zu schnaufen und scharrte mit dem Fuß auf dem Boden wie ein spanischer Kampfstier, den die Picadores mit ihren Lanzen in Stimmung gebracht hatten. Rünz ahnte Unheil, seine Analyse kam ins Stocken, er musste sich zusammenreißen, um wenigstens ein halbwegs plausibles Fazit zusammenzubringen, faselte etwas von der Rettung des Universums durch moderate Steuersenkungen für gemeinschaftlich veranlagte nichteheliche Lebensgemeinschaften. Dann drehte er sich etwas weg von seinem Schwager und begann, konzentriert seinen Bierfilz zu studieren. Was immer auch geschehen mochte in den nächsten Minuten, er beschloss, einfach nicht involviert zu sein.

Brecker stand auf und schwankte auf die Frauen zu, der Wirt stellte voll der Vorfreude die Musik etwas leiser, Rünz vertiefte sich in seinen Bierfilz, als hätte er eine alte Schatzkarte in der Hand. Die Weibchen suchten ihre Begeisterung über Breckers Annäherung mit gleichgültigen Gesichtsausdrücken zu kaschieren, strichen sich kokett ihre Haare hinter die Öhrchen und warfen sich ins Hohlkreuz, dem paarungswilligen Männchen ihre vom Nachwuchs schlaff gesaugten Milchdrüsen zur Stimulanz darzubieten. Brecker stellte sich zwischen die Damen, legte beiden je eine seiner bratpfannengroßen Pratzen auf die Schulter und zog sie an seine Heldenbrust.

»NA IHR BEIDEN SÜSSEN, IHR HABT EURE BESTEN JAHRE ABER AUCH SCHON HINTER EUCH, ODER?«

Rünz hörte eine unendlich lange Sekunde lang gar nichts, dann klatschte es zweimal kurz hintereinander, und er hörte, wie seinem Schwager zwei Caipirinhas von Ohrläppchen, Kinn- und Nasenspitze heruntertropften. »AAAARGHHH«, grunzte Brecker und leckte sich mit seiner Ochsenzunge Cachaça und Limettensaft von der Mundpartie. Die Banderillas steckten tief im Nacken des Stiers, er kam in Fahrt.

»Superlecker, Mädels. Jetzt mal abgesehen vom Alter, ihr beiden, wie ist das eigentlich als Frau, wenn man nicht ganz so attraktiv ist? Ich stell mir das ziemlich deprimierend vor!«

Rünz studierte inzwischen konzentriert die Speisekarte, er hatte mit alldem ja so was von überhaupt nichts zu tun. Das Nächste, was er hörte, war ein helles, heiseres ›Hoooooo‹. Er schaute aus den Augenwinkeln hinüber, eine der Damen hatte ihre Hand in Breckers Schritt zur Faust geballt, und welche kostbaren kleinen Organe sie dort nach Belieben zusammenpresste, war unschwer zu erahnen. Schon vom Zuschauen blieb Rünz die Luft weg. Breckers nasser, gedunsener Kopf schien fast zu platzen, er stand regungslos schweigend mit schreckgeweiteten Augen und atmete schnell und flach. Sie hatte ihn mit einer Hand völlig unter Kontrolle, er hätte Ballett getanzt, wenn sie darauf bestanden hätte.

»Ist das Ihr Haustier?«, fragte sie.

Rünz brauchte einen Moment, um zu verstehen – sie hatte tatsächlich ihn angesprochen, einen völlig Unbeteiligten!

»Ist mir zugelaufen«, sagte er. »Der will nur spielen.«

* * *

Es schneite. Rünz hatte Hovens Flexibilisierungsangebot dankbar angenommen und spontan einen Tag Heimarbeit angemeldet, um seinen Rausch auszuschlafen. Warum wollte der Chef ihn unbedingt am Abend doch noch mal im Präsidium sehen?

Die Chauffeure auf dem Parkplatz lehnten mit Schals und Handschuhen an den Kotflügeln der gepanzerten Limousinen, rauchten und machten sich über die Marotten der Entscheidungsträger lustig, die sie Tag für Tag durch die Republik fuhren. Zwei aktuelle S-Klasse-Modelle, zwei 7er BMWs und der Phaeton eines Funktionärs mit intellektuellem Anspruch, alle Schutzklasse B6/B7, mit zentimeterdicken Scheiben, Spezialbereifung und diskret verarbeiteter Panzerung, die nur der Fachmann auf den ersten Blick erkannte.

Hovens Stimme hatte am Telefon die gewohnte Souveränität gefehlt, er hatte angespannt und nervös gewirkt, Rünz fast angefleht, sofort ins Präsidium zu kommen. Brecker empfing ihn schon am Eingang.

»Hör zu, Karl, ich …«

»Wo sitzt die Truppe?«, unterbrach ihn Rünz.

»Mit Hoven im großen Besprechungsraum. Aber wir müssen unbedingt vorher …«

»Wer sind die ganzen VIPs mit den Stretchlimos?«

Rünz war in Kampfstimmung. Er legte eine forsche Gangart durch die Flure ein, Brecker hastete hinter ihm her und kam kaum zu Wort.

»Keine Ahnung, irgendwelche hohen Tiere, Wiesbaden, Karlsruhe, Pullach. Hör zu, wir müssen unbedingt …«

»Was glotzt ihr alle so?!«, fauchte Rünz die Kollegen an, die in den Türrahmen standen und das seltsame Paar anstarrten, Don Quijote und Sancho Panza auf dem Weg zu den Windmühlen. Noch wenige Meter bis zur Tür.

»Ich muss dir vorher etwas sagen, es geht um Yvonne. Warst du gestern Abend noch bei ihr?«, hechelte Brecker.

»Ja, warum? Sie hat die Tarife erhöht. Bahn, Post, Telekom – alle erhöhen mal die Tarife. Willst du mich anpumpen? Lass einfach die Extras weg.«

»Hör auf und bleib doch mal einen Moment stehen, sie ist …«

Weiter kam Brecker nicht, Rünz stand schon im Besprechungsraum und zog die Tür hinter sich zu.

Die spanische Inquisition. Drei Männer und zwei Frauen saßen im Halbrund um einen leeren Stuhl herum, der für den Delinquenten reserviert war. Rünz spekulierte einen Augenblick, ob Hoven eine Art Personal-TÜV eingeführt hatte, um die Mitarbeiter des gehobenen und höheren Polizeivollzugsdienstes regelmäßig auf ihre Diensttauglichkeit zu testen. Er grüßte in die Runde, überblickte dabei schnell die Gesichter, konnte außer Hoven und der zuständigen Staatsanwältin Simone Behrens keinen Bekannten entdecken. Alle machten den Eindruck von Menschen, die gewohnt waren, dass Subalterne ihre Anweisungen befolgten.

Hoven stellte ihm die Runde vor, fummelte dabei nervös an seinem Montblanc-Stift. Rünz vergaß die Namen sofort wieder, merkte sich nur die Positionen – Abteilung Innere Sicherheit der Generalbundesanwaltschaft, Abteilung Materieller Geheimschutz des Militärischen Abschirmdienstes, der Leiter irgendeiner Forschungsgesellschaft in Bad Godesberg, Direktorin Operative Aufklärung des Bundesnachrichtendienstes, Ermittlungsrichter des Bundesgerichtshofes. Und die stellvertretende Generalbundesanwältin. Die Einzige, die Rünz nicht zur Begrüßung zunickte. Sie studierte konzentriert ihre Unterlagen, bis Hoven mit seiner Vorstellungsrunde durch war. Dann musterte sie Rünz über den oberen Rand ihrer Lesebrille hinweg. Sie war um die 60, hatte glatte, schulterlange graue Haare und einen leuchtend roten Lippenstift aufgetragen. Rünz konnte sie sich gut als Domina in einer Seniorenresidenz vorstellen. Er senkte den Kopf ein wenig und imitierte ihren Blick, aber sie schien immun gegen derlei kleine Späße.

»Herr Rünz, ich nehme an, ich muss ihnen keine Nachhilfestunde über das Evokationsrecht der Generalbundesanwaltschaft halten. Die Tötungsdelikte an Charlotte de Tailly, Tommaso Rossi und Yvonne Kleinert gelten mit sofortiger Wirkung als gekorene Staatsschutzdelikte im Sinne des § 120 Abs. 2 Gerichtsverfassungsgesetz. Die Leitung der Ermittlungsverfahren wird gebündelt und obliegt ab jetzt Herrn Klöber vom Bundesgerichtshof.«

Rünz brach der Schweiß aus, er hatte Mühe, sich zu kontrollieren. Warum Yvonne? Er war am Vorabend ihr letzter Kunde gewesen. Hatte er Spuren hinterlassen? Hatte sie irgendwo eine Telefonkladde mit seiner Nummer? Wenn ja, dann hatte sie Brecker und ihm Pseudonyme gegeben, ›der Stier‹ und ›der Grantler‹ oder so, aber die Nummern würden sie verraten. Habichs Team würde in ihrer Wohnung Fingerabdrücke und genetische Spuren von 50 oder 60 Männern finden, aber niemand würde Rünz um eine Vergleichsprobe bitten, wenn keine Anhaltspunkte für eine Verbindung vorlagen. Und Brecker würde den Mund halten, sie waren schließlich Buddys. Mit etwas Glück wurde sein kleines Geheimnis nicht gelüftet. Wer hatte sie umgebracht? Und warum interessierte sich die Generalbundesanwaltschaft für einen Mord an einer Prostituierten? Welche Verbindung stellten sie zu den Morden an Rossi und Charli her? Der einzige Link war er. Er versuchte, seinen Besuch bei ihr genau zu rekonstruieren. Sie war guter Laune gewesen, keine Anzeichen von Angst oder innerer Unruhe. Sie hatte die Tür ihrer Praxis hinter ihm abgeschlossen, er hatte das Haus verlassen und war in sein Auto gestiegen. Beim Ausparken hatte er mehrmals vor- und zurücksetzen müssen, weil ihn irgendein Idiot zugeparkt hatte mit einem schwarzen, kantigen G Klasse-Merce…

Hoven intervenierte, bevor er aufspringen konnte.

»Nur zu Ihrer Information, Herr Rünz – Ihre Frau steht seit zwei Stunden unter Polizeischutz.«

Die verdammte Telefonkladde. Und Stadelbauer? Getreu seiner Aufschiebe-Doktrin hatte Rünz noch keinerlei Aufzeichnungen oder Protokolle über Kontakte mit dem Hobbyastronomen angefertigt. Wenn er jetzt um Schutz für ihn bat, versiegte seine letzte Informationsquelle. Herr Klöber unterbrach seinen Gedankengang. Der Mann vom Bundesgerichtshof sah so aus, wie er hieß, ein untersetzter kleiner Wadenbeißer mit Fistelstimme und einem spießigen Schnauzer, der die alte OP-Narbe einer Hasenscharte kaschierte.

»Herr Rünz, im Sinne einer sofortigen Aufnahme der Ermittlungstätigkeit durch den Bundesgerichtshof ist es zwingend erforderlich, uns sämtliche Dokumente, Ermittlungsakten, Protokolle, Aufnahmen und Untersuchungsergebnisse zur Verfügung zu stellen, die Sie im Rahmen Ihrer Fallbearbeitung gesammelt haben. Damit wir uns verstehen, ich spreche von den Originalen, nicht von Kopien. Könnten Sie das bitte heute noch für uns in die Wege leiten?«

Ein als Bitte verkleideter Befehl. Rünz brummelte und grunzte. Der Mann von der Forschungsgesellschaft hatte bislang kein Wort gesagt und schien nicht die Absicht zu haben, sein Schweigen zu brechen. Er gab Klöber lediglich ein Handzeichen, wie um ihn an etwas zu erinnern. Klöber apportierte.

»Diese Aufforderung erstreckt sich auch und insbesondere auf jegliche Form digitaler Daten, die Sie im Lauf Ihrer bisherigen Ermittlungen sichergestellt haben. Des Weiteren erwarte ich eine vollständige und umfassende Aufstellung aller Personen, Dienststellen und Institutionen, die Zugang zu diesen Daten hatten oder sie per Mail oder auf Datenträgern erhalten oder Ihnen zugesendet haben.«

Rünz starrte den Wissenschaftler an, eine hagere Bohnenstange mit völlig kahlem Schädel und walserschen, buschigen Augenbrauen. Der Mann schaute wieder mit routiniertem

Altherrengestus aus dem Fenster, aber irgendetwas an dieser Zurschaustellung überlegener Seniorität stimmte nicht. Dieser Mann versuchte, eine innere Unruhe zu verbergen, und Rünz hätte jeden Betrag darauf gewettet, dass es dabei um professionelle Begeisterung ging, um unstillbare Neugier auf irgendetwas, das mit diesen Daten zusammenhing.

Er nahm sich zusammen und ließ sich von der Runde Instruktionen geben für die Details der Fallübergabe. Reumütig und schüchtern saß er da, wie ein Pennäler vor dem Schuldirektorat. Aber tief im Herzen des geknechteten südhessischen Polizeihauptkommissars glomm sie, die Glut des Widerstandes, wie ein kleines ewiges Feuer. Er würde es ihnen allen noch zeigen.

* * *

Nicht bei Vereinskollegen, nicht bei engen Freunden oder Verwandten, nicht in Darmstadt. Klare telefonische Anweisungen, und wenn Stadelbauer sich daran hielt und ein paar Tage untertauchte, dann war er erst mal aus dem Schussfeld. Den IT-Nerd konnte er nicht erreichen, und mit seiner Frau würde er später sprechen. Prioritäten setzen. Alles zu seiner Zeit. Wedel stand in Rünz' Büro und schaute ihn mit den neugierigen Augen eines Kindes an.

»Ihre Frau hat schon dreimal angerufen, sie hat die Kollegen vor ihrem Haus bemerkt.«

Rünz reagierte nicht.

»Was wollten die von Ihnen, Chef?«

Rünz musste sich etwas Zeit verschaffen, eine Pause zum Nachdenken.

»Bei Bad Godesberg muss es irgendeine Forschungsgesellschaft geben, FGAM oder so ähnlich, keine Ahnung, wo das liegt und was das ist, googeln Sie das bitte mal nach.«

Wedel verschwand im Nebenzimmer und klackerte ein paar Sekunden auf seiner Tastatur.

»FGAN heißt der Verein, Forschungsgesellschaft für angewandte Naturwissenschaften. Die machen Grundlagenforschung mit Schwerpunkt auf wehrtechnisch relevanten Themen, oft in Kooperation mit Hochschulen, Industrie und anderen Forschungseinrichtungen. Eigentlich sind das drei Institute unter einem Dach. Wachtberg ist korrekt, liegt südlich von Bonn, da arbeiten sie an Hochfrequenzphysik, Radartechnik und Informationssystemen. Und in Ettlingen gibt es noch ein Institut für Optronik und Mustererkennung. Der ganze Laden soll in Zukunft in die Fraunhofer-Gesellschaft integriert werden. Fraunhofer – sitzen die nicht auch hier in Darmstadt? Wie hieß denn der Kerl?«

»Keine Ahnung, Bormann oder so ähnlich.«

»Dr. rer. nat. Ralf Bormann, ist der stellvertretende Vorsitzende des Vereins, was wollte der denn von Ihnen?«

»Gar nichts, hat einfach nur schweigend dagesessen und sich angehört, wie die mir meinen Fall wegnehmen. Ist scharf auf Rossis Daten.«

Ein paar Sekunden hörte Rünz nur Klackern aus dem Nebenraum, dann fing Wedel fast unhörbar an zu murmeln, wie in ein Selbstgespräch versunken.

»Was ist los mit Ihnen, haben die Lilien einen neuen Trainer?«

»Die kooperieren mit der ESA. Außerdem forschen die an einem deutschen Satellitenaufklärungssystem, SAR-Lupe heißt das Ding. Wussten Sie, dass wir uns so was leisten?«

Rünz reagierte nicht auf die Frage. Wedel kam aus dem Nebenzimmer und fand seinen Vorgesetzten abwesend aus dem Fenster starrend.

»Sind wir noch im Spiel, Chef?«

»Warum fragen Sie?«

»Bunter ist im Moment in der Kasinostraße und spricht

mit einem Gebrauchtwagenhändler. Die Kollegen von den Eigentumsdelikten sind in der Fahndungsliste auf Stavenkow gestoßen. Der Russe hat vor ein paar Tagen bei dem Autohändler eine Probefahrt mit einem alten G-Klasse-Mercedes angetreten. Schwarz, langer Radstand, verchromter Kuhfänger. Er hat das Auto nicht zurückgebracht.«

* * *

Viermal drückte er vergeblich den Klingelknopf, dann ließ er den Finger einfach drauf, bis sein Schwager öffnete. Brecker hatte einen hochroten glänzenden Schädel, sein feister Leib steckte in einem royalblauen Satin-Morgenmantel, auf dem in burgundroter Fraktur-Typo seine Initialen eingestickt waren. Sir Klaus vom zweiten Revier.

»Verdammt, was willst du um die Uhrzeit noch hier, du solltest mal zu Hause vorbeischauen. Karin sagt, ihr habt sie unter Polizeischutz gestellt und keiner würde ihr was erklären.«

Brecker senkte die Stimme.

»Hat das was mit dem Mord an ...«

Hinter ihm kam Schannin aus dem Schlafzimmer, in ein Handtuch gewickelt, baute sich im Flur auf und steckte sich eine Marlboro an. Sie wirkte unbefriedigt.

»Ich brauche eine von deinen Stupsnasen. Eine mit ordentlich bums«, sagte Rünz und zwinkerte Schannin zu.

»Willst du jetzt noch auf den Schießstand, oder was?«

»Nein, ein kleiner Einsatz, nichts Besonderes.«

»Ach, und was ist das für ein kleiner Einsatz, für den deine Dienstwaffe nicht ausreicht? Von deiner Ruger mal ganz zu schweigen.«

»Hör zu, ich kann unmöglich ins Präsidium, und meine Waffen sind in der Wohnung. Wenn ich jetzt nach Hause fahre und meine Ruger oder meinen LadySmith hole, muss ich deine Schwester mit fadenscheinigen Erklärungen zutexten, dafür fehlt mir im Moment die innere Ruhe. Meine Work-Life-Balance ist am Arsch, verstehst du, was ich meine? Kann ich jetzt reinkommen?«

Rünz folgte Brecker durch den Flur, Schannin starrte ihn regungslos an, rauchte und ließ Kaugummiblasen knallen. Brecker fummelte am Doppelbartschloss seines Waffentresors herum, er schien noch ziemlich erhitzt und erregt.

»Du wirst das kleine Löchlein doch finden? Wieder einsatzfähig untenrum – oder hast du bleibende Schäden von deinem kleinen Flirt im ›Godot‹?«

»Halt bloß den Mund. Wenn du mit einer meiner Kurzwaffen Scheiße baust und ich meinen Waffenschein los bin, dann hast du einen Feind in der Familie. Was waren das für hohe Tiere im Präsidium, was haben die dir erzählt? Wirst du befördert?«

»Ja, mit einem Arschtritt. Jetzt piens hier nicht rum, was hast du im Angebot?«

»Ich kann dir die Walther Desert Eagle Mark XIX in 357er Magnum anbieten, da kriegen die meisten vom Hinschauen schon den nötigen Respekt. Wenn du es lieber klassisch magst, dann empfehle ich dir diesen Singel Action Army Colt. Du könntest dir von der Reiterstaffel ein Pferd leihen und stilecht wie General Custer am Little Bighorn …«

»Was ist das da unten für ein Kasten?«

Rünz zeigte auf einen signalgelben kleinen Hartschalenkoffer mit der Aufschrift ›Emergency Survival Tool‹.

»Vergiss den, ein brandneuer Überlebenskoffer von Smith & Wesson, falls mir beim Campingurlaub am Neckar mal ein Kodiak ins Vorzelt läuft.«

»Genau das, was ich brauche. Mach den doch mal auf.«

Widerwillig zog Brecker die Box aus dem Stahlschrank, stellte sie auf den Küchentisch und öffnete den Deckel. Zwei

Thermoschutzfolien, Signalspiegel, Faltsäge, Trillerpfeife, Kompass, Messer, Sturmfeuerzeug – Survival-Kitsch im Hartschaumblock, rund um einen unglaublich mächtigen kurzläufigen Revolver mit Kunststoffgriffschalen in Kofferfarbe.

»Heilige Muttergottes, dagegen wirkt ja meine Ruger wie ein Reizgassprüher. Hast du das Ding schon getestet?«

Rünz nahm die Waffe aus dem Koffer.

»Noch keine Zeit. 2000 Gramm Stainless Steel von Smith & Wesson in 500er Magnum, fünfschüssig, double-action, 2¾-Zoll-Lauf. Damit kannst du Schiffe versenken oder Bäume fällen.«

»Wie sieht's mit Munition aus?«

»Munition? Das Ding verschießt Granaten!«

Brecker ging zum Waffenschrank und kam mit einer Handvoll fingerdicker Patronen wieder – die 454er Casull, mit denen Rünz seine Ruger fütterte, nahmen sich daneben aus wie Luftgewehrkugeln. Er klappte die Trommel heraus, lud die Patronenlager und legte probeweise an.

»Hast du ein Holster?«

»Sonderanfertigung, ist noch in Arbeit.«

Rünz steckte die Waffe in die Außentasche seiner Winterjacke, das Gewicht zog ihm fast den Stoff von den Schultern. Wortlos drehte er sich um und ging Richtung Ausgang, Brecker stapfte aufgeregt hinter ihm her.

»Langsam, Karl, das ist nicht irgendein Spielzeug, da müssen sich selbst Großkaliber-Profis langsam rantasten. Was da vorn rauskommt, ist kein Mündungsfeuer, das ist ein Flammenwerfer! Der Rückstoß kann dir dein Handgelenk zerbröseln! Außerdem musst du dir nicht nur Gedanken über dein Ziel machen, sondern auch über alles, was *dahinter* steht …«

»Klaus ist gleich wieder einsatzfähig«, unterbrach Rünz und zwinkerte Schannin zu, die immer noch im Flur stand, rauchte und Kaugummiblasen platzen ließ. Dann war er im Treppenhaus.

»Wann sehe ich mein Baby wieder?«, rief Brecker ihm hinterher. Die Tür gegenüber öffnete sich einen Spalt, seine alte Nachbarin starrte ihn an.

»Alles in Ordnung, Herr Brecker? Soll ich die Polizei rufen?«

* * *

›hife stenwate‹

Stadelbauer hatte nicht gerade die üblichen SMS-Abkürzungen verwendet, aber wahrscheinlich hatte er beim Tippen andere Sorgen. Der Idiot hatte sich in der Sternwarte einquartiert. Genauso gut hätte er sich ein T-Shirt mit einem Fadenkreuz und der Aufschrift ›Ziel‹ anziehen können. Das Schneetreiben wurde immer dichter, Rünz überquerte die Straßenbahngleise und brachte seinen Passat mit Schwung hoch bis zur Heinrich-Delp-Straße. Die Sichtweite betrug kaum fünf oder sechs Meter, wenn er aufblendete, verwandelten sich die Myriaden von Flocken vor den Scheinwerfern in eine undurchdringliche weiße Wand. Mehrmals musste er aussteigen und die Schilder lesen, bis er die schmale Stichstraße zum Seminar Marienhöhe hinauf gefunden hatte. An der Steigung, die hinter dem Internat zur Ludwigshöhe hochführte, drehten die Vorderräder seines Passats ohne Grip durch, er kam keinen Meter weiter. Winterreifen waren eine praktische Sache, wenn sie nicht in der Garage lagen. Er stieß rückwärts auf den Parkstreifen, nahm sich seine kleine MagLite aus dem Handschuhfach und stieg aus.

Die eigentlich eindrucksvolle Verwandlung, die eine Großstadt durch eine geschlossene Schneedecke erfuhr, war keine optische, sondern eine akustische. Der Schnee machte die Stadt leise, absorbierte das gewohnte urbane Hintergrundrauschen. Rünz ging einige Schritte durch die Stille. Der letzte halbe Kilometer führte in Serpentinen die Anhöhe hinauf. Vor der ersten Kurve blieb er stehen und lauschte. Von der Höhe näherte sich ein hochfrequentes, gequältes Fauchen, Rünz tippte auf einen viel zu hochgedrehten, hubraumstarken Turbodiesel. Mehrmals wendete er den Kopf, um das Fahrzeug zu orten – vergeblich. Der Lärm schwoll an, er machte einige Schritte weg von der Straße, um nicht überfahren zu werden. Die Elektronik eines Automatikgetriebes schien mit den sinnlosen Gasbefehlen des Fahrers nicht klarzukommen und jagte wild durch die Gangstufen. Der Lautstärke nach zu urteilen musste das Fahrzeug noch 50 oder 60 Meter entfernt sein, die Schneeflocken um ihn herum wurden langsam in ein fahlgelbes Licht getaucht. Das Fahrwerk ächzte rhythmisch, als müsste es große Bodenwellen überwinden. Welche Bodenwellen? Rünz starrte auf die schmale Straße, und als ihm bewusst wurde, dass der Fahrer nicht die reguläre Serpentinenstrecke, sondern die Downhill-Route der Mountainbiker mit den künstlich aufgeschütteten Sprungschanzen nahm, war es fast zu spät. Die mächtige, kantige Front des G-Klasse-Mercedes erschien wie ein Raubtier mit glühenden Augen im Sprung. Rünz warf sich zur Seite, der chromglitzernde Kuhfänger vor dem Kühlergrill erwischte seine Füße, warf seine Beine zur Seite, ließ ihn auf der glatten Schneedecke einige Pirouetten drehen, bevor er auf dem Bauch liegen blieb. Der schwere Revolver war aus seiner Manteltasche in den Neuschnee gerutscht. Das Motorengeräusch ebbte ab, der Fahrer hatte sich offensichtlich mit beiden Füßen auf die Bremse gestellt – bevor das ABS eingreifen konnte, stand der Wagen quer und schlitterte weit die Straße hinunter. Als er zum Stehen kam, konnte Rünz nur noch die roten Rücklichter erkennen. Autotüren öffneten sich, Menschen stiegen aus. Er tastete hektisch mit klammen Fingern nach Breckers Bärentöter. Dann hörte er Schritte, Stiefel, die im Schnee knirschten, jemand näherte sich von unten. Wie ein Frettchen krabbelte Rünz umher und suchte nach dem Revolver, der Besucher kam näher, blieb zwei oder drei Meter vor ihm stehen, nur eine Silhouette gegen die roten Rücklichter des Geländewagens. Dann ein hohles metallisches Schleifen – ein Schalldämpfer, der auf den Lauf einer Automatikwaffe geschraubt wurde? Er keuchte, fand schließlich die Magnum, das eiskalte Metall schmerzte auf der Haut. Er entsicherte.

»Hallo, können Sie mir helfen? Ich glaube, es hat meine Beine erwischt. Sie waren ganz schön schnell unterwegs.«

Keine Reaktion. Wieder Metall auf Metall, direkt über ihm, der Verschlussschlitten, das Klacken einer Patrone, die über die Rampe ins Lager geschoben wird. Rünz hatte in über 20 Berufsjahren nie von Angesicht zu Angesicht auf einen Menschen geschossen, er hatte sich oft gefragt, ob er zu lange zögern würde, ob ihm in der entscheidenden Sekunde die Tötungshemmung einen Strich durch die Rechnung machen würde. Jetzt war es so weit, und er hatte ganz andere Sorgen. Mit seinem steifgefrorenen Zeigefinger musste er über sechs Kilogramm Abzugswiderstand überwinden, und für einen Schuss mit dem größten Revolverkaliber der Welt hatte er auf seinem Hintern sitzend ohne Rückenstütze und klammen Händen eine denkbar ungünstige Ausgangsposition. Er legte auf den Schatten an, nutzte die Linke als Stützhand unter den Griffschalen und zog mit dem Mut der Verzweiflung durch. Was dann passierte, übertraf all seine Befürchtungen – er fühlte sich, als hätte er die Karronade eines alten englischen Dreimasters aus der Hand abgefeuert. Eine meterlange Feuerfontäne brach aus dem kurzen Lauf heraus, für den Bruchteil einer Sekunde war der Wald um die beiden Kontrahenten herum taghell erleuchtet, im Schein der abbrennenden Pulverrückstände konnte er das verdutzte

Gesicht des Angreifers sehen. Der Rückstoß war jenseits aller Vorstellungskraft, die Waffe schlug hoch, flog ihm fast aus der Hand, die Kimme traf seine Stirn, er wurde nach hinten auf die Fahrbahn geschleudert. Der Mündungsknall legte sein Gehör lahm, ein irrsinniges Pfeifen sprengte ihm fast den Schädel. Er roch verbranntes Fleisch und Haare. Auf dem Rücken liegend war er ein oder zwei Minuten bewegungsunfähig dem unerträglichen Dauerton in seinem Kopf ausgeliefert, dann ließ der Tinnitus etwas nach, er hörte seinen Gegner röcheln. Der Angreifer greinte wie ein Baby und torkelte bergab Richtung Auto. Seine Kameraden kamen ihm entgegen, stützten ihn und halfen ihm in den Wagen. Der Motor wurde angelassen, langsam rollte der Mercedes die Straße hinunter. Er hatte ihn nicht getroffen, das hatte er noch im Schein des Mündungsfeuers erkannt. Aber Breckers Bärentöter hatte ihm schwere Verbrennungen, einen Schock und ein verheerendes Knalltrauma bereitet. Er würde gute medizinische Betreuung brauchen, um zu überleben.

Der Kommissar blies den Schnee aus Nase und Mund und unterzog seine Füße einem Tastbefund. Sie befanden sich beide noch an den Enden seiner Beine, damit waren die Mindestanforderungen für weitere Testreihen erfüllt. Er setzte sich auf, seine Fersen hielten einer leichten Probebelastung stand, also wagte er aufzustehen. Die Schmerzen waren erträglich, seine Winterstiefel hatten einen Teil der Aufprallenergie absorbiert, vielleicht hatte er sich nur ein paar Bänder gedehnt. Sein rechtes Auge war verklebt, warme Flüssigkeit lief ihm von oben in den Mundwinkel. Er tastete seine Stirn ab, die Kimme des Revolvers hatte ihm eine Platzwunde beigefügt. Mit einer Handvoll Schnee versuchte er, die Blutung zu stillen und den heißen Lauf der Smith & Wesson zu kühlen. Dann stand er auf, steckte die Handartillerie wieder in die Jackentasche und ging langsam die Serpentinen hinauf, immer darauf bedacht, nicht umzuknicken. Er hatte nach wie vor Ohrensausen, die Funktion seiner Gleichgewichtsorgane war beeinträchtigt. Nach zehn Minuten stand er keuchend auf der Anhöhe, ausgezehrt und erschöpft wie Shakleton bei der Ankunft auf Elephant Island.

In den offenen Eingang der Sternwarte wehten dicke Flocken, der Betonboden war mit einem zentimeterdicken weißen Fell belegt. Die Lichtschalter funktionierten nicht. Er versuchte, sich den komplizierten Grundriss des Gebäudes in Erinnerung zu rufen, und arbeitete sich dem Lichtkegel seiner MagLite folgend im Erdgeschoss vor. Rünz kannte die Folgen von hemmungslosem Vandalismus, was er hier sah, war etwas anderes. Hier war das Chaos Resultat einer Suche, die die Zerstörung billigend in Kauf nahm. Aufgebrochene Türen, umgekippte Regale, ausgeleerte Schubkästen auf dem Boden, zerrissene Aktenordner und Fachliteratur. An drei Arbeitsplätzen standen Computer, deren Gehäuse demontiert waren. Rünz durchleuchtete die Innereien – Motherboards, Grafikkarten, Diskettenlaufwerke, CD-ROM- und DVD-Laufwerke, alles war vorhanden, soweit Rünz das mit seinen kümmerlichen Hardwarekenntnissen beurteilen konnte. Aber die Festplatten fehlten. In dem ganzen Durcheinander konnte er keinen einzigen physikalischen Datenspeicher finden, weder CDs noch DVDs, Disketten oder USB-Sticks. Er schlich zurück zur Treppe und stieg leise ins Obergeschoss. Überall Spuren schneenasser Schuhe, hier hatten mindestens vier oder fünf Menschen gewütet. Die blaue Stahltür, die zur Beobachtungsplattform führte, war abgeschlossen, die Falzbedeckung an mehreren Stellen aufgebogen, jemand hatte vergeblich versucht, sich mit einem Brecheisen Zugang zu verschaffen. Rünz wollte schon wieder umkehren, als er sich an Stadelbauers Exklusivführung durch die Sternwarte erinnerte. Er versuchte, den Kabelträger an der Decke zu erreichen, aber er war einen ganzen Kopf kleiner als der Astronom. In dem

Chaos fand er einen kleinen Schemel, stellte ihn sich zurecht und fand schließlich den Schlüssel unter den Stromstrippen. Er schloss auf, öffnete die Tür einen Spalt und leuchtete hinein. Er sah dicke weiße Wattebäusche, die im Schein seiner Lampe durch das offene Dach gravitätisch herabschwebten und die ganze Plattform mit Zuckerguss zudeckten. Die Teleskope hatten weiße Mützen, der Boden, die Arbeitstische, das gesamte technische Gerät war mit einer zwei Zentimeter dicken Schneeschicht bedeckt. Das Dach musste seit 15 oder 20 Minuten offen stehen. Rünz leuchtete den gesamten Boden ab, fand aber keine Fußspuren. Seine MagLite wurde plötzlich warm und erlosch nach ein paar Sekunden, wahrscheinlich war Feuchtigkeit in das Gehäuse eingedrungen und hatte die Batterien kurzgeschlossen. Auf gut Glück stöberte er auf den Arbeitsplatten und in den Schubladen, vielleicht rauchte das eine oder andere Vereinsmitglied und hatte irgendwo Streichhölzer deponiert. Er fand ein Metallfeuerzeug mit Klappdeckel, im Schein der Flamme entdeckte er den offenen Sicherungskasten und legte die Wippschalter um, im Treppenhaus ging das Licht an. Auf der anderen Raumseite war der Hebel, der das Schiebedach in Bewegung setzte. Seine Aktivitäten entsprachen nicht gerade einer vorschriftsmäßigen Spurensicherung, aber ihm tat es leid um die teure Ausrüstung der Hobbyastronomen. Er aktivierte den Elektromotor und die Dachmechanik setzte sich unter der Schneelast knarzend langsam in Bewegung. Dann ging er wieder hinunter, aus dem Ausgang und entgegen dem Uhrzeigersinn um das Gebäude herum. Wenn Stadelbauer sich zu seinem Schutz vor den Eindringlingen auf der Beobachtungsplattform eingeschlossen hatte, wenn er die Brecheisen am Türrahmen hatte knirschen hören, dann war ihm nur noch ein Fluchtweg geblieben – er hatte das Dach geöffnet, die Sicherungen ausgeschaltet und sich für einen kühnen Sprung über die Brüstung entschieden.

Rünz fand seine Spuren auf der Rückseite des Gebäudes unterhalb der Plattform. Der Sturz hatte den Astronomen offensichtlich von den Füßen gerissen, die Abdrücke im Schnee waren noch erkennbar, er war wohl der Länge nach hingeschlagen und dann wieder aufgestanden. Rünz folgte den Fußspuren bis zur Ostseite der Sternwarte, dann blieb er ratlos stehen. Die Spuren endeten an einem Treppenabgang, auf den ersten Blick der externe Zugang zum Keller der Sternwarte. Aber die alten Stufen waren eingefasst in ein Portal aus halbmeterdickem, bemoostem und angewittertem Beton – das Bauwerk musste Jahrzehnte älter sein als das Observatorium darüber. Unten an der kleinen Eingangsluke fand er ein geöffnetes Vorhängeschloss im Schnee. Die Metallklappe quietschte in den Scharnieren, als er sie aufzog. Der flackernde Lichtschein des Feuerzeuges wurde im Innern von einer spiegelglatten Oberfläche reflektiert, er konnte keine Details erkennen. Mit einiger Mühe zwängte er seinen Körper durch die Öffnung und stand in einer kalten und feuchten Kammer mit quadratischem Grundriss von vielleicht fünf mal fünf Metern. Eindringendes Regen- oder Grundwasser hatte eine große Lache gebildet, die den ganzen Boden bedeckte. Er leuchtete die Wände ab und fand auf der gegenüberliegenden Seite des Raumes eine durchbrochene Ziegelmauer, die ursprünglich einen alten Durchgang verschlossen hatte. Gut eingefetteten Boots mit dicken Gummisohlen würden ein paar Tropfen Wasser nichts anhaben. Quer durch den Raum wollte er gehen, machte einen Schritt nach vorn, verlagerte seinen Schwerpunkt – aber sein Fuß fand unter der Wasseroberfläche keinen Halt. Er sank tiefer und tiefer, hatte sich schon viel zu weit nach vorn gebeugt, um das Bein noch einmal zurückzuziehen, und mitten in der Bewegung wurde ihm bewusst, dass er nicht vor einer Pfütze, sondern vor einem randvoll gefüllten Becken mit unbekannter Tiefe stand. Instinktiv zog er das zweite Bein nach, um nicht der

Länge nach in den Pool zu fallen. Mit Mühe blieb er in der Vertikalen und stand schließlich mit erhobenen Armen bis zur Hüfte in eiskaltem Wasser.

»Scheiße!!!«

Hinter dem Mauerdurchbruch raschelte es.

»Herr Rünz? Sind Sie das?!«

* * *

»Warum haben Sie nicht gleich unten an der Heidelberger Straße ein Hinweisschild aufgestellt? Damit hätten Sie den Jungs die Anfahrt erleichtert.«

Stadelbauer reagierte nicht.

»Haben Sie einen von denen gesehen, haben Sie gehört, wie sie sich unterhalten haben?«

Schweigen.

Rünz stand auf der Beobachtungsplattform, eine Gummimatte unter den Füßen, und versuchte, seine Hosenbeine über einem Eimer auszuwringen. Der nasse Baumwollstoff seiner langen Feinrippunterhosen klebte faltig an seinen dürren Stelzen wie die Haut einer alten Fleischwurst. Der Tinnitus hatte nachgelassen, aber die Stirnwunde bereitete ihm starke Kopfschmerzen. Er hoffte jedenfalls, dass die Wunde die Ursache war. Wenigstens hatte der kalte Schnee die Blutung gestillt. Stadelbauer war nicht ansprechbar. Wie ein Besessener versuchte er, die Teleskope und Geräte mit Klopapier vom schmelzenden Schnee zu befreien. Irgendwo hatte er einen Föhn aufgetrieben, mit dem er die elektronischen Innereien zu trocknen versuchte. Er hatte einen Schock und brauchte etwas, worauf er sich konzentrieren konnte.

»Was ist das für eine alte Anlage hier neben der Sternwarte?«

»Ein alter Wehrmachtsbunker. Bis Kriegsende war hier oben die Luftwaffe mit einem Nachtjägerleitstand stationiert. Den vorderen Teil, in dem Sie gebadet haben, nutzt heute die Feuerwehr als Löschwasserreservoir.«

Jetzt nicht mehr, dachte Rünz und kippte einen guten halben Liter Wasser aus seinen Stiefeln in den Eimer.

»Hören Sie«, sagte Rünz, »Sie müssen sich in Zukunft genau an meine Anweisungen halten, das ist wichtig, es geht um Ihre Sicherheit.«

»Oh, danke, Herr Rünz. Bei Ihnen fühle ich mich so sicher wie ein Baby bei Michael Jackson.«

Pausenlos murmelte Stadelbauer vor sich hin, die immer gleichen unverständlichen Fachtermini.

»Was wispern Sie da andauernd?«

Der Astronom schreckte auf, er schien langsam wieder in die Wirklichkeit zurückzufinden.

»Das Signal, wir haben es entschlüsselt, zum größten Teil jedenfalls. Es ist eine Art Kino, elementares 3D-Kino, gleichzeitig eine Warnung, so etwas wie ein Notfallvideo …«

»Eine Warnung vor wem oder was?«

»Im Prinzip besteht das ganze Datenpaket auf den RFID-Chips aus drei Teilen. Teil eins ist die Arecibo-Message, die kennen Sie schon. Der zweite Teil ist das eigentliche Signal, Werner, mein Freund vom IGD, arbeitet mit ein paar Kollegen seit Tagen dran, er sagt, er steht kurz vor der Lösung. Ich wollte gerade aufbrechen zu ihm, als die Typen unten reinkamen. Um Teil drei habe ich mich gekümmert, nur eine Handvoll Bits, zehn Zahlen, eine Art Impressum für das eigentliche Signal, stammt mit Sicherheit auch von Rossi – warten Sie mal, ich zeige es Ihnen …«

Stadelbauer wühlte in einem Haufen tropfnasser Notizblätter auf einer der Arbeitsplatten. Er fand die Seite, die er suchte, und klatschte sie an den Metalldeckel des Sicherungskastens. Rünz versuchte, das Gekritzel aus zerlaufener Tinte zu entziffern.

000010010111
1420,4058
2,8612
2,7296
2,9928
0,0460
1,375
4
306
8

Rünz starrte ratlos frierend auf die Zahlen.

»Fangen wir mit der ersten Zeile an. In Washington D. C. sitzt das CCSDS, das Consultative Committee for Space Data Systems, eine internationale Organisation, die koordinieren den globalen Datenverkehr mit Raumfahrzeugen, definieren Kommunikationsprotokolle, damit nichts durcheinanderläuft. Diese Organisation vergibt seit 20 Jahren eine Spacecraft Identification, kurz SCID, an jedes Raumfahrzeug, das die Erdatmosphäre verlässt. Die ganzen Nummern dienen der Identifikation im Datenverkehr und werden vom Goddard Space Flight Center in Maryland zentral verwaltet. Die Nuller-Einser Kombination in der ersten Zeile ist sozusagen das amtliche Kennzeichen, das Nummernschild der Rosetta-Sonde. Können Sie alles im Internet checken.«

Rünz schnappte sich den Föhn und versuchte, seine Hose zu trocknen.

»Die 1420 mit den vier Nachkommastellen ist sozusagen die magische Zahl aller SETI-Fans, die Wasserstofflinie. Elektromagnetische Strahlung mit einer Frequenz von 1420 Megahertz und 21 Zentimetern Wellenlänge. Die meisten SETI-Forscher gehen davon aus, dass interstellare Komunikation nur über elektromagnetische Strahlung und nur über diesen Kanal funktionicrt.«

»Warum genau diese Frequenz? Und warum nicht modulierte Neutrinoströme?«, fragte Rünz. Endlich konnte er mal richtig mitreden.

Stadelbauer schaute ihn einen Moment verdutzt an.

»Ah, Sie haben Lems Roman gelesen. Ja, Sie haben recht, aber die lassen wir jetzt mal außen vor, das ist Science Fiction. Also – warum die Wasserstofflinie? Wenn Außerirdische uns ein Signal sendeten, welche Frequenz würden sie verwenden? Sie müssten eine wählen, die von den Atmosphären belebter Planeten nicht zu stark absorbiert wird – und die haben eine ganz bestimmte Zusammensetzung: Ozon, Sauerstoff, Stickstoff und Kohlendioxid. Wenn man das ganze elektromagnetische Spektrum von harter Gammastrahlung bis zu langwelliger Radiostrahlung betrachtet, öffnet unsere Atmosphäre zwei Frequenzfenster, eins für das sichtbare Licht und eins für die Radiostrahlung ab einem Millimeter Wellenlänge. Aber innerhalb dieser Frequenzfenster müssten sie sich irgendwie bemerkbar machen, sonst geht ihr Signal im kosmischen Hintergrundrauschen verloren. Kein Radioteleskop der Welt kann alle diese Wellenlängen gleichzeitig abscannen. Sie müssen ihr Signal auf irgendeine, im ganzen Universum charakteristische Frequenz draufpacken.«

»Und das ist die Wasserstofflinie?«

»So ist es. Genau auf dieser Frequenz hat die kosmische Hintergrundstrahlung einen deutlichen Peak, sie wird vom freien Wasserstoff im interstellaren Raum emittiert. Jeder, der sich im Universum bemerkbar machen will, ist gut beraten, seine Rauchzeichen in diesem Frequenzbereich abzuschicken.«

Rünz gab die Föhnaktion auf und steckte bibbernd seine Beine in den klammen Stoff.

»Was ist mit den restlichen Zahlen?«

»Astronomische Bahndaten, große Halbachse, Perihel und Aphel einer elliptischen Umlaufbahn, Exzentrizität, Bahnneigung, siderische Umlaufzeit, mittlere Bahngeschwindigkeit.«

»Die Bahndaten der Rosetta-Sonde?«

Stadelbauer machte einen Schritt auf ihn zu und starrte ihn an, er hatte den irren Blick eines Paranoiden.

»Rosetta war der *Empfänger*, das hier sind die Bahndaten des *Senders*.«

Stadelbauer schien zu erwarten, dass Rünz ergriffen vor ihm niederkniete wie ein Täufling vor dem heiligen Johannes.

»Und?«

»Ida. Ein Asteroid im Hauptgürtel, gut 50 Kilometer lang.«

»Und das ist diese außerirdische Warnboje, von der Sie sprachen?«

»Ja, ich meine nein, zuerst dachte ich das. Aber Ida ist relativ gut erforscht, 1993 hat eine Raumsonde ziemlich detaillierte Aufnahmen von diesem Brocken gemacht, nichts Ungewöhnliches dran – unregelmäßig geformt, helle, silikatreiche Oberfläche, mit Regolith-Staub bedeckte Einschlagkrater – alles völlig unauffällig. Aber Ida hat einen kleinen Begleiter, einen Mond, wenn Sie so wollen.«

»Ein Asteroid mit einem Mond??«

»Dactyl. Das Signal kommt von Dactyl, da verwette ich meine Großmutter drauf. Dactyl ist ein 1,4 Kilometer großer Bonsai-Mond von Ida, es gibt nur eine ziemlich unscharfe Aufnahme davon, war eine Sensation damals, niemand hatte erwartet, bei einem Objekt wie Ida so einen kleinen Satelliten im Schlepptau zu finden!«

»Jetzt hören Sie mir auf mit diesem Science-Fiction-Zeug. Ein kleiner Brocken im Asteroidengürtel funkt uns eine Warnmeldung zu, das ist doch absurd.«

Stadelbauer schnappte sich eine Klopapierrolle und hielt sie Rünz drohend unter die Nase.

»Sie verstehen nicht, alles passt jetzt zusammen! Erinnern Sie sich an Rossis Ausflug nach Australien, im Januar 2006? Ich habe Tage gebraucht, um zu verstehen, warum ihm ausgerechnet dieser Zeitpunkt der Mission so wichtig war.«

Mit der Rolle am ausgestreckten Arm simulierte Stadelbauer den Flug des Satelliten.

»Rosetta holt sich Schwung beim ersten Earth Flyby, kreuzt die Marsbahn und fliegt zum ersten Mal in die Ausläufer des Asteroidengürtels.«

Er wischte das Papier mit der Zahlenkolonne vom Schaltkasten, kramte nach einem Stift, fand schließlich einen Schraubenzieher und ritzte eine Skizze in den Metalldeckel.

»Das ist die Stellung der inneren Planeten des Sonnensystems am 16. Januar 2006. Hier sind wir, Venus und Merkur ungefähr in unterer und oberer Konjunktion zur Erde, Mars und Rosetta querab dazu.«

Er ritzte eine Gerade über den ganzen Metallkasten, die die Sonne mit dem Satelliten verband, und setzte jenseits der Rosetta-Bahn einen weiteren Punkt auf die Linie.

»Und hier ist Ida. Zu keinem Zeitpunkt des ganzen zehnjährigen Fluges wird Rosetta diesem Asteroiden wieder so nahe kommen. Verstehen Sie jetzt? Ich hatte mich geirrt, den Uplink hat er gar nicht benutzt, er hat keine Daten hochgeschickt. Als Abhörmikrofon hat er Rosetta benutzt, wie ein verwanztes Telefon. Er wollte von Beginn an nichts anderes, als Ida und seinen kleinen Trabanten abhören. Seine Arbeit in Turin, die Entwicklung der High Gain Antenna und des Deep Space Transponders – er hatte von Anfang an kein anderes Ziel, es war der Masterplan seines Lebens. Irgendwann, vor vielen Jahren, muss er bei seinen Recherchen auf einen Hinweis gestoßen sein, eine Spur, die ihn zu diesen beiden Asteroiden führte.«

»Aber das passt nicht zusammen, die Route, die Rosetta jetzt fliegt, war doch Plan B. Der Start wurde um über ein Jahr verschoben, ein anderes Ziel anvisiert, eine neue Bahn berechnet.«

Stadelbauer raufte sich verzweifelt die Haare.

»Das fehlende Puzzlestück, genau. Der ursprünglich geplante Flug zum Kometen Wirtanen hätte ihn nicht nahe genug an diesen Asteroiden herangeführt. Er konnte doch nach so viel Vorarbeit nicht auf den Zufall vertrauen, auf einen technischen Defekt, der ein Alternativszenario notwendig machte.«

»Vielleicht hat er dem Zufall etwas nachgeholfen, mit einer Harpune.«

* * *

»Was geht hier eigentlich ab, wollt ihr mich verarschen?«

»Jetzt zeig uns doch erst mal, was ihr rausgefunden habt!«

»Ich will zuerst wissen, was hier gespielt wird. Für wen arbeitet ihr eigentlich?«

»Das sind ganz normale Ermittlungen in einem ganz normalen Mordfall, das Opfer war ein Freund von mir. Wo ist das Problem?«

»Wo das Problem ist? Vor einer Woche schickt ihr mir ein paar DVDs mit Daten, die dein ›Kommissar‹ hier angeblich auf zwei Dutzend RFID-Chips gefunden hat. Ich arbeite mit ein paar Freunden dran, wir finden einige sehr interessante Sachen raus, und vorgestern steht hier plötzlich eine Delegation vom ESOC, zusammen mit unserem CEO und so einem kleinen Giftzwerg vom Bundesgerichtshof. Die drücken uns ein paar Datenträger in die Hand und stellen mal eben unser ganzes Forschungsprogramm auf den Kopf, sagen was von oberster Priorität, wir sollen alle anderen Projekte zurückstellen und uns ausschließlich um das hier kümmern. Und das Ganze ist natürlich strictly confidential. Und jetzt rat' mal, was der Unterschied ist zwischen beiden Files? Es gibt keinen. Diese hohen Tiere beauftragen uns mit der Analyse von Daten und wissen nicht, dass ihnen so ein südhessischer Schimanski-Klon ein paar Tage zuvorgekommen ist. Ich will dir mal was sagen, dein Freund hier ist auf einem Philip-Marlowe-Trip, der macht Privatermittlungen, von denen seine Vorgesetzten keine Ahnung haben.«

Rünz hatte Stadelbauers Diskussion mit dem IT-Nerd schweigend verfolgt. Sie standen im Foyer des Instituts für Graphische Datenverarbeitung in der Rundeturmstraße. Er starrte die ganze Zeit auf ein Oberlicht, direkt hinter dem Fenster sah er im Freien die Reste einer alten Natursteinmauer, angestrahlt von Scheinwerfern wie die denkmalgeschützten Fragmente einer mittelalterlichen Festung. Erinnerungen aus seiner Kindheit blitzten auf, an die abweisende, schmutzige Fassade des alten Stadtgefängnisses, in dem bis in die 70er-Jahre Untersuchungshäftlinge eingesessen hatten. Erinnerungen an Erzählungen seines Vaters, über Kolonnen bewachter Gefangener, die in der Innenstadt die Straßen kehren mussten.

»Sie denken doch sicher auch manchmal schneller als Ihr Chef, oder?«, sagte Rünz. »Glauben Sie mir, ich stehe in engem Kontakt mit Herrn Klöber vom BGH, wir ziehen an einem Strang. Aber wenn die Dinge drunter und drüber gehen, dann kann es schon mal passieren, dass die Rechte nicht weiß, was die Linke tut, und Arbeiten doppelt erledigt werden. Wichtig ist doch, was hinten rauskommt.«

Werner schaute ihn misstrauisch an. Rünz' Auftritt, seine nassen, dreckigen Kleider und der Blutschorf in seinem Gesicht, waren nicht geeignet, seine Vorbehalte zu entkräften.

»Der einfachste Weg ist – Sie zeigen uns Ihre Ergebnisse, ich unterrichte Klöber, und Sie haben den Giftzwerg nicht mehr im Haus. Aber ich kann verstehen, wenn Ihnen der formelle Weg sicherer erscheint, das Ganze läuft schließlich top secret.«

Rünz zog sein Handy aus der Manteltasche.

»Vielleicht rufe ich ihn besser an, in anderthalb Stunden kann er sicher hier sein, wenn er sich direkt ins Auto setzt.« Er fing an, in seiner Nummernliste zu blättern und hielt sich das Gerät ans Ohr. »Gott, hoffentlich kriegt dieser kleine Choleriker nicht wieder einen von seinen Anfällen …«

»Warten Sie«, sagte Werner.

Der Nerd redete ununterbrochen, während er die beiden durch das Treppenhaus des Neubaus führte.

»Das Wichtigste erst mal vorneweg. Stark komprimiert ist das ganze Paket, auf acht Gigabyte, mit einem ganz primitiven Algorithmus. Wenn man das auspackt, werden daraus mehrere Terabyte! Und warum lässt sich das so einfach so stark komprimieren? Weil der Code extrem monoton aufgebaut ist. Da kommen ein paar Hunderttausend Nullen, dann mal ein paar Tausend Einsen, dann wieder 200 000 Nullen. Und alles in annähernd redundanten Sequenzen, die nur geringfügig voneinander abweichen. Zum Teil wiederholt sich alles, als hätte man einige Zeit lang eine Nachricht mitgeschnitten, die in einer Endlosschleife gesendet wird.«

Er stieß eine Schwingtür auf, und was Rünz sah, hätte Hoven wahrscheinlich einen Exzellenz-Cluster genannt – gut zwei Dutzend junge Menschen aller Nationalitäten, wie Broker in einem Frankfurter Bankenturm an Arbeitsplätzen mit jeweils zwei oder drei riesigen Displays vor den Augen. Sie tippten, diskutierten spanisch, englisch, deutsch, führten Videokonferenzen mit weiteren jungen Menschen, die an irgendwelchen Orten rund um den Erdball in ähnlichen Räumen vor ähnlichen Displays saßen. Die Deckenbeleuchtung war ausgeschaltet, das fahle Licht der Monitore gab den IT-Experten eine ungesunde, blassblaue Gesichtsfarbe, aber keiner zeigte Müdigkeitserscheinungen, alle wirkten hochkonzentriert und hellwach. Werner machte eine kurze Vorstellungsrunde.

»Jens Bohner von unserer IGD-Niederlassung in Rostock, Kim Shima von der CAMTech in Singapur, Sofia und Marisa Silva, beide vom Centro de Computação Gráfica in Portugal, Pete Jenkins kommt von der IMEDIA Academy in Rhode Island, dann haben wir Helen Bancroft von den Media Laboratories in Nebraska und Javier Jimenéz vom VICOMTech in San Sebastián. Der Kleine drüben mit der Datenbrille ist Ken Cheong vom Institute for Graphic Interfaces in Seoul. Wir haben im Moment weltweit noch rund 30 Leute in den Instituten des INI-GraphicsNet dazugeschaltet, hier laufen alle Fäden zusammen.«

Werner ließ sich an einem unbesetzten Arbeitsplatz in den Bürostuhl fallen.

»Zum Glück mussten wir nicht bei Null anfangen. Vor ein paar Jahren haben wir schon mal ein animiertes 3D-Modell des Sonnensystems gebaut, ein virtuelles Planetarium, auf dem Programmkern konnten wir aufbauen. Ken, are you all set?«

»Won't take long, just a few minutes«, rief der Koreaner.

»Haben Ihre Auftraggeber von der ESA die Ergebnisse schon gesehen?«

»Den ESOC-Leuten kam es nur auf den Komprimierungs-Algorithmus an. Das hier mit dem virtuellen Planetarium ist ein Spaß, den wir uns gönnen.«

Er wurde einen Moment ernst.

»Die dürfen auf keinen Fall rauskriegen, dass wir noch mit diesen Daten herumspielen, sonst machen sie uns einen Kopf kürzer.«

Seine Gewissensbisse schienen sich schnell wieder zu verflüchtigen.

»Genial an diesem Signal ist das, was es nicht ist – keine Schrift, keine codierten mathematischen Symbole oder Funktionen – also auch keine aufwändige Entschlüsselung. Es ist intergalaktisches Fernsehen! Zeilenweise aufgebaute Bilder, rund 100 000 Bits pro Zeile und 100 000 Zeilen pro Bild, jeweils abgeschlossen mit Pi, binär codiert auf 20 Nachkommastellen, dem Signal für den Zeilenwechsel. Kosmisches HDTV. Und am Ende der letzten Zeile, wenn das erste Bild komplett aufgebaut ist, die elf. Beim nächsten Bild die 23, dann die 29, dann die 37 und die 41 – Primzahlen! Jeder Bildwechsel wird durch eine Primzahl markiert.«

Werner redete und gab gleichzeitig in irrwitzigem Tempo Programmzeilen in seine Tastatur ein, er war definitiv multitaskingfähig. Stadelbauer schien vor Begeisterung zu dampfen, Rünz verstand überhaupt nichts und fühlte sich wie das letzte Exemplar einer aussterbenden Rasse.

»Warum fängt es nicht mit der kleinsten Primzahl an und verwendet dann die ganze Reihe – zwei, drei, fünf, sieben …«, fragte Stadelbauer.

Der Nerd hörte auf zu tippen und drehte sich zu den beiden um.

»Gut aufgepasst, mein Lieber. Jetzt kommt der Kracher. Nach gut 10 000 Bildern taucht auf einmal die zwei auf, nach gut 20 000 die drei, und so geht das weiter, immer im gleichen Abstand. Auch Primzahlen. Aber was ist das Besondere dran? Ich musste mir das aufschreiben, um drauf zu kommen.«

Werner nahm sich einen Edding und schrieb eine Zahlenreihe direkt auf die Tischplatte.

»Verdammt, die Mersenne-Zahlen!«, rief Stadelbauer.

»Bingo! Das Signal schließt jeweils ein Paket von Bildern mit einer Mersenne-Primzahl ab. Und das Verrückte ist – innerhalb eines Bildpaketes ändert sich die Abfolge der Bits von Bild zu Bild kontinuierlich und stetig, aber zwischen dem letzten Bild eines Paketes und dem ersten des nächsten hast du einen richtigen Sprung.«

»Ein Perspektivwechsel.«

»So ist es! Eine Darstellung bewegter Objekte in einem

dreidimensionalen kartesischen Koordinatensystem. Jeweils ein Bildpaket beschreibt die xy-, die zx- und die zy-Ebene. Fertig ist der ›Weiße Hai, Teil 3D‹.«

»Stört es Sie, wenn ich hier einfach ein bisschen herumstehe?«, fragte Rünz. Er fühlte sich allmählich etwas gekränkt, wie ein Vierjähriger, dessen Eltern über den verbleibenden Verlustvorabzug bei der Steuererklärung diskutierten. Vielleicht sollte er schnell nach Hause fahren und sich einige Waffenzeitschriften zum Schmökern holen.

»Wie viele Mersenne-Zahlen stecken da drin?«

Der Nerd lehnte sich entspannt zurück und grinste.

»Vergiss es, Jörg, ich habe auf meinem Nachtschränkchen schon ein Plätzchen für die Fields-Medaille freigemacht. Über 10 000.«

Stadelbauer ließ die Kinnlade herunterfallen, setzte sich auf einen Stuhl und schwieg. Rünz gab sich keine Mühe, den beiden zu folgen, die Grenzen seines mathematischen Horizontes waren mit Dreisatz, Pythagoras und Bruchrechnung abgesteckt. Am anderen Ende des Raumes nahm Ken Cheong seine Datenbrille ab, hob den Arm und zeigte mit dem Daumen nach oben.

»O.k.«, sagte Werner. »Geht schon mal in den Cave, da funktioniert die Immersion besser als hier am Bildschirm. Ich bleibe am Terminal.«

Stadelbauer führte Rünz zu einem gläsernen Kubus mit über drei Metern Kantenlänge, die Flächen aus halbtransparentem Milchglas, auf jede der fünf sichtbaren Seiten war ein Projektor gerichtet. Der Kommissar hatte ein Déjà-vu, die ganze Anordnung erinnerte ihn an einen Traum, der mit seinem letzten Fall zu tun hatte, dem toten britischen Kampfpiloten, aber er hatte keine Zeit, darüber nachzudenken. Der Astronom zog eine Seite des Würfels auf wie ein großes Tor, dann betraten beide die Box. Nacheinander glommen die Lichter der Beamer auf und tauchten die Flächen in ein milchig-fahles

Licht. Selbst der Boden, auf dem sie standen, leuchtete, irgendwo in der Unterkonstruktion musste ein sechster Projektor versteckt sein. Die Kanten des Kubus verschmolzen vollständig mit den Flächen, Rünz fühlte sich wie in einer gigantischen Dotterblase – eigentlich fehlten nur die beruhigenden mütterlichen Herztöne für die perfekte Regressionshilfe.

»Achtung, jetzt geht's los!«, rief Werner. »Sind keine Texturen auf die Objekte gemappt, habe nur eine virtuelle Lichtquelle im Zentrum positioniert, also nicht enttäuscht sein.«

Schlagartig wurde es dunkel. Rünz dachte zunächst, die Beamer wären ausgeschaltet, dann sah er 15 oder 20 kleine helle Punkte, die sich langsam ungefähr in Augenhöhe waagerecht um ihn herum bewegten, manche schneller, manche langsamer, so dass einer den anderen überholte. Nachdem sich seine Augen an die Dunkelheit gewöhnt hatten, nahm er immer mehr mikroskopische Lichtpunkte wahr, ein Strom Tausender Glühwürmchen, der die beiden Betrachter wie eine rotierende Scheibe umgab. Einer der Punkte schien langsamer zu werden und gleichzeitig allmählich an Größe zu gewinnen, verwandelte sich in eine Kugel, wie der Vollmond in eine Licht- und eine Schattenseite geteilt. Die Illusion war perfekt, das Objekt steuerte mit exponentiell wachsender Geschwindigkeit in einer lang gekrümmten Kurve auf die beiden Beobachter zu – Rünz warf sich in letzter Sekunde zu Boden, die Hände über dem Kopf, gottergeben auf eine heftige Kollision wartend. Der Kubus wurde für eine Zehntelsekunde geräuschlos in gleißendes Licht getaucht, dann verließ das Objekt auf der gegenüberliegenden Seite die Überlebenden und schrumpfte auf seiner Bahn schnell wieder zu einem Punkt im Lichtermeer. Die Leute an den Terminals draußen gackerten wie Hühner.

»Wohl keine Computerspiele im Präsidium, Herr Rünz?«

»Das war Jupiter«, sagte Stadelbauer ungerührt.

»Wir stehen genau in der Ekliptik, auf der Jupiterbahn«,

rief er dem Nerd zu. »So können wir nichts erkennen. Kannst du die Perspektive wechseln?«

»Ist die Erde eine Scheibe? Kommt sofort!«

Rünz hörte ihn auf der Tastatur klackern. Bevor Jupiter einen neuen Angriff starten konnte, drehte der komplette Teilchenstrom aus der Waagerechten heraus, die beiden Betrachter wurden wie mit einem Raketenantrieb aus der Bahnebene herausgeschossen, bis Stadelbauer Stopp rief. Die konzentrischen Kreisbahnen und Ellipsen, die die Objekte um ihr gemeinsames Zentrum drehten, waren jetzt auf einer Seite des Glaskubus in der Draufsicht erkennbar. Wie ein galaktischer Strudel schwebten unzählige von Objekten um die zentrale Lichtquelle, die äußeren im Bereich des Kuipergürtels so langsam, dass ihre Bewegung kaum wahrnehmbar war, die inneren rotierten so schnell wie Roulettekugeln. Die Größen- und Entfernungsverhältnisse stimmten nicht, alles schien generalisiert und für die optische Darstellung optimiert, wie die Darstellungen in astronomischen Schulatlanten, die Erde war im Vergleich mit den anderen Planeten überdimensioniert, Venus, Jupiter und Saturn noch als Kreisflächen erkennbar, Merkur, Mars und Pluto hoben sich als Punkte optisch kaum von den Tausenden Zwergplaneten, Asteroiden und Kometen ab, die wie strassbesetzte glitzernde Ringe zwischen Erde und Jupiter und außerhalb der Neptunbahn die Sonne umkreisten. Die Darstellung war so plastisch, Rünz widerstand mit Mühe der Versuchung, die Hand auszustrecken und nach dem Sternenstaub zu greifen. Bis zur Neptunbahn machte das System einen recht aufgeräumten Eindruck, aber der Kuipergürtel wirkte, als hätte der Schöpfer am siebten Tag etwas zu früh Feierabend gemacht. Myriaden winziger Lichter bildeten eine Leuchtscheibe, in der Pluto überhaupt nicht mehr zu identifizieren war, und mitunter schoss irgendein Objekt aus dem Gürtel auf einer stark elliptischen Bahn mitten ins innere Sonnensystem, verendete entweder auf dem großen Staubsauger Jupiter oder kreuzte die Bahnen von Mars, Erde und Merkur, um nach einer Intensivbräunung auf der Sonnenbank wieder in den eiskalten und dunklen Tiefen des Kuipergürtels zu verschwinden – die Kometen. Stadelbauer war sprachlos, er starrte die Szenerie an, als hätte er LSD genommen.

»Das ist unglaublich, in diesem System sind alle Near Earth Objects, nein, natürlich nicht alle, wahrscheinlich die NEOs ab einer bestimmten Größe, vielleicht 200 Meter Durchmesser aufwärts.«

»Aber wann spielt dieser Film, ist das Vergangenheit, Gegenwart oder Zukunft?«, fragte Rünz.

»Noch mal von vorn, das Ganze! Ich brauche einen Laptop mit Internetanschluss«, rief Stadelbauer.

»Kommt sofort, mein Gebieter!«

Ein Spalt öffnete sich, teilte den Asteroidengürtel und zwischen Sonne und Jupiter ragte Werners Hand mit einem kleinen Notebook in den Kubus.

»Ist schon online.«

Stadelbauer nahm das Gerät, legte es auf den Boden, klappte den Deckel auf und suchte im Web nach astronomischen Tabellen und Bahnberechnungsprogrammen. Dann ließ er Werner die Darstellung immer wieder auf den Anfang zurücksetzen, die Perspektive ändern und mit verschiedenen Geschwindigkeiten wieder abspielen. Er stoppte mit seiner Armbanduhr die Sekunden, bis bestimmte Planetenstellungen erreicht waren. Nach einigen Minuten war er am Ziel.

»Sehen Sie sich das an!«

Stadelbauer trat zur Projektionswand.

»Die Darstellung läuft jetzt so schnell, dass eine Sekunde ungefähr einem Jahr entspricht. Achten Sie auf Jupiter und Saturn. Sie stehen innerhalb eines Jahres zu drei Zeitpunkten in großer Konjunktion – ein extrem seltenes Ereignis, die Astronomen nennen es die größte Konjunktion. Und

40 Sekunden später – das gleiche noch mal! Zwei größte Konjunktionen im Abstand von nur 40 Jahren, das hat es in den letzten 2000 Jahren nur ein einziges Mal gegeben, in den Jahren 1940/41 und 1980/81. Wenn wir vom ersten Ereignis bis zum Start zurückrechnen, dann startet der Film im Jahr 1901. Werner, frier das Ganze bei 7,5 Sekunden nach Start ein!«

Beide traten nahe an das tischtennisballgroße Erdsymbol heran, ihre Köpfe berührten sich fast, die Animation startete von vorn. Aus dem Asteroidengürtel löste sich ein Lichtpunkt, näherte sich auf einer stark elliptischen Bahn der Erde und verschmolz mit ihr in dem Moment, als Werner die Vorführung erneut einfror.

»Was war das für ein Objekt?«, fragte Rünz.

»Der Tunguska-Asteroid. Er hat am 30. Juni 1908 in Sibirien 2000 Quadratkilometer Taiga verwüstet.«

Als der Film wieder anlief, zählte Rünz im Stillen die Sekunden mit – 90 – 100 – 110 – dieser Film schien nicht nur einen Blick in die Vergangenheit zu gewähren. Gut zwei Minuten nach dem Start passierte es wieder, ein Lichtpunkt aus der Wolke jenseits der Marsbahn beschrieb einen weiten Bogen ins System der inneren Planeten und verschmolz mit der Erde. Stadelbauer starrte auf die Szenerie und klackerte dann minutenlang wie paralysiert auf der Tastatur des Notebooks herum. Irgendwann setzte er sich müde auf den Boden des Würfels und lehnte mit dem Rücken an einer der Glaswände.

»Irgendwas stimmt da nicht. Ich habe einen Abgleich mit der Near Earth Object Database der NASA gemacht – die Bahndaten, der Zeitpunkt – das Objekt muss Apophis sein, ein Planetoid des Aten-Typs.«

»Und? Was ist los mit diesem Apophis, fällt er uns tatsächlich irgendwann morgens in die Müslischale?«

»Ja, ich meine nein, ich weiß es nicht, das ist es ja. Dem Signal zufolge kollidiert er Anfang 2029 mit der Erde, aber das stimmt nicht mit den Berechnungen der NASA überein! Apophis wurde im Juni 2004 vom Kitt-Peak-Observatorium in Arizona entdeckt – ein Erdbahnkreuzer mit 250 Metern Durchmesser. Das erste und bisher einzige Objekt, dem die Stufe vier auf der Torinoskala zugeordnet wurde. Die frühen überschlägigen Berechnungen ergaben alarmierende Annäherungen an die Erde, in den Jahren 2029 und 2036. Für den 13. April 2029 wurde zunächst eine Einschlagwahrscheinlichkeit von 2,5 Prozent kalkuliert, aber die NASA hat das inzwischen nach unten korrigiert. Die Chance für einen Treffer in 2036 liegt sogar nur bei 1:30 000.«

»Na also, sieht so aus, als wollte der Regisseur dieser kleinen Doku einfach etwas Panik verbreiten. Die Kartoffel fliegt vorbei und wir salutieren. Und was soll ein 250-Meter-Früchtchen schon groß anrichten?«

»Wenn es einschlägt? Vielleicht einen Megatsunami, der ein oder zwei Milliarden Menschen tötet.«

Stadelbauer schüttelte nachdenklich den Kopf. Rünz schaute ihn an wie der Ratsuchende die Pythia an den Hängen des Parnass.

»Die Bahndaten stimmen einfach nicht überein, es muss da irgendeinen Einfluss geben, den die NASA nicht berücksichtigt hat.«

Rünz verließ den Projektionswürfel, Werner und seine Kollegen starrten ihn schweigend an. Er machte ein paar Schritte zum Fenster und spähte hinaus. Die kühn und futuristisch geschnittenen Fassadenflächen des neuen Kongresszentrums ragten wie die Struktur eines gestrandeten außerirdischen Raumschiffes aus der mediokren Architekturlandschaft der Darmstädter Innenstadt. Zu gut war ihm in Erinnerung, wie sie sich im Kollegium vor Jahren über den ambitionierten Titel ›Wissenschaftsstadt Darmstadt‹ lustig gemacht hatten. Das Lachen war ihm vergangen. Diese Stadt veränderte sich, schneller als ihm lieb war. Das Ziel der Reise hieß Zukunft, und er fühlte sich abgehängt.

Er nahm Bewegungen auf dem Vorplatz wahr. Fünf Menschen, Frauen und Männer, schauten in den Nachthimmel, als würden sie den Wetterbericht für den folgenden Tag ausarbeiten. Etwas Auffälligeres als BKA-Beamte, die versuchten, unauffällig zu agieren, war kaum vorstellbar. Es war an der Zeit, nach dem Hinterausgang zu fragen.

* * *

Die Feuchte aus seiner Kleidung schlug sich an den Scheiben nieder, immer wieder musste er sich mit dem Ärmel seiner Jacke die Sicht freiwischen. Im Schritttempo fuhr er den Seitersweg hoch. Trotz voll aufgedrehter Heizung fröstelte er. Immerhin hatte das Schneetreiben etwas nachgelassen. Auf Höhe der kleinen Schrebergartensiedlung stellte er den Passat ab und stieg aus. Die Nachtkälte verwandelte seine Hosenbeine innerhalb von Sekunden in zwei steife Röhren, in denen er mit seinen ramponierten Knöcheln stakste wie ein Kriegsveteran mit Prothesen.

Es war nicht einfach, die richtige Hausnummer zu finden – die Bungalows in dieser Premiumlage stellten architektonisches Understatement zur Schau, ihre solventen Bewohner boten die Sicherheitstechnik, mit der sie sich vor Übergriffen der Unterschicht schützten, nicht auf dem Präsentierteller dar. Keine Namen, keine Hausnummern, diskret montierte Videokameras, die die formale Strenge der Fassadengliederungen nicht störten. In zehn oder 20 Jahren würde hier wahrscheinlich Darmstadts erste Gated Community entstehen.

Rünz fluchte, als er vor dem Haus stand, eine in schwarz patiniertes Zinkblech gehüllte, zur Straßenseite fast fensterlose Skulptur auf einem schmalen Betonsockel, mit dem für Gewerbebauten typischen Sheddach. Vielleicht hatte ihm die Sicherheitsbeamtin am Eingangsportal des ESOC-Geländes die falsche Adresse gegeben, und das nach all der Mühe, die er sich gegeben hatte, um sie weichzuklopfen. Er hatte mit improvisierter hessischer Mundart von den abgehobenen Sesselfurzern in der Chefetage des Präsidiums gesprochen und tatsächlich so etwas wie kumpelhafte Solidarität zwischen ihm und ihr herstellen können, schließlich arbeiteten sie beide für die Sicherheitsbranche. Sie schien dankbar für etwas Ablenkung, war ins Plaudern gekommen, hatte von den Eigenarten und Spleens der Mitarbeiter des ESOC erzählt. Aus ihren Äußerungen konnte er schließen, dass in Darmstadt für den nächsten Tag eine kurzfristig organisierte Sondersitzung von ESA mit Entscheidungsträgern und Wissenschaftlern aus ganz Europa angesetzt war, und Sigrid Baumann hatte am Vorabend zu einem privaten Empfang geladen.

Rünz ging ein paar Schritte weiter zur Ostseite des Gebäudes, wo eine schaufenstergroße Glasscheibe einen Blick ins Innere freigab. Und dann sah er sie inmitten einer Gruppe leger gekleideter Männer und Frauen aller Altersgruppen, in den Händen Gläser mit Orangensaft und Mineralwasser, angeregt diskutierend. Keine Partystimmung, eher der entspannte wissenschaftliche Diskurs am Rande einer Antrittsvorlesung.

* * *

Sie hatte von fünf Minuten gesprochen, jetzt wartete er schon fast eine halbe Stunde. Die Hosenbeine tauten langsam, der nasse, kalte Stoff klebte ihm an den Beinen. Rünz schaute sich um. Sigrid Baumanns Innenarchitekt litt entweder unter einer dissoziativen Persönlichkeitsstörung, oder er vertrat eine Art fundamentalistischen Eklektizismus, was letzten Endes auf das Gleiche hinauslief. Die Gebäudehülle, Foyer und Arbeitsbereich entsprachen einer zeitgemäßen, transparenten und intelligenten Zweckarchitektur; der Teil, in dem Rünz saß, war eine Zeitreise zu einem britischen Upperclass-Club des frühen 19. Jahrhunderts. Regency-Möbel aus dunklem Mahagoni und Palisander mit den Gebrauchsspuren zweier Jahrhunderte, mit aufwendigen Fadenintarsien und Beschlägen aus gegossenem Messing und feuervergoldeter Bronze, Löwenmasken als Griffe und Tatzenfüße, Stühle und Tische mit Säbelbeinen, Wandmalereien, marmorne Hermen mit antiken Köpfen. Kalter Zigarrenrauch und die muffigen Ausdünstungen der ledernen Folianten in den Bücherregalen juckten ihn in der Nase, er nieste. Die Minuten verstrichen, ihm wurde langweilig. Schließlich stand er auf, schlenderte an den Regalen entlang und studierte die Bücherrücken. Die Geburtshelfer der modernen Teilchenphysik waren lückenlos repräsentiert mit Originalausgaben, Faksimiles, alten Vorlesungsskripten und gebundenen Sammlungen wissenschaftlicher Zeitungen aus den 20er- und 30er-Jahren – neben Einsteins Arbeiten standen Niels Bohrs Forschungen über die Atomstruktur, Erwin Schrödingers Wellenfunktion zur Beschreibung von Quantensystemen und Werner Heisenbergs Arbeiten zu Unschärferelation und Quantenfeldtheorie. Zwischen all den Antiquarien fiel ihm ein modern anmutendes Werk in brauner Taschenbuchbindung auf. Der Band war fest eingezwängt zwischen den mächtigen wissenschaftlichen Werken, er musste mit aller Kraft daran ziehen.

How to Survive in Space
by Madeleine Schäfer

Er setzte sich. Die Autorin war offensichtlich eine langjährige Mitarbeiterin des ESOC und seiner Vorgängerorganisationen, sie hatte akribisch Anekdoten, Fakten, Zitate und Bilder zusammengetragen, mit denen sie die Geschichte der europäischen Raumfahrtaktivitäten in Darmstadt chronologisch erzählte – vom 1963 mit drei Mitarbeitern gegründeten European Space Data Center ESDAC im Deutschen Rechenzentrum in der Rheinstraße bis zum Start der Cassini/Huygens-Mission 1997. Die Fotos im Mittelteil gaben einen Eindruck vom Improvisationstalent und Gründergeist der ersten Generation europäischer Weltraumforscher und ihren weltweiten Arbeitsplätzen – selbst auf den Falklandinseln unterhielt die ESA in den 70er-Jahren eine kleine Empfangsstation. Eine Aufnahme aus dem Jahr 1973 zeigte die Betriebsmannschaft des Außenpostens – ein einziger Mann – beim Füttern einer Gruppe von Pinguinen, und wenn Rünz nicht schon gesessen hätte, dann wären ihm spätestens in diesem Moment die Beine weggeknickt. Die massige Gestalt, das runde Gesicht mit dem fliehenden Kinn und die spitzbübische kleine Himmelfahrtsnase – er las die Bildunterschrift:

Giuliano Rossi holding a staff meeting on the Falklands

Etwas knarzte hinter ihm, er fuhr herum. Einige Meter von ihm entfernt sah er von hinten die hochgezogene Lehne eines ledernen Clubsessels, direkt vor einem Panoramafenster mit freiem Blick auf das Oberfeld. Es hatte aufgehört zu schneien, die weiße Decke reflektierte das Mondlicht und tauchte die nächtliche Landschaft in ein fahles Dämmerlicht.

Aus dem Kopfteil des Sessels standen einige Faserbüschel der Polsterung senkrecht heraus wie eine erstarrte Rauchfahne, so als hätten ein paar Mäuse das Leder aufgebissen und die Wattierung für den Nestbau herausgezogen. Rünz starrte gebannt auf die Fasern. Sie bewegten sich leicht, aber er spürte keinerlei Luftzug im Raum.

»'at sie …, 'at sie noch etwas gesagt?«

Der Haarschopf, der französische Akzent, Rünz brauchte einige Sekunden, bis er das Puzzle aus den Versatzstücken seiner Erinnerung zusammengelegt hatte. Er saß mit Charlis Vater in einem Raum.

Gab es irgendjemanden, den er hier weniger erwartet hätte? Vielleicht den Papst. Er wurde unruhig, geriet in Rechtfertigungszwang, ohne dass der Alte ihm einen Vorwurf gemacht hatte. Hätte er ihren Tod irgendwie verhindern können? Er wusste nicht, was sie ihm erzählt hatten, suchte nach den passenden Worten, um dem Alten die Todesumstände seiner Tochter möglichst schonend beizubringen. Wie war die offizielle Formulierung, mit der das Militär Angehörige unterrichtete? Schnell und schmerzlos gefallen auf dem Feld der Ehre beim mutigen Einsatz für Gott und Vaterland.

»Es ging zu schnell, die Kugel hat ihre Aorta zerrissen, sie hat sofort das Bewusst…« Rünz stockte. Er war nicht sicher, ob diese technischen Details dem Alten wirklich guttaten, außerdem entsprach es nicht ganz der Wahrheit.

»Isch 'abe ihr gesagt, sie soll machen diese Programm«, murmelte der Alte. Rünz musste sich konzentrieren, um ihn zu verstehen.

»Isch 'abe gesagt zu ihr, du musst 'aben pratique intérnationale.«

»Wir, wir haben sie alle sehr gemocht im Präsidium. Es tut mir sehr leid für Sie.«

Der Franzose machte keinerlei Anstalten aufzustehen, um das Gespräch von Angesicht zu Angesicht fortzuführen.

»Sie sind 'ier, weil Sie wollen finden die Mörder von Charlotte, 'err Runz?«

»Na ja, eigentlich ist das nicht mehr meine Aufgabe, offiziell jedenfalls.«

»Und Sie sind 'ier officielle oder nischt officielle …?«

Rünz schwieg.

»Sie sind die letzte Mensch, die meine Tochter gese'en 'at vor ihre Tod. Und jetzt, Sie wollen finden ihre Mörder. Wer kann das besser verste'en als isch?«

Rünz' Nase fing an zu laufen, da der Alte ihn nicht sah, wischte er sie einfach mit dem Ärmel seiner Jacke ab. Der festgebackene Schnee in den Profilsohlen seiner Stiefel schmolz langsam, um seine Füße herum bildete sich eine schmutzige Pfütze auf dem Parkett.

»Warum sind *Sie* hier?«

»Isch wurde eingeladen. Von Frau Baumann und die Dirécteur Général von ESOC. Isch kam wie Sie, wollte finden die Mörder von meine Tochter. Aber jetzt isch bin nischt mehr so sischer …«

»Sie sind nicht mehr sicher, ob Sie die Mörder …«

»Er ist sich nicht mehr sicher, ob es nicht etwas viel Wichtigeres gibt.«

Rünz fuhr herum, er hatte nichts gehört. Möglich, dass Summers seit den ersten Sekunden des Gespräches hinter ihm stand.

»Zum Beispiel das Leben seiner 16 Enkel. Und deren Kinder und Enkel. Entschuldigen Sie meine Verspätung, Gerry Summers, ich bin Director of Operations and Infrastructure der European Space Agency hier in Darmstadt. Sie haben eine Verletzung an der Stirn, benötigen Sie einen Arzt?«

Rünz schüttelte den Kopf, Summers setzte sich zu ihm.

»Ich hatte einige längere Telefonate, unter anderem mit Ihrem Vorgesetzten Hoven und einem ziemlich unsympathischen Richter des Bundesgerichtshofes. Die Herren waren nicht begeistert von meinem Vorschlag, Sie einzuweihen. Wir von der ESA waren in diesem Punkt übrigens von Anfang an anderer Meinung. Offensichtlich haben Ihre Vorgesetzten Sie unterschätzt, was die Schnelligkeit und den Erfolg Ihrer Ermittlungen angeht – und Ihren Widerstand gegen Anordnungen von oben. Sie hatten die naive Vorstellung, Sie würden einfach ein paar Tage ins Leere laufen und dann die Akte schließen.«

Summers souveräne Ausstrahlung, der Duft seines Rasierwassers, seine tiefe, sonore Stimme lullten Rünz ein, er fühlte sich entspannt, sicher und friedlich wie der kleine Karl in der Schreinerei, während der Mittagspause, beim Altgesellen Friedrich auf dem Schoß.

»Der Bundesgrenzschutz – so viel darf ich Ihnen ausrichten – hat vor einer halben Stunde auf dem Frankfurter Flughafen drei russische Staatsbürger festgesetzt. Die Männer wollten mit gefälschten Diplomatenpässen für einen Linienflug nach Moskau einchecken, einer der drei hatte schwere Brandverletzungen am Kopf, sie wollten angeblich eine Moskauer Spezialklinik aufsuchen, aber das Flugpersonal hielt ihn nicht für transportfähig und alarmierte den Sicherheitsdienst.«

Charlis Vater grunzte befriedigt.

»Wer?«, fragte Rünz. »Und warum?«

»Ein paar korrupte Mitarbeiter des russischen Inlandsgeheimdienstes, ein bestechlicher Techniker in der Botschaft in Berlin – der FSB hat das Netzwerk schon ausgehoben und Auslieferungsanträge gestellt. Tommaso war ein Mensch mit überirdischen Leidenschaften und Talenten und sehr irdischen Sorgen – Schulden. Er wollte mit seinen Talenten seine Probleme lösen, Informationen verkaufen, aber er war nicht sehr wählerisch bei der Auswahl seiner Kontakte.«

»Also doch Industriespionage?«

Summers schwieg.

»Das Signal …«, sagte Rünz

»Ob es echt ist? Glauben Sie mir, an den ESA-Standorten

in Nordwijk, Villafranca, Frascati, Paris und Darmstadt haben sich in den letzten Tagen einige sehr intelligente Menschen die Köpfe heiß diskutiert über diese Frage. Und morgen werden diese Menschen hier im Europaviertel zusammenkommen und weiterdiskutieren. Einige Experten halten das Signal für eine Fälschung, und sie haben ein paar stichhaltige Argumente. Was den Anhängern dieser Fraktion Bauchschmerzen bereitet, sind …«

»… die Mersenne-Primzahlen.«

Summers war verblüfft.

»Richtig. Wer hat Ihnen das gesagt? Dann wissen Sie auch von Apophis?«

»Ich hatte zwei außergewöhnlich fähige Hilfskräfte. Was ist mit Ihnen, halten Sie es für echt?«

»Wir müssen zwei Fragen klären. Die erste: Bietet das Signal eine zuverlässige Prognose über die Bewegungen der Planeten und NEOs unseres Sonnensystems in den nächsten 50 Jahren? Wenn ja, dann wird im Mai 2018 ein Objekt aus dem Asteroidengürtel Apophis extrem nahe kommen und eine minimale Bahnänderung verursachen, die alle aktuellen Berechnungen der NASA über die Einschlagwahrscheinlichkeit über den Haufen wirft. Apophis wird dann auf der Erde einschlagen, irgendwo auf einer gedachten Linie, die von Mittelamerika über den Nordpazifik bis nach Sibirien reicht – wenn wir nichts dagegen unternehmen.«

»Etwas dagegen unternehmen?? Was können Sie schon tun, außer zuschauen …«

Summers schmunzelte.

»Da irren Sie sich, verheerende Asteroideneinschläge sind die einzigen globalen Naturkatastrophen, die wir mit unseren heutigen technischen Mitteln verhindern können – wenn wir die Objekte früh genug identifizieren! Je früher wir vor dem Einschlag eingreifen, umso leichter ist es. Eine minimale Beeinflussung der Trajektorie reicht aus, um den Asteroiden an der Erde vorbeizulotsen. Ein kleiner Impaktor, oder ein Ionentriebwerk, das dem Objekt über einige Wochen einen kleinen Impuls in die richtige Richtung gibt, all das ist möglich. Kennen Sie Don Quijote?«

Rünz lächelte gequält.

»Nein, ich meine nicht Ihre Rolle in diesem Mordfall, sondern das gleichnamige ESA-Projekt. Bedrohungen durch NEOs treffen uns nicht ganz unvorbereitet. Wir arbeiten seit ein paar Jahren an den Planungen für eine Mission zur Ablenkung eines Asteroiden durch einen Impaktor. Keine reale Bedrohung, ein Testlauf sozusagen. Vielleicht kommt für Don Quijote der Ernstfall schneller als erwartet …«

»Und die zweite Frage?«

»Wenn das Signal echt ist, *wer ist dann der Autor*?«

Rünz kicherte.

»Wissen Sie, ein Hobbyastronom von der Volkssternwarte hat mich bei den Ermittlungen unterstützt. Er hat diese fixe Idee, Rossi hätte das Signal mit Ihrer Rosetta-Sonde aufgefangen, von irgendeinem Objekt im Asteroidengürtel, Ida oder Dactyl. Eine außerirdische Warnboje sozusagen, die uns vor Meteoriteneinschlägen schützen soll. Er wollte mir weismachen, Rossi wäre eigens nach Australien geflogen, um an dieser Riesenantenne in New Norcia die Daten abzufangen.«

Rünz erzählte es, als handelte es sich um ein völlig absurdes Hirngespinst, und er hoffte inständig, Summers würde ihm zustimmen, mit ihm darüber lachen, ihn endlich aus diesem lächerlichen Albtraum herausreißen. Aber der ESOC-Chef reagierte nicht.

»Was war mit dem Delay? Was war mit der Harpune?«

»Ein Zwischenfall bei der Bestückung mit den Treibsätzen. Einer der kleinen Sprengkörper entzündete sich kurz vor dem Einbau, Rossis Kollege wurde dabei leicht verletzt. An der Trägerrakete und dem Satelliten gab es keine Beschädigungen, die eine Startverschiebung notwendig gemacht hätten, aber wenige Stunden später mussten wir wegen der Probleme an den Triebwerken die Startvorbereitungen abbrechen. Wenn Sie mich jetzt fragen, ob Rossi bei diesem Zwischenfall die Finger im Spiel hatte – ich weiß es nicht, wir werden es auch nicht mehr rekonstruieren können.«

Rünz starrte sprachlos auf die Lache vor seinen Füßen. Es gärte in ihm, er war all der Geheimniskrämerei so überdrüssig. Er hatte Lust, alles herauszuschreien, Tageszeitungen und Fernsehsender anzurufen, den Menschen die ganze Geschichte um die Ohren zu hauen, als könnte er damit Charlis Tod wiedergutmachen. Er vermisste sie.

Summers schien seine Gedanken zu erraten.

»Tun Sie das besser nicht, es wäre Ihr sozialer Suizid. Wissen Sie, wie viele Menschen täglich versuchen, solche Geschichten zu verbreiten? Sie wären in bester Gesellschaft – Leute, die glauben, dass die CIA J. F. Kennedy ermordet hat, dass die NASA die Mondlandungen inszeniert hat, das AIDS-Virus vom Pentagon entwickelt wurde, die NSA hinter 9/11 steckt und in der Area 51 seit den 50er-Jahren ein Außerirdischer in einer Tiefkühltruhe versteckt wird. Sparen Sie sich diese Demütigung in der Öffentlichkeit. Und wenn die Entscheidungsträger es für notwendig halten, werden sie nicht zögern, Sie in der Öffentlichkeit als unzurechnungsfähig darzustellen. Mit ärztlichem Attest.«

Summers tippte sich symbolisch mit dem Zeigefinger an die Schläfe. Sie kannten die Diagnose.

»Was ist mit dieser Arecibo-Message?«

»Wenn Sie mich fragen – Rossi hat sie als verkaufsfördernde Verpackung benutzt. Seine ersten Versuche, das Signal bei Geheimdiensten zu vermarkten, scheiterten. Die Geschichte dahinter war zu unglaubwürdig, die Datenstruktur zu unspektakulär. Also hat er als Amuse-Bouche die Arecibo-Message aus dem Internet heruntergeladen und drangehängt und prompt Interessenten gefunden. Leider die falschen.«

»Ich kann das alles nicht glauben. Ein einzelner Ihrer Mitarbeiter benutzt Ihren Satelliten als Abhörmikrofon und umgeht all diese Sicherheitsschranken und Zugangscodes, ohne erwischt zu werden?«

»Normalerweise natürlich nicht. Aber er hat die ganze Operation strategisch vorbereitet, Passwörter ausgespäht, an den Simulationsmodulen trainiert, Batchprogramme geschrieben, mit denen er Arbeitsschritte automatisieren konnte, die normalerweise von verschiedenen Mitarbeitern simultan abgearbeitet wurden. Er hat unter falschem Namen mit den Crews unseres Deep Space Networks in Spanien und Australien Kontakt aufgenommen, Sie selbst haben ja seinen Ausflug nach New Norcia aufgedeckt. Er war ein verdammt heller Kopf, ein Genie auf seinem Gebiet, und die technische Infrastruktur an Bord der Sonde war ja für den Empfang vorhanden, er hatte sie in Italien mit entwickelt.«

Bei Summers schien eine Spur Begeisterung für Rossis Hazardeurstück mitzuschwingen, letztendlich war er aus ähnlichem Holz geschnitzt.

»Was wird jetzt passieren, ich meine, wenn die Botschaft stimmt?«, fragte Rünz.

»Wenn Sie eine Katastrophe mit globalen Ausmaßen exakt vorausdatieren können, sollten Sie mit der Veröffentlichung warten, bis Sie einige handfeste Gegenmaßnahmen entwickelt haben. Sonst findet die Katastrophe schon vorher statt. Für die Kommunikation mit außerirdischen intelligenten Lebensformen gelten ähnliche Vorsichtsmaßnahmen – denken Sie nur an die verheerenden sozialen Folgen, die der Erstkontakt isolierter Eingeborenenvölker mit der Außenwelt oft hat. Es wird also vorerst wahrscheinlich nichts passieren, was für eine große Schlagzeile auf einer Titelseite taugen würde. Änderungen in den mittel- und langfristigen strategischen Planungen der Weltraumagenturen, Umschichtungen in den

Budgets, Projekte werden gestrichen oder zurückgefahren, andere rutschen in der Prioritätenliste nach oben, zum Beispiel die NEO-Programme und unbemannte Erkundungsflüge durch den Asteroidengürtel. Strategien zur Asteroidenabwehr kommen ganz oben auf die To-do-Liste. Die Radioteleskope werden weltweit ihre Beobachtungsprogramme umstellen, außerdem wird es mehrere Missionen zu Ida geben, deklariert als reine Grundlagenforschung ...«

Der Ledersessel auf der anderen Seite des Raumes knarzte erneut, Charlis Vater erhob sich mühsam und kam auf die beiden zu. Nichts war geblieben von seiner Vitalität bei ihrer ersten Begegnung im Präsidium, er war ein gebrochener Mann und schlurfte mit hängenden Schultern über das Parkett. Er kam näher, immer näher, stützte sich auf Rünz' Stuhllehne, beugte sich herunter, bis sein Mund direkt am Ohr des Kommissars war.

»'at sie wirklisch nischts mehr gesagt, Monsieur?«

Epilog

Sein Hals schmerzte, er hatte Schüttelfrost, und seine Nase lief ohne Unterlass. Um die Heizung schneller auf Touren zu bringen, drehte er den Motor im Leerlauf hoch. In seiner Gesäßtasche drückte ihn etwas, er zog es heraus – das Feuerzeug aus der Volkssternwarte. Er legte es auf das Armaturenbrett. Dann nahm er es wieder in die Hand, entzündete es und testete ein paar Mal, wie lange er die Hand über die Flamme halten konnte. Die Oberfläche des kleinen Metallgehäuses war fein gebürstet, aber er spürte mit der Fingerkuppe auch glatt polierte Stellen. Er schaltete die Leselampe an. Die glänzenden, polierten Bereiche waren die Konturen eines menschlichen Gesichtes – Jon Bon Jovi schmachtete ihn mit toupierter Löwenmähne und Schlafzimmerblick an. Existierten Menschen, die Bob Dylan *und* Bon Jovi mochten? Vielleicht hatte er Stadelbauer doch unterschätzt.

Als er eine Stunde zuvor ausgestiegen war, hatte er wohl den Innenspiegel berührt, die Halterung war verdreht, er sah seine Augenpartie im Spiegelbild, die Wunde an der Stirn, die vertrocknete Blutkruste, die sich bis zu seinem Kinn hinunterzog. Sein lädiertes Gesicht erinnerte ihn an das eines anderen Menschen, und er musste gar nicht lange überlegen. Es war die Fernsehdokumentation über den Kriegsfotografen, James Nachtweys Bürgerkriegsmotiv, der junge Afrikaner auf der zerstörten Straße, sein von Angst, Anspannung und Entbehrung gezeichneter Blick, der Abend vor dem Einsatz auf dem Knell-Gelände. Der Afrikaner hatte keinen Grund zur Sorge, was den Asteroiden anging, er würde den Einschlag kaum erleben. Rünz dagegen wäre Mitte 70, wenn alle Gegenmaßnahmen versagten und die kosmische Katastrophe zuschlug, ein Alter, das er nach der mittleren Lebenserwartung in westlichen Industrieländern vielleicht erreichen würde. Die Sorge um einen Gesteinsbrocken, der im Jahr 2036 auf die Erde stürzen würde, war letzten Endes ein Wohlstandsproblem.

Plötzlich, als hätte sein Gedächtnis das lose Ende in einem wirren Knäuel gefunden, spulte es mit atemberaubender Geschwindigkeit die Stunden des Mordtages ab, die Erinnerung traf ihn mit der Wucht einer Granate. Ein schweigsames Frühstück mit seiner Frau, seine Fahrt zum Baumarkt, die drei Russen in der Farbenabteilung, der schwer verletzte Italiener, der Beschuss aus dem Bunker, Charlis Auftritt, sein verzweifelter Angriff – die Vorführung im Zeitraffer endete abrupt mit seinem Sturz über die Schiene. Dann lief alles ganz langsam, wie in einer unwirklich gedehnten, hyperrealistischen und detailreichen Zeitlupe. Der Aufschlag auf den harten Beton, die Lähmung, der Blickkontakt mit Charli, unscharf durch seine lädierte Hornhaut, ihr verzweifelter Versuch, noch einige Worte herauszubringen. Sein gottergebenes Warten auf den tödlichen Schuss, der verzweifelte Versuch, sie zu verstehen, die letzte menschliche Botschaft, die er mit ins Jenseits nehmen konnte, die finalen Worte, nach denen ihr Vater ihn gefragt hatte. Sie hatte die verbleibenden Luftreste aus den blutgefüllten Lungenflügeln durch ihre Stimmbänder gepresst, und Rünz hatte ihre Worte mit ins Koma genommen – leise, aber klar, deutlich und unmissverständlich.

»Es ist in deinem Kopf, Karl …«

Nachwort

Einen so ignoranten wie zynischen Misanthropen wie den Protagonisten Karl Rünz mit einem Mordfall zu konfrontieren, der ihn mitten in das ihm unbekannte Terrain der Wissenschaftsstadt Darmstadt führt, hatte großen Reiz – ich hoffe, der Leser hat bei der Lektüre das gleiche Vergnügen wie der Autor beim Schreiben.

Wenn am 1. Mai des Jahres 2014 die Raumsonde Rosetta über 4000 Tage nach ihrem Start den Kometen Tschurjumow-Gerasimenko erreicht, beginnt der Höhepunkt eines europäischen Gemeinschaftsprojektes, dessen Grundstein ein Vierteljahrhundert zuvor begann, mit der Aufnahme der Mission in das strategische HORIZON-2000-Programm der European Space Agency. Rosetta ist ein Meilenstein astronomischer Grundlagenforschung und ein faszinierender Blick zurück in die Geburtsstunde unseres Sonnensystems.

Die Mitarbeiter von ESA und ESOC mussten für die Vorbereitung der Mission in vielen Bereichen technisches Neuland betreten und nach der Startverschiebung im Februar 2003 und der folgenden Neudefinition des Missionsziels einmal mehr Schnelligkeit, Flexibilität und Improvisationstalent unter Beweis stellen. Rosetta und ihre zahlreichen Schwestermissionen zur Erdbeobachtung und zur astronomischen Grundlagenforschung zeigen, wie erfolgreich die europäische Raumfahrt dem politischen Einigungsprozess als Best-Practice-Modell vorauseilt.

Das European Space Operations Center mit seinen über 800 Mitarbeitern ist nach über 30 Jahren eine Darmstädter Institution, wie der Hochzeitsturm und die Russische Kapelle. Madeleine Schäfer, langjährige Mitarbeiterin und Geburtshelferin des ESOC, hat mit ihrer Dokumentation ›How to Survive in Space‹ eine anregende und kurzweilige

Chronologie europäischer Raumfahrtaktivitäten in Darmstadt verfasst.

Vereinfachen – komprimieren – dramatisieren, die Leitlinien für den Romanautor, der ein so atemberaubend vielfältiges und differenziertes Material wie die Rosetta-Mission in den Mittelpunkt seiner Geschichte stellt, immer versucht, Fakten, Fiktion und Spannung im richtigen Verhältnis zu mischen. Notwendig ist also, wie es Protagonist Karl Rünz ausdrücken würde, die Reduktion von Komplexität. Deshalb sei angemerkt, dass die im Roman beschriebenen fiktiven Missionsmanipulationen durch einen einzelnen Beteiligten in der Realität eines so hochgradig arbeitsteilig organisierten Projekts nicht möglich wären. Den beschriebenen Zwischenfall beim Scharfmachen der Harpunen hat es selbstverständlich nie gegeben.

Für Unterstützung und wohlwollende Begleitung bei der Entstehung dieses Romans danke ich Jocelyne Landeau-Constantin, Paolo Ferri und Melanie Zander vom European Space Operations Center und dem Rosetta-Team für die Bereitschaft, den Namen ihrer Mission für diesen Roman auszuleihen.

Wenn das ESOC den Top-Down Approach der Darmstädter Weltraumaktivitäten darstellt, dann arbeiten die Mitglieder des ›Volkssternwarte Darmstadt e. V.‹ erfolgreich am Bottom-Up Approach. Ich danke Andreas Domenico für seine Unterstützung. Ein Besuch der Sternwarte auf der Ludwigshöhe und einer der zahlreichen vom Verein organisierten Vorträge und Veranstaltungen ist immer lohnend.

Ein Autor, der die Wissenschaftsstadt Darmstadt in den Mittelpunkt seiner Geschichte stellt, darf die Fraunhofer-Institute nicht unerwähnt lassen. Mit dem Cybernarium gewährt das Darmstädter Institut für Graphische Datenverarbeitung der Öffentlichkeit einen beeindruckenden Einblick in virtuelle Realitäten – und bietet die ideale Bühne für einen guten Krimi-Showdown.

Für kritisches Lektorat und Durchsicht danke ich Claudia Senghaas, Jutta Glatt, Regina und Peter Grohe, Andrea Beck, Karin Neumann, Martin Gude und Peter Herzel.

Darmstadt, 30. Juli 2007
Christian Gude

Anhang

(1) Die Auszüge sind einem Beitrag von Thiemo Heeg entnommen, veröffentlicht in der Frankfurter Allgemeinen Sonntagszeitung vom 25. März 2007.

(2) Im Roman wird die Bestückung des Philae-Landers mit den Treibladungen der Verankerungsharpunen bereits für den ersten Startversuch im Februar 2003 geschildert, tatsächlich fand diese Prozedur erst kurz vor dem tatsächlichen Start im Februar 2004 statt. Den beschriebenen Zwischenfall beim Scharfmachen der Harpunen hat es selbstverständlich nie gegeben.

(3) Verwendet wurden offizielle Pressemitteilungen bzw. Veröffentlichungen der European Space Agency.

Glossar

Aphel
Der sonnenfernste Punkt eines Himmelskörpers auf einer elliptischen Bahn um die Sonne. (s.a. Perihel)

Cave
Die Abkürzung steht für ›Cave Automatic Virtual Environment‹, i.d.R. ein begehbarer Würfel mit bis zu sechs Projektionsflächen, der dreidimensionale Echtzeit-Visualisierungen für wissenschaftliche, technische oder künstlerische Zwecke ermöglicht.

IGD
Institut für Graphische Datenverarbeitung in Darmstadt, ein Institut der Fraunhofer-Gesellschaft und Mitglied des ›INI-GraphicsNet.

Immersion
Der Begriff beschreibt im Kontext mit virtuellen Realitäten den Grad des subjektiven Eintauchens in eine künstliche Welt, z.B. einen Film oder ein Computerspiel.

INI-GraphicsNet
Internationales Netz von Institutionen zur Aus- und Fortbildung, Forschung und Entwicklung in den Techniken, Systemen und Anwendungen der Computergrafik.

Mersenne-Primzahlen
Die M. bilden eine Untermenge der Primzahlen, die bestimmte mathematische Bedingungen erfüllen. Sie wurden benannt nach dem französischen Mönch und Priester Marin Mersenne (1588–1648). Bislang sind 44 M. bekannt, mit dem Programm GIMPS (Great Internet Mersenne Prime Search) werden weltweit weitere gesucht. Die Frage, ob unendlich viele M. existieren, ist bis heute ungeklärt.

NEO
Als ›Near Earth Objects‹ werden Asteroiden, Kometen und Meteoroiden bezeichnet, die auf ihren Umlaufbahnen um die Sonne die Erdbahn kreuzen und potenzielle Kollisionsrisiken darstellen. Die systematische Erfassung dieser Objekte und die Entwicklung von Konzepten für Gegenmaßnahmen bei konkreter Bedrohung sind in den letzten Jahren neue Schwerpunkte der weltweiten Weltraumforschung geworden.

NYPD
Abkürzung für ›New York Police Department‹.

Perihel
Der sonnennächste Punkt eines Himmelskörpers auf einer elliptischen Bahn um die Sonne. (s.a. Aphel)

Torinoskala
Mithilfe der Skala kann die Gefährdung durch Asteroiden und Kometen beurteilt werden. Mit zehn Abstufungen werden die Einschlagwahrscheinlichkeiten mit den voraussichtlichen Folgen kombiniert. Der Asteroid Apophis erreichte für einige Tage Stufe vier, gleichbedeutend mit einer Einschlagwahrscheinlichkeit von über einem Prozent und einem Potenzial für regionale Zerstörungen. Alternativ wird auch die Palermoskala verwendet.

Weitere Krimis finden Sie auf den folgenden Seiten und im Internet: www.gmeiner-verlag.de

Alle Gmeiner-Autoren und ihre Krimis auf einen Blick

Alle Gmeiner-Autoren und ihre Krimis auf einen Blick

WOLFGANG: Puppenjäger (2006) **KLAUSNER, UWE**: Odessa-Komplott (2010) • Pilger des Zorns • Walhalla-Code (2009) • Die Kiliansverschwörung (2008) • Die Pforten der Hölle (2007) **KLEWE, SABINE**: Die schwarzseidene Dame (2009) • Blutsonne (2008) • Wintermärchen (2007) • Kinderspiel (2005) • Schattenriss (2004) **KLÖSEL, MATTHIAS**: Tourneekoller (2008) **KLUGMANN, NORBERT**: Die Adler von Lübeck (2009) • Die Nacht des Narren (2008) • Die Tochter des Salzhändlers (2007) • Kabinettstück (2006) • Schlüsselgewalt (2004) • Rebenblut (2003) **KOHL, ERWIN**: Flatline (2007) • Grabtanz • Zugzwang (2006) **KOPPITZ, RAINER C.**: Machtrausch (2005) **KÖHLER, MANFRED**: Tiefpunkt • Schreckensgletscher (2007) **KÖSTERING, BERND**: Goetheruh (2010) **KRAMER, VERONIKA**: Todesgeheimnis (2006) • Rachesommer (2005) **KRONENBERG, SUSANNE**: Kunstgriff (2010) • Rheingrund (2009) • Weinrache (2007) • Kultopfer (2006) • Flammenpferd (2005) **KURELLA, FRANK**: Der Kodex des Bösen (2009) • Das Pergament des Todes (2007) **LASCAUX, PAUL**: Feuerwasser (2009) • Wursthimmel • Salztränen (2008) **LEBEK, HANS**: Karteileichen (2006) • Todesschläger (2005) **LEHMKUHL, KURT**: Nürburghölle (2009) • Raffgier (2008) **LEIX, BERND**: Fächertraum (2009) • Waldstadt (2007) • Hackschnitzel (2006) • Zuckerblut • Bucheckern (2005) **LOIBELSBERGER, GERHARD**: Die Naschmarkt-Morde (2009) **MADER, RAIMUND A.**: Glasberg (2008) **MAINKA, MARTINA**: Satanszeichen (2005) **MISKO, MONA**: Winzertochter • Kindsblut (2005) **MORF, ISABEL**: Schrottreif (2009) **MOTHWURF, ONO**: Werbevoodoo (2010) • Taubendreck (2009) **MUCHA, MARTIN**: Papierkrieg (2010) **NEEB, URSULA**: Madame empfängt (2010) **OTT, PAUL**: Bodensee-Blues (2007) **PELTE, REINHARD**: Inselkoller (2009) **PUHLFÜRST, CLAUDIA**: Rachegöttin (2007) • Dunkelhaft (2006) • Eiseskälte • Leichenstarre (2005) **PUNDT, HARDY**: Deichbruch (2008) **PUSCHMANN, DOROTHEA**: Zwickmühle (2009) **RUSCH, HANS-JÜRGEN**: Gegenwende (2010) **SCHAEWEN, OLIVER VON**: Schillerhöhe (2009) **SCHMITZ, INGRID**: Mordsdeal (2007) • Sündenfälle (2006) **SCHMÖE, FRIEDERIKE**: Bisduvergisst (2010) • Fliehganzleis • Schweigfeinstill (2009) • Spinnefeind • Pfeilgift (2008) • Januskopf • Schockstarre (2007) • Käfersterben • Fratzenmond (2006) • Kirchweihmord • Maskenspiel (2005) **SCHNEIDER, HARALD**: Wassergeld (2010) • Erfindergeist • Schwarzkittel (2009) • Ernteopfer (2008) **SCHRÖDER, ANGELIKA**: Mordsgier (2006) • Mordswut (2005) • Mordsliebe (2004) **SCHUKER, KLAUS**: Brudernacht (2007) **SCHULZE, GINA**: Sintflut (2007) **SCHÜTZ, ERICH**: Judengold (2009) **SCHWAB, ELKE**: Angstfalle (2006) • Großeinsatz (2005) **SCHWARZ, MAREN**: Zwiespalt (2007) • Maienfrost • Dämonenspiel (2005) • Grabeskälte (2004) **SENF, JOCHEN**: Kindswut (2010) • Knochenspiel (2008) • Nichtwisser (2007) **SEYERLE, GUIDO**: Schweinekrieg (2007) **SPATZ, WILLIBALD**: Alpenlust (2010) • Alpendöner (2009) **STEINHAUER, FRANZISKA**: Wortlos (2009) • Menschenfänger (2008) • Narrenspiel (2007) • Seelenqual • Racheakt (2006) **SZRAMA, BETTINA**: Die Konkubine des Mörders (2010) • Die Giftmischerin (2009) **THÖMMES, GÜNTHER**: Das Erbe des Bierzauberers (2009) • Der Bierzauberer (2008) **THADEWALDT, ASTRID / BAUER, CARSTEN**: Blutblume (2007) • Kreuzkönig (2006) **VALDORF, LEO**: Großstadtsumpf (2006) **VERTACNIK, HANS-PETER**: Ultimo (2008) •Abfangjäger (2007) **WARK, PETER**: Epizentrum (2006) • Ballonglühen (2003) • Albtraum (2001) **WICKENHÄUSER, RUBEN PHILLIP**: Die Seele des Wolfes (2010) **WILKENLOH, WIMMER**: Poppenspäl (2009) • Feuermal (2006) • Hätschelkind (2005) **WYSS, VERENA**: Todesformel (2008) **ZANDER, WOLFGANG**: Hundeleben (2008)